爱谁谁

蓝石 著

新星出版社 NEW STAR PRESS

图书在版编目（CIP）数据

爱谁谁 / 蓝石著. -- 北京：新星出版社，2012.11

ISBN 978-7-5133-0808-3

Ⅰ.①爱…　Ⅱ.①蓝…　Ⅲ.①长篇小说－中国－当代　Ⅳ.①I247.5

中国版本图书馆CIP数据核字（2012）第170063号

爱谁谁

蓝石　著

责任编辑：东　洋
责任印制：韦　舰
装帧设计：渡　非

出版发行：新星出版社
出 版 人：谢　刚
社　　址：北京市西城区车公庄大街丙 3 号楼 100044
网　　址：www.newstarpress.com
电　　话：010-88310888
传　　真：010-65270449
法律顾问：北京市大成律师事务所

读者服务：010-88310800　service@newstarpress.com
邮购地址：北京市西城区车公庄大街丙 3 号楼　100044

印　　刷：北京京都六环印刷厂
开　　本：910mm×1230mm　1/32
印　　张：8.25
字　　数：190 千字
版　　次：2012 年 11 月第一版 2012 年 11 月第一次印刷
书　　号：ISBN 978-7-5133-0808-3
定　　价：28.00 元

目录

写在前面

　　前年五月，因家里装修，我搬到北四环附近的一所大学暂住。之前，我刚写完一部长篇的初稿，想改又改不下去，就打算彻底歇了，过一种更慢的生活。我之所以说"更"，是因为我十年不上班，一年到头，东走西窜，从乡村到城市，本身的生活节奏已经与这个动车般速度的时代脱节了。

　　学校是个休息的好地方，一日三餐吃在食堂，无聊了就读读闲书，傍晚时分下楼跟学生打篮球，之后，要么去鸟巢周围清静的树林里走走，要么出去喝酒。日子过得懒散、自在。我喜欢这样的生活，越来越喜欢。

　　一天，我接到老家朋友的电话，说某某死了。此人在我的老家以好勇斗狠闻名。他是我朋友的朋友，我们不熟，只在酒桌上喝过几次酒，但印象深刻。

　　多年前，我朋友刚开饭店，那人的兄弟过来喝酒，走时没给钱。尽管我朋友心疼，但并没说什么。谁知，没几天那人来了，还有他那几个兄弟。席间，他面无表情地让他的兄弟每人敬我朋友一杯酒，虽没明说，但彼此心知肚明，他是让他的兄弟向我朋友道歉呢。临走结账时，他把上次欠的钱也悄悄补上了。朋友对他的评价是"仗义"。

我跟他第一次见面是在朋友的饭店。此人面白瘦削，不善言辞，眼神阴郁彻骨。我注意到，即使他的朋友跟他说话也显得小心翼翼的。朋友介绍我是个文人，他好像颇有兴趣，他说他喜欢读传记，他提到的丘吉尔、罗斯福、希特勒、巴顿、隆美尔，个顶个都是二战时期的大人物。我的二战知识匮乏，基本上是他说我听，偶尔插个话。比如，他说起丘吉尔，我就插话说——"嘴里总叼根雪茄的人"，说起罗斯福——"轮椅上的总统"，说起希特勒——"我的奋斗"，说起巴顿——"战争狂人"，说起隆美尔——"沙漠之狐"。他边点头称是边滔滔不绝。我实在搞不懂，文人与二战有什么必然的联系。抑或是他身边的人对二战一无所知，他被憋坏了？

他最崇拜宁折不弯的丘吉尔，痛恨英国人，因为他们忘恩负义，战后把他选了下去。他对二战的每一次战役都了然于胸，对各种枪械更是如数家珍。他还让人拿来纸笔，边写边画。有人进屋在他耳边嘀咕了些什么，其他人神情紧张，纷纷起身往外走。他们是去跟人打仗。他聚精会神，坚持把"左轮"的图画完，还与我意犹未尽地干了一杯酒，"下次咱们好好聊。"然后，平静地点上一支烟，出门。他的沉着、镇静让我相信，如果他生在战争年代，一定是个有勇有谋的"战争狂人"。

再次见面，是冬天，还是在朋友的饭店。他的头上缠着厚厚的纱布，戴了顶皮帽子。那天，人很多，酒喝得更多。下半夜，有人走了，有人躺在包房的沙发上睡着了，只剩下我俩边喝边聊。我俩都喝醉了。不知怎么就聊到了感情问题。他说他最早喜欢的女孩是个高位截瘫的残疾人，女孩开了间小卖店。他是买烟时认识她的。那时，他刚刚因打架被学校开除，整天无所事事地在大街上闲逛。他很自卑，不敢跟女孩说话，一天要在女孩的小卖店买好几包烟，鼓鼓囊囊地揣在衣兜里，抽不了就送人，是一包一包地送。渐渐地，两个人认识了。白天，女孩的父母上班了，他就来帮女孩进货卖货。女孩的父母知道他是附近的小流氓，爱打架。他在小卖店一坐一天，两个人都不怎么爱说话，女孩跟收音机学外语，他抽烟望天。他也从未说过"我喜欢你"之类的话。后来他又因为打架进去了，在拘留所，他追悔莫及，下定决心出去后第一件事就是告诉她"我喜欢你"。可他出去后，女孩死了。他找了个没人的地方大哭了一场。他说，从此以后他再没流过泪，一次都没有。他这么个好勇斗狠的人物竟有过如此凄美、柔软的爱情。我大为感动。大团大团浓重的烟雾从他的嘴里喷出，在他的脸前萦绕。他的形象渐渐变得清晰起来。

关于他的故事还有很多，但大都是我听来的。有的惨烈，有的温情。

酒后，我跟北京的朋友多次讲起过他的故事。他们劝我写写他。我也想，但一直没动笔。不知道为什么。

他的死，对我是个契机。我知道，这听起来有些残忍。

顺便说一句，我很少写自己的好朋友和当下的生活。他们太熟悉，缺少想象的空间，当下太新鲜，缺少发酵。我这本书写的是他多年前的故事。

第一部：愤怒的刀子

我第一次对人动刀子那年，还不满十九岁。

老实说，我不是一个天生的混蛋，也不是喜欢到处惹是生非的人，但，这并不代表我这人胆小怕事，软弱可欺。当你的忍耐超越了极限，当你一退再退，直到退无可退，你就必须得作出选择。要么，从今往后放弃尊严，任人宰割、欺辱，像一条狗似的摇着尾巴，要么，豁出性命，与他们拼个你死我活。两者必居其一。没有第三条道路可寻。

当我手中的刀子在空中划出一条美妙的弧线，当汤司令的鲜血喷溅在我的脸上，我就知道，我未来的人生，必将追随刀子的轨迹前行。

既然如此，那就请便吧。

这个故事开始时我正值青春年少，具体一点儿说，是从一次打架开始。一个作家说过：人生是一条漫漫长路，但关键的只有几步……至于是哪几步，他没有点明。但有一点是肯定的，在这关键的几步中，青春期是第一步，也许还是最关键的一步。因为，人的命运很多时候是在青春期就注定了的。

那是我第一次真正与人打架，过去的一些小打小闹在这里不值一提。

那年高考，我名落孙山。本来，我可以手拿把掐地考中专，可我爸死活不同意。之前，他把他的大儿子，也就是我哥，亲手培养成了著名学府北大的学生。我爸正膨胀得厉害。尽管，我爸知道，我天生就不是一块学习的料，但他有自己的底线，那就是起码我也得考上一所大学，不然就辱没了我们这个知识分子家庭的家风，让他们二老面上无光。所以，与其说是我考大学，不如说是我为我父母考大学，对此我心知肚明，反感至极。当然，他们二老对此绝对会矢口否认。

我的成绩距离高考录取分数线差了三十多分，但我没有丝毫的沮丧，于我，这算是正常水平发挥。可我爸却不这么看。"如果你平时学习认真点儿，每科成绩提高个五六分应该不成问题。你的毛病是马虎，对什么事情都大大咧咧、心不在焉。这是你跟你哥最大的差距。你要吸取教训。其实，你比你哥更聪明。"你对一个自以为比你自己更了解自己的人毫无办法。

接着，我爸提出让我去复读。我不想复读。我爸就拿出他的杀手锏，"只要你努力学习，明年考不考得上大学，我和你妈都不会责怪你。明年我正好到年龄退休，你可以接我的班。不然，这一年你闲待在家里干什么？整天无所事事，学坏怎么办？"我爸明年正好六十岁。

我不说话。

"你妈她也是这个意思。"我爸与我妈对视了一眼。无论我爸说什么，我妈都说"你爸说的有道理"或"你爸这都是为了你好""你要理解父母的一片苦心"之类。他们老两口，一个唱红脸一个唱白脸，配合默契，相互呼应。表面上什么事都是我爸拿主意，其实，在幕后垂帘听政的是我妈。这是他们两口子一贯的伎俩。

我能怎么办呢？只能照办。

但那年头，想找一个学校复读并非易事。复读生不计入升学率，姥姥不亲舅舅不爱。我爸费了九牛二虎之力，才把我弄到了一所破烂中学复读。

那是我们区最烂的一所中学，我连它的名字都懒得提。更可气的是，一路之隔的省实验中学，是全市最好的学校。如此强烈的反差，就更令人沮丧、无地自容了。顺便说一句，我哥当年就毕业于省实验中学。不然，我可能也不会如此反感我复读的学校。

上那所中学最大的好处是离家远。从小到大，幼儿园、小学、中学，我都是在家附近转悠，方圆不超过一公里。现在，我上学要带饭盒，还要办月票坐公共汽车，很新鲜。

刚去几天，我就发现，我的新同学们学习很努力、肯吃苦，每天晚自习与对面的省实验中学几乎同时熄灯，可成绩就是上不去。他们中最高的理想，就是争取明年毕业能够考上一所中专或好一点的技工学校，别无他求。

开始，每天中午放学，我跟其他人一样，到茶炉房取饭盒，然后拿回教室吃。教室里吃饭的人很多，他们三三两两的愚蠢的脑瓜子凑到一块，边吃饭边闹闹哄哄地讨论数理化的问题，还常常为此争得面红耳赤，这让我感到无聊至极。吃完饭，我拔腿就跑，坐车去附近的北陵公园闲逛。后来，我为图清静，干脆把饭盒带到公园的椅子上去吃。吃完饭，我掏出东方红牌口琴，吹上一曲《啊，朋友再见》之类的流行歌曲，然后往干爽的草地上四仰八叉地一躺，或看故事书或眯一小觉。我喜欢小草清新的味道和泥土散发出的土腥味。碧草蓝天，凉风习习，鸟儿和蝉鸣一唱一和，共奏一首催眠曲，让人想不犯懒都不行。渐渐地，我还养成了下午给自己放假的好习惯，干脆，傍晚从公园出来直接回家。

那天，我看书看累了，就头枕书包，以书掩面，躺在草地上胡思乱想。我发现，这是个占尽天时地利的胡思乱想的好地方。如果我愿意，我可以每天想到天黑，想到肚子咕咕叫，再坐车回家。到了家，我精力充沛，读书写字，行云流水，一气呵成，得来全不费工夫。我爸雕塑一般的脸舒展开来，我妈喜上眉梢，老两口四目对视，喜悦之情溢于言表。那一定是我们的儿子终于"长大了""懂事了"的欣慰。

"哎——"我的头顶上响起一个稚嫩的女孩的声音。

我勉强睁开惺忪的睡眼，阳光太强烈了。我手搭凉篷，五官紧凑，脸上的表情一定像个蒸熟的人肉包子。

果然是一个女孩，她站在我的身前，精巧的鼻子上挂着细碎的汗珠，正笑盈盈地低头看着我。女孩个子不高，瘦瘦的，长着一张白皙潮红的小脸，一看就比我小。

"干什么？"

"你是八十五中的吧。"

"你是谁呀？我不认识你。"我态度冷漠。我这人一向对小女孩没好感，干瘪瘪的，让人提不起丝毫的兴趣。

"你是新来我们学校复读的，对不对？"小女孩的嘴唇红红的，肉嘟嘟的，挺好玩。

"关你什么事。"我讨厌"复读"两个字，给人的感觉像个降级包。

"我也是八十五中的，刚溜完冰出来。"小女孩指了指身后不远处的溜冰场。那时候，溜冰还是一项新兴的体育运动，正时髦，每天都有很多中学生模样的人在里面玩，挤挤擦擦、闹闹哄哄的。我不喜欢热闹，从不往那里面多看一眼。

我没接茬，坐起来，边伸懒腰边冲天空打了个长长的哈欠。

小女孩见我不说话，一只手抠着指甲，另一只手背在身后，身体别扭地拧了几下。

我以为她要走。

"我经常看见你坐在草地上看书、吹口琴，你的口琴吹得真好听。"小女孩没话找话，"你看的是什么书啊？这么厚。"我看的是高尔基的《童年》。

"管得着吗。你几年级的？"我不无揶揄地说。

"高一一班的，是重点班。"小女孩这么强调时，嘴唇抿得紧紧的，有些害羞也有些自豪。

我笑了，心说，就这么个破烂学校，你就是全校第一又能怎么样呢。

我心不在焉地"噢"了一声，不再说话。

"你是不是不爱答理我？"过了一会儿，小女孩娇滴滴地说。

"我不是跟你说过了嘛，我不认识你。"我有点烦了。

"我叫刘杨。杨是我妈的姓，很巧妙，对吧。你呢，你叫什么？"她好像对自己的名字很满意。

她可真够缠人的。我决定不再理她。我再次把头埋在书上，心想，看她还能怎么样？

小女孩没动。我有些气恼，想像轰一只苍蝇一样，把她从我的领地挥手赶走，但又想想算了，我可不想让一个素不相识的小丫头片子破坏了我的好心情。她的影子在我的书前投下一片柔和的阴凉。我扭扭脖子，双脚在她的影子前胡乱地踩踏了几下。

过了一会儿，她的影子开始颇不情愿地摇晃、移动起来。我听见她发泄似的"嗵"地踩了下脚。一股干燥的尘土气息扑面而来。她这是在故意报复我，人不大，还挺有心计。我满不在乎地用手在脸前扇了扇风。

当我转过头，看见她蹦蹦跳跳地向不远处的几个小女孩身边跑去，接着，她们头挨头，像是在商量着什么。大概有人告诉她，我正朝她们的方向看，等她猛地回过头时，我心里忍不住骂了一句，哪里冒出来的小骚货，胆够肥的。

第二天中午，我照例去茶炉房取饭盒。刚走到教学楼门前，背后一只大手抓住我的脖领子，我回过头，"干什么？"

"认识我不？"这家伙是我们班的，他经常在班里明目张胆地欺负一些弱小的同学，动不动就给这个一脖溜子，给那个一嘴巴，连女同学都不放过，趁下课混乱的时候，在后面偷偷掐她们的小屁股，害得她们在走廊里吱哇乱叫。但我真的不知道他叫什么名字。我这人性格比较内向，一向不喜欢与人搭讪，况且，我来这个学校才没多久。

我困惑地摇摇头。

"你他妈的，敢连我都不认识，你打听打听，全学校哪个人不认识我。我叫刘军涛。"这家伙的个子跟我差不多高，也有一米八左右的样子，但要比我强壮一些。

"你有话好好说，先把手松开。"我没有被他的气势镇住，冷静地说。

"哎呀，我他妈的就不松开，你敢怎么样？"刘军涛用胳膊肘顶住我的下巴，顺势把我推到门板上。当时正是中午放学时间，教学楼门前围得水泄不通，许多人热情高涨地站下来看热闹，饭都不着急吃了。

"我再说一遍，把手松开！"我的面子挂不住了，脸涨得通红，伸手去掰他的手腕。

从围观的人群中走出来三四个人，把我严严实实地围在中间，"想'拉硬'咋地，新来的就敢反夹子。"有人说道。

刘军涛趁乱"啪"地给了我一个反嘴巴。手不重，响动不小。他打的不是你这个人，是你的面子。这一套，我懂。

昨天的那个小女孩从众人的胳肢窝下钻了出来，奋力挡在我的身前，"臭不要脸，你凭什么打他！"说完，刘杨用头和麻秆似的细胳膊推刘军涛。刘军涛笑嘻嘻地一边躲一边说，"不是你说的嘛，他昨天欺负你。"

刘杨的脸红了，"那，那我也没让你打他呀。滚，滚一边去，我的事不要你管。"

"这可是你说的。"刘军涛松开我，两只大手拍了拍，好像我的脸弄脏了他的手，"往后你给我小心点，别牛逼烘烘的，我早就看你不顺眼了。是龙你得盘着，是虎你得卧着，听见没？"

我冷冷一笑，没吱声。

我取完饭盒从茶炉房出来，刘杨迎上前，"对不起，我不是故意的。"

我没理她，想出门去坐公共汽车。刘杨跟在我的屁股后面，"你听我解释。他是我哥，他是个混蛋，你别跟他一般见识。"

"你他妈的还有完没完了？滚开，滚远点！"

我的这一嗓子怒吼，把刘杨吓哭了，站在原地，委屈地抹起了眼泪。

刘军涛和他的几个狗腿子不知道从哪里钻出来，抬腿就给了我一个飞脚。我的饭盒叮叮当当掉在地上，二米饭（大米和高粱米的混合物）、鸡蛋炒洋葱洒了一地。

我气得牙齿咬得嘎嘎响。这他妈的也欺人太甚了吧。我摇摇头，"你行。"我把粘在鞋上的饭菜跺干净，捡起空饭盒，塞进书包里，转身出了校门。

"有本事你去会人，我等着你。"刘军涛他们不依不饶地追到学校旁边的副食商店门前，在后面继续挑衅。"会人"是东北话，意思是找人帮忙。

我去找李小阳。李小阳在粮店上班，前年高一毕业就接了他爸的班。我们念书那会儿，上完高一就算高中毕业，发的也是正规的高中毕业证书。

店主任老朱师傅汗流满面，吃力地扛着一袋大米，正准备往米箱子里倒，看见我，憨厚地一笑，"来了。"又转头冲后屋仓库的面垛子上喊，"小李子，你同学找你来了。"李小阳正躺在面垛子上看故事书，听到喊声，从高高的面垛子上探出头，然后纵身一跃，跳下来。

"怎么的，未来的大学生，不好好在学校为中华之崛起而读书，跑我们这下里巴人的地方干什么。"李小阳头上脸上都是面粉，连眉毛上都是。

"你从早到晚捧着本破书，重活都让朱师傅一个人干，你也好意思。"我强打精神。粮店里就他们一老一少，两个男人，其余的都是妇女。

"少废话，说，是不是又缺钱了？别转弯抹角的。"李小阳的粮店离我的学校相对近一些，着急用钱我就来找他。

这时候，陆陆续续有人拎着面口袋进来买粮。

"这样，你一会儿下班前给老韩单位打个电话，晚上吃完饭我们到他家集合，有事。"老韩也是我同学，他也是前年上的班，在他爸所在的奉城电缆厂当学徒，学铆焊。我们三个从小一块长大，彼此不分你我，是最要好的朋友。我们三个，都是一米八以上的大高个，身材也差不多，同属于宽肩细腰型。这两年，我们喜欢在百货商店买同一颜色、质地的布料，套裁同一款式的衣服，这样既可以节省布料，同时又昭示了我们亲密无间的友谊。一块走出去煞是威风，常常惹得路人侧目，啧啧赞叹。套用一句当下俗不可耐的酸词，我们是一道靓丽的风景。

老韩家住平房，有一个独立的大院子，种了许多美化环境的花花草草，此时，正开得姹紫嫣红、分外妖娆。老韩他爸，当然也叫老韩，手里拎着喷壶，口中欢天喜地地哼着评剧《花为媒》的小曲，像个辛勤的园丁似的在给花浇水，见我和李小阳推院门进来，脸色立马变得阴沉起来，比变脸还快。我和李小阳嘴里像含了枚核桃似的叫了他一声"韩叔"，就赶紧往老韩的小屋里钻。

老韩他爸对我们不友好缘于老韩。老韩发育早，十三岁就开始长胡子，看起来，起码比同龄人要年长个三四岁。"老韩"这一外号当初就是我给起的。随着年龄的增长，我们也渐渐长开了，老韩却没什么变化，现在，老韩看不出与我们有任何区别。但老韩的外号叫开了，想改是来不及了，所以，我们管韩德明还叫老韩。

老韩不在意，可老韩他爸不乐意呀。我们三个在他家玩的时候，经常顺嘴秃噜出一句"老韩"。老韩他爸在旁边一怔，随即反应过来，恶狠狠地盯着我们看。我们吓得忙低下头，老韩却哈哈大笑。"没大没小，没教养。"老韩他爸这话显然是说给我和李小阳听的。这大概是他这辈子说出的最有教养的一句话了。而老韩的母亲，某国营饭店的三级厨师，则为我们贡献了这样一句名言：香嘴臭屁股。老韩的母亲经常利用工作之便带回家一饭盒包子或饺子、馅饼之类解馋的东西，当我、李小阳和老韩正没出息地你争我夺，吃得津津有味的时候，老韩的母亲冷不丁冒出来这么一句。顿时，让人一阵阵犯恶心，直想呕吐，我和李小阳皱着眉头，难以下咽。老韩他妈在一旁哈哈大笑，"好儿子，快吃，一个都不给他俩剩。"我们这才知道上了她老人家的当了。下次她再说什么"香嘴臭屁股"的时候，我和李小阳照吃不误，边吃还边冲老太太吧唧嘴玩。老太太也不甘示弱，一只手捂住口鼻，另一只手在翘起来的屁股上扇风，逗得大家哈哈大笑。

后来，我们学以致用，学校组织活动，有漂亮的女同学带了什么好吃的，我们要尝一口，人家不给，老韩就带头冲着女生的饭盒来一句"香嘴臭屁股"，气得女同学呜呜哭着向老师告状。

老韩他爸是大老粗，斗大的字识不了一箩筐。但老韩他爸有技术，是八级木匠，还是专门做木型的。我不懂，印象里，好像做木型的八级木匠比一般做家具的八级木匠高级些。老韩他爸每个月挣一百二十多块钱。所以，老韩他爸不舍得退休。老韩家哥哥妹妹姐姐弟弟，一共五个孩子，每个孩子中间只隔一两岁，负担重啊。

虽然，老韩他爸黑眼白眼看不上我们，但我们并不往心里去，照样大萝卜脸不红不白的，该来来该走走。怎么说，老韩他爸也是个工人阶级，没那么多弯弯肠子。不像我爸妈那些知识分子，我的同学谁来他们都起身笑脸相迎，嘘寒问暖，跟对待大人差不多。可人家刚抬起屁股，还没等走出门呢，他们就急不可待地拍床单，拿拖布擦地。让人心里有一种说不出的别扭和尴尬，自尊心受不了。所以，尽管我家房子宽敞，却没有一个人愿意来玩。我家一天到晚安安静静，一尘不染，但了无生气，没有欢笑，没有泪水，安静得像个阳光充足的巨大的坟墓。这是我凭多年经验总结出来的。

李小阳家一家六口，却只有一间平房，大约十六七平米的样子。他大哥结婚就从一铺炕的中间拉了条床单，炕沿上再拉一条床单，接缝处用拉链一缝，就算是新房了，有点像现在的塑料简易家具。只不过简易家具是堆放物品的，他家的床单里面是装人的，还要负责造人。李小阳家连个下脚的地方都没有，你都不忍心进他的家门。

老韩他爸坚持认为，自己的儿子之所以学习不好，是我和李小阳带坏的。其实，他心里比谁都清楚，老韩从小到大，考试都没及过格，要说带坏，肯定是老韩把我和李小阳带坏的。学习方面就不说了，每次我们三个跟人打架，一般也是老韩惹的祸。但我们打架也就是同学之间的拳头撇子，差不多就算了。

这两年，老韩的哥哥姐姐结婚单过的单过，出嫁的出嫁，老韩有了自己的小窝。虽然只有四五平米，只能将就着放下一铺小炕，门是胶合板钉的推拉门，不隔音，但我们已经很知足了。我们三个经常放了学，吃完饭，到老韩的小窝聚会，窃窃私语。不敢大声说话的原因是防备老韩他爸偷听。老韩他爸也的确没少这么干。有时候，老韩猛地一拉门，发现他爸正好抻长脖子在偷听呢。

"你鬼鬼祟祟的干什么？这么大个人了，让我说你啥好呢。"老韩不屑地撇撇嘴。

"我，我这是在监督你们，怕你们偷听敌台。"他爸一脸的不尴不尬。其实，最喜欢听敌台的正是他。

有时候，老韩他爸会在屋子的过道上，边打哈欠边说："太困了，都十点了。"我和李小阳一听，起身就往家里跑。那年月，没有什么娱乐，家家户户差不多九点钟就熄灯睡觉了。老韩他爸在后面嘿嘿直乐，"慢走，天黑，小心别摔个嘴啃泥。哈哈哈。"到家一看，才不到九点。我们被那个老家伙骗了。但我们并不生气，起码，老韩他爸还挺好玩，有时候像个天真的孩子。

当然，这些都是几年前的事情了。

我把白天发生的事情，原原本本地讲了一遍。"这还有什么可商量的，明天中午我们就去你们学校堵他，好好'削'他一顿。直到打得他满地找牙，跪地求饶为止！"老韩气愤地说，转脸问了一句，"哎，郝勇，那个女的，长什么样，漂亮吗？"郝勇是我的名字。

"她他妈的才念高一，还不能算女的，顶多是个黄毛丫头。"

"这么大点，就敢调戏我兄弟。"

"你能不能正经点。我来是跟你们商量正事的。"

"打他肯定没问题。问题是，万一打完了，你去上学，人家反过来找人再打你怎么办？那样的话，你的学可就没法上了，到时候你就得豁出去跟他骨碌了。你得事先想清楚。"李小阳习惯性地耸耸肩膀，好像他贴身的衣服里永远有洗不干净的头发茬子。我和老韩不知道说过他多少次了，可他死活不改。

"我也是这么想的，不然，白天我就跟他们拼了。咱哥们儿啥时候受过这个气呀。"我点上一根烟,狠狠地抽了两口,"但话说回来,就这么算了,我也太他妈的窝囊了吧。一个班的同学该怎么看我?往后我还不得让他当猴耍。"

"要不你看这样行不行,明天你照常上学,先看看他的反应。如果他还没完没了,再收拾他也不迟。"李小阳想了想说。

"反正,你想怎么样,我们奉陪到底。别忘了,咱们是兄弟。就是上刀山下火海,也在所不辞。"老韩说。

"看来,只能先这么办了。我毕竟刚到新学校,不想把事儿闹大了。不然,我没法跟父母交代。"我叹了口气。我好像从来没有这么为难过。

"小不忍则乱大谋。要不,大哥请你俩兄弟出去喝点,替你消消气。"说完,老韩不等我回答,就开始穿衣服。

老韩在我们三个人中是大哥不假。去年,老韩过十八岁生日,我们一块儿去南湖公园玩。之后,又到八一饭庄喝酒。那次好像我们三个都是头一次正式喝酒。不一会儿,我们就喝多了,一时兴起,老韩张罗拜把子。老韩老大,李小阳老二,我老三。我们仨同岁,上下不差半年。

本来,我们喝的是碗装的啤酒,老韩觉得这样不讲究,不够正规,就自作主张要了一瓶老龙口,倒了满满三小碗。碗都端起来了,老韩又琢磨着光喝白酒也不行,还要见血。可我们身上谁都没带刀,情急之下,老韩掏出钥匙链上的小剪刀,不跟我们商量,"咔嚓"照着自己的手指肚剪下去,生生剪下一块肉,当场就露出了白森森的骨头。白酒瞬间变成了红酒。我和李小阳当然不肯示弱,并按照排行顺序,眼都没眨,每人给自己"咔嚓"了一下。

饭庄的服务员吓得"嗷嗷"乱叫,全都争先恐后地往厨房里跑,以为我们在打架。我们却像打了鸡血似的兴奋，双手举起酒碗，面色庄重地一饮而下。血滴滴答答，流得到处都是，盘子上，桌子上。我们不管不顾，继续把酒言欢。

过了一会儿，不知怎么把警察招来了。我们被带到附近的派出所，但我们已经喝得酩酊大醉、人事不省。警察叔叔问不出个子丑寅卯，一生气，几脚把我们哥仨踹出来，扔到了大街上。

等我们醒过酒之后，天已经擦黑了。我们又相互搀扶着到南湖公园去游泳，为的是散散嘴巴里的酒味，下半夜才筋疲力尽地回家。没被淹死，真够幸运。

第二天一早，我踩着铃声刚走进楼道，刘军涛他们就故意向我挑衅。他的一个狗腿子，一头撞在我后背上。我气恼地转过头，"看他妈什么看，是后面人推的，你有能耐找他们。"狗腿子指了指刘军涛身边的几个家伙。他们笑嘻嘻地看着我。我继续往前走。又一个人的头从后面狠狠地撞向我。我紧走几步，进了教室。他们以为我害怕了，更加得寸进尺。上课时，只要老师在黑板上写字，四面八方的粉笔头就雨点般砸在我的头上。我一声不吭，纹丝不动。"你不是挺牛逼吗，怎么这么快就熊了？"刘军涛从后面拍了拍我的肩膀，得意洋洋地说。

我知道，这一仗是非打不可了。不然，往后的日子没法过。现在才刚开学不久，忍，肯定不是个办法。人的忍耐是有限的。这么一想，我反倒平静了许多。

中午，我和老韩、李小阳在学校外面接上头。他俩每人骑一辆自行车。我躲在一棵老槐树下面，看见刘军涛等几个人从马路对面晃晃荡荡地走过去。我让李小阳跟紧刘军涛，我坐在老韩的自行车后座，与他们保持适当的距离。

刘军涛一个人拐进了省丝绸公司职工宿舍的院子。刘军涛刚走进楼道，被我从后面一把薅住脖领子，还没等他反应过来，我二话没说，一个"电炮"，结结实实地砸在他的鼻梁骨上，刘军涛的鼻孔血流不止。随后，我的"电炮"左右开弓，雨点般疯狂地砸在他的脸上头上。刘军涛伸出双手胡乱抵挡着，他终于看清了是我。刘军涛刚要反击，老韩把掰开的锈迹斑斑的电工刀横在他脸前，"别动，动一动我要你的小命！"

刘军涛的身子摇摇晃晃地靠在墙上。我双手抓住他的肩膀，用膝盖使劲顶向他的心口窝，刘军涛惨叫一声，滑坐在地上，头栽歪着。李小阳一脚踢在他的下巴上，"给我坐直溜点，咋这么没礼貌呢。"

刘军涛大口喘着粗气，用袖子抹了把脸上的血，坐直身体。好像他比我还累。

"你不是牛逼吗，现在怎么瘪茄子了？"他的脸像个血葫芦，"去，洗把脸。"我指了指楼前的小水洼。

刘军涛捂着胸口，摇晃着走过去，低头看了看肮脏的小水洼，没动。"快点！还得我亲自动手啊。"我攒足了力气，用后脚跟照着他的腰眼儿就是一个刨跟儿。这是我们打架时常用的招数。

刘军涛一头栽倒到小水洼里，又迅速爬起来，动作飞快地洗了把脸。

楼对面的树荫下，一群老头老太太朝我们这里探头探脑。此地不宜久留。

我又给了他一个大脖溜子，"记住，今天我只是给你个教训，我没有在学校打你，已经够给你面子了。从今往后，咱们井水不犯河水，这件事就算过去了。听见没？"

刘军涛点点头。

"说话！"

"听见了。"

"撤！"

我们三个跳上自行车，飞驰而去。

我看见刘杨背着书包站在不远处，双手惊愕地捂住嘴巴。

中午吃完饭，我让他两回单位继续上班，我一个人返回学校。"你自己注意点，那家伙有可能反攻倒算。"李小阳提醒我。

"不会，你看他那个熊样，被我们吓得屁滚尿流的，他不敢。"老韩满有把握地说。

"但你还是小心为妙。"李小阳叮嘱我。

"你带上这个防身。"老韩把电工刀塞到我手里，"记住，不到万不得已，千万不要拿它捅人。"

"那我拿它有个屁用，吓唬人？"

"划，横竖都行，这样。"老韩在空中比划了几下。

下午刘军涛没来上课，他的几个狗腿子也没敢跟我参翘，一个个老老实实地坐在自己的座位上。我心里不免有些得意。也许，明天我又可以自由自在地躺在绿油油的草地上看书打盹了。

过了一会儿，其中一个狗腿子悄悄溜了出去。出门前，还偷偷朝我瞄了一眼。

操场上空荡荡的。校门口，有几个人影在来回走动。我预感到事情有些不妙。突然，楼道里传来一阵杂乱、急促的脚步声。我警觉地半站起身。房门被人一脚踹开，鼻青脸肿的刘军涛站在门前，手一指,"汤司令,就是他!"那个叫汤司令的家伙,戴着一副蛤蟆镜,拎在手里的军衣往地上一摔,露出一把明晃晃的战刀。汤司令"啊"的一声怪叫,双手举起战刀,像个崇尚武士道精神的日本武士一样,先摆了个充分的造型,然后才张牙舞爪地朝我扑过来。

我跳上桌子,手扶窗台,毫不犹豫地从三楼一跃而下,跳到操场预制板搭建的主席台上。汤司令的战刀砍在窗框上,"抓住他!"汤司令气急败坏地大声喊。

校门口的几个人冲了进来,他们训练有素,呈扇面形包围住我。每个人手里都举着家伙,像一群亡命之徒。我握着电工刀的手在颤抖,腿肚子直打哆嗦,但我已经无路可退,只能硬着头皮,迎着其中一个个子矮小、举着菜刀的家伙冲过去。近在眼前了,那家伙一个急停,手里的菜刀并没有落下来,他一定是被我的气势镇住了。我的电工刀横着在他的胸前划拉了一刀,但没有划着。那家伙吓得"哎呀妈呀"一声,扔掉菜刀,转身就跑。我顿时士气大振。另一个家伙手拎砖头和菜刀,想从侧面拦住我的去路。我迅速绕过他,他手里的砖头呼啸着向我的头顶飞过来,我一猫腰,躲了过去。我骂了一句,举刀正要冲向他,那家伙的菜刀又绵软无力地朝我飞过来,只是角度太偏,差点偏到他姥姥家去。很明显,他不想砍中我,又不想在众人面前丢人现眼,只能出此下策。我上前追他,那家伙跑得比兔子还快。无意中,我跑到了操场中央,再次陷入了他们的包围圈。

教学楼的一扇扇窗户打开了,无数的脑袋瓜子争先恐后探出来,嘴里发出一阵阵噢——噢——的欢呼声,仿佛是在为我加油鼓劲。我大步流星地往校门口走去。其他人并没有迅速聚拢,他们相互间你看看我,我看看你,自动为我闪出一条通道,仿佛是在夹道欢迎我。我知道，横的怕愣的，愣的怕不要命的。相信许多人跟我一样，懂得这个浅显但永恒的真理，只是，因为你还有退路，你才一再忍让、退却，大不了绕道而行。但，如果，你像我一样，被人家逼到了绝境，你也会豁出命去，拼死一搏。每个人都只有一条命，谁都别吹牛逼。

汤司令他们从教学楼里跑出来，"别让他跑了！"事不宜迟，我跑向围墙，"嗖"地一蹿，双手扒住墙沿，一骨碌，翻了过去。我们学校的围墙起码有两米五高，搁在平时，我连一次性翻越的勇气都没有，但那天，我好像并没有费什么力气。可见，人的潜能之无限。

当天晚上，我们三个再次聚到老韩家。下午的这一仗，听得老韩和李小阳心惊肉跳，脸色刷白。我们之前虽然在学校里也跟人打过几次架，但从没动过刀子，况且，对方又有那么多的人。他俩见我毫发无损，讲得唾沫星子四溅，眉飞色舞，以为我是在编故事吹牛。我的确是一个编故事高手。我们上初中以后，老韩的哥哥下乡当了知青，那间小屋就成了我们三个人的乐园。晚饭后关了灯，我就开始给他俩讲鬼故事。有的故事是我事先编好的，有的故事干脆就是我现编的，也有的故事是在《聊斋志异》之类的书上看到的，但经过了我的加工、演绎。我讲得活灵活现、精彩纷呈、阴森恐怖。尽管，他俩知道我的这套小把戏，但还是听得毛骨悚然，却又欲罢不能。

我提到了汤司令。老韩好像有所耳闻，"这个汤司令可能是黄河大街的。我好像听大眼皮提过。"我的学校就坐落在奉城著名的黄河大街上。

大眼皮是老韩的邻居，比我们要大两岁。大眼皮的眼皮像眼袋长倒了，一对千斤重担似的坠得他的眼睛怎么也睁不开。小时候，大眼皮总挨同学甚至比他小的孩子们欺负，前几年，他家搬到了黄河大街一带。大眼皮跟老韩关系不错，两人一直有联系。大眼皮经常在老韩面前吹嘘自己今非昔比，"好使了"，有事"随便咳嗽一声"，他就能从黄河大街拉四五十人过来。

"要不，我们去大眼皮家转转，跟他打听打听，这个汤司令到底有多大能耐，大白天的就敢拎战刀。"老韩下地穿鞋。老韩就是这么个急脾气。

我们骑车来到大眼皮家。大眼皮正跟两个人坐在床上喝酒，见老韩进来，忙让老韩坐下来一块喝。老韩说："你出来，我找你打听点事。"

"有什么事在屋里说，都是兄弟，没外人。来，咱们边喝边聊。"大眼皮跑进厨房，只给老韩一个人拿了个酒碗，理都没理我和李小阳。

我们只能讪巴搭地站在原地。

"你是不是认识一个叫汤司令的人？"老韩开门见山。

"没说的，我哥们儿。咋地了，说话。黄河大街一带，哥们儿好使。"

还没等我把事情经过讲完，大眼皮歪着头瞧瞧我，"就你，就你这个小熊样的，你是吃了豹子胆吧。汤司令在黄河大街的学校一踩乱颤，平蹚。哪个学校的小地赖见了他都得叫声大哥。你打没打过仗？跟谁都敢支毛，你也太大扯了。"大眼皮不分青红皂白，先数落我一通。

"我没跟汤司令打仗，是刘军涛找他到学校打我。"我强压怒火。

"刘军涛是汤司令的干弟弟，你跟刘军涛打仗，就是跟汤司令打仗，懂不懂规矩？"大眼皮冲他的两个朋友笑笑。那两个家伙也一副老成持重地点点头。

老韩悄悄捅了我一下，"那，大眼皮，你能不能跟汤司令说上话，跟他解释解释，这个事就算了。你也知道，郝勇是我兄弟。"

"老韩，不是我不给你面子，你自己的事怎么都好说，别人，怎么也得出点血。你让他明天给我送五十块钱来，我去帮他把事平了。"

"五十块钱！"我一听，头"嗡"的一声。长这么大我的手都没经过这么多钱。那年月，这个钱数对于一个中学生来说无异于天文数字。它差不多是老韩和李小阳一个月工资的总和。

"怎么，你嫌多？那你就去找别人，我还不稀得管你呢。告诉你，我这是冲老韩的面子，不是你。"

老韩和李小阳对了下眼神，"行，出钱，我们认了。不就是五十块钱嘛，我们出得起。明天晚上，我肯定把钱送来。但有一点，往后，千万别让汤司令再找郝勇麻烦了，他明年还要考大学呢，别耽误人家正事。"

"这几天，你就先不要上学了，在家猫几天，等事情过去了，再上学。"明明是冲我说话，大眼皮的眼睛却瞟着老韩。

我们起身告辞。

大眼皮亲热地搂着老韩的肩膀，"别没事乱管闲事，你还小，社会上的事你不懂。这年头，能惹事不能挡事的人多了，别傻乎乎地为了什么朋友都把脑袋别裤腰带上。"

"大眼皮，你什么意思？"我火了。他也太瞧不起人了。

"我什么意思你还不明白吗？怎么，你还不服？"

"算了算了，你俩吵什么，都少说两句。"老韩连忙拉我下楼。

"想不到，几天不见，连大眼皮这种人都抖起来了。"李小阳也为大眼皮的冷言冷语心生不满。

"他只要把事情帮我们摆平了就行，看来，大眼皮还有点本事。好了，你们别跟他一般见识。其实，他不是冲你们。我知道为啥。"老韩安慰道。

"大眼皮是把他在沙子沟那些年来受的委屈冲我们发泄呢。"李小阳一针见血，"他妈的，我们又没欺负过他。凭什么呀！"

一连四天，上午，我背着书包坐在沙子沟的利群电影院里看电影，中午随便找个背风的地方对付吃口饭。饭菜是凉的，简直令人难以下咽。我不敢回家的原因是，我爸妈他们中午抽冷子也回家吃午饭，怕万一碰上，不好解释。之后，我就去惠工街的群众电影院、光陆电影院或亚洲电影院再去看电影。惠工街虽然与黄河大街在一条线上，但中间隔了座铁路桥，惠工街这边归另一个区管。所以，我不担心在群众电影院附近遇到汤司令他们。那年头，社会上各路英雄好汉都是画地为牢，楚河汉界，各负其责，谁都不敢轻易越雷池一步。

我喜欢看电影，但我从未想到看电影会这么累。四天下来，我看了近二十部电影。《佩剑将军》、《一盘没下完的棋》、《开枪，为你送行》、《橡树十万火急》、《冰封抢险队》、《啊，野麦岭》、《看不见的要塞》等等。看得我直想吐，头昏脑涨，腰酸背痛，两条腿像灌了铅，走路仿佛戴着镣铐，根本迈不动步。我期盼着这种日子快点结束。现在，我宁愿待在课堂上遭罪，也不愿意享受这份所谓的"自由"了。

那天傍晚，我刚进家门，外面响起一阵急促的敲门声。不，是砸门的"咚咚"声。我匆匆跑过去开门。汤司令还是戴着他的那副蛤蟆镜，双手插兜，一脸严肃，两旁是大眼皮和刘军涛，后面还有五六个人站在台阶上。

"你们这是干什么？钱不是都给你们送去了吗？"我壮着胆子问。你若是在外面受了委屈，挨顿打，这儿青一块那儿紫一块，在家长面前编个理由还能应付过去，这叫一人做事一人当。被人堵上家门可就不是你一个人的事了，这意味着，全家人都可能要跟着你倒霉、遭殃。所以说，这一招最坑人、最可恨，许多小地赖、熊人就喜欢这么干。当然，收效显著，屡试不爽。

"汤司令说钱太少了，我也没办法。"大眼皮摇头晃脑地说。

"那你们想怎么样？我一个学生又不挣钱，这些钱我还是从朋友那里借的呢。不信，你问大眼皮。"虽然家里没人，我还是尽量压低声音说。

"你家条件不错啊。"汤司令向屋里张望了一眼，"少他妈的跟我哭穷。你给我放明白点，我汤司令出面的事，至少你得再掏一百。"汤司令伸出一根手指头，在我脸前晃了晃。

"我真的没钱。事情是他引起的，根本不怪我，是他欺负我。"我的肺都要气炸了。这不是明摆着讹人嘛。

"是你先撩我妹妹的。"刘军涛大声说。

"这里有你说话的份吗？"汤司令瞪了刘军涛一眼，转过头，"少跟我讲条件，我汤司令吐口唾沫就是钉，这事就这么定了。"

我的拳头攥得紧紧的，但又不得不慢慢松开。我知道，我现在什么都做不了。接下来，我需要好好想一想。总之，这样下去不是个办法。

"听见没？"

我还是不说话，双手背在身后，倚靠在墙壁上。

汤司令挥肘击碎了我家厨房的窗玻璃。"哗啦"一声，玻璃碴子破碎在走廊上。我的心好似被狠狠地割了一下。

我怒火中烧，真恨不得一拳头把他的鼻梁骨砸个稀巴烂。

"明天晚上六点，你把钱给我送到长江冷面店。我可认识你家，到时候你不去，可就不是一块玻璃的事了。懂了吗？"

这时候，我爸妈下班回来了。

"求你了，你们赶快走吧。"我小声哀求道。

汤司令见我吓得浑身发抖，油腔滑调地与我父母主动打招呼，"哎哟，大叔大婶，下班了。"

"你们是小勇的同学吧。快，屋里坐。"我妈摆出一副热情好客状。

"不了，我们改天再来。"汤司令看着我，一脸淫笑地说，"你妈长得挺年轻啊。"然后，一挥手，众人在我爸妈面前匆匆挤过。

我爸妈看见走廊里一地的玻璃碴子很生气。"怎么搞的？你怎么这么不小心，毛手毛脚的。"我妈抱怨道。他们这些知识分子压根就不会想到，窗玻璃是刚刚被人故意毁坏的。

"我这就收拾。"我找来簸箕和扫把赶紧打扫。

"你看看，他们哪还有一点学生的样子。一个个流里流气，一看就不是什么好东西。"我爸没好气地说。

吃完晚饭，我呆呆地坐在离家不远处的马路牙子上。秋天的第一丝寒意已经游荡在空气之中了，但我却感到浑身燥热，喉咙发紧，嗓子眼咸咸的。我吐了口痰，有血。不知道什么时候，我把自己的嘴唇咬破了。

上次，老韩和李小阳为我掏了五十块钱，我已经够不好意思的了，我现在不可能再伸手了，即使他俩主动给我钱，我也不会要。这么下去不是没完没了了吗。这算什么事呀，还让不让人活了？

继而，我想到，如果我明天拿不出钱，汤司令当晚喝完酒就可能带人来砸我家的窗玻璃。在当年，打架砸玻璃，也许是对手折腾你的最有效、最残忍的手段。我仿佛听见玻璃窗破碎的爆裂声，看见摇晃的灯泡以及我爸妈因为惊吓而惨白的脸颊。我爸妈可能会坐在地上披头散发，无助地号啕大哭，甚至，他们可能会进屋动手打我爸妈，这些混蛋什么缺德事干不出来呢。

半夜里，我睁大眼睛躺在黑暗中，身体缩成一团，沉浸在无望的痛苦中，睡意全无。我深陷绝望，心怦怦直跳。汤司令金鱼似的肿眼泡（像极了电影《地道战》里的汤司令，莫非他是因此而得的绰号），狰狞的面孔在我的眼前时隐时现。我诅咒他明天一早出门掉河里淹死，或被火车轧成八瓣。怎么解气怎么想。但我知道，这一切都是徒劳的。明天到来的时候，我必须面对现实。我双手抚在胸口，尽量让自己平静下来。我甚至想到了到派出所报案，讲清原因，但我不知道这种事警察管不管。但即使管了，又能怎么样呢？汤司令他们肯定不会因此善罢甘休，事情只会愈演愈烈，汤司令甚至会神不知鬼不觉地放把火把我家烧个精光，片甲不留。我越想越怕，浑身上下一点力气都没有，整个人几近虚脱。

窗外，天色渐亮，我喃喃自语：无论如何我必须阻止他们，即使我赴汤蹈火，即使我被他们撕成碎片，也决不能让他们骚扰我的家。不行，绝对不行！我的双手禁不住攥紧拳头。既然你们想让我死，你们也甭想好好活着。我已经不再是小孩子了，这个事情我必须独自承担、后果自负。一旦决心已定，我反倒放松下来，不知不觉中，沉沉地睡了过去。

第二天，我以头疼为由，没有去上学，我爸妈虽然心里不高兴，但表面上并没说什么。我打定主意，钱，分毛没有，要命有一条。今天晚上，不是鱼死，就是网破。

　　下午，我爸妈一上班，我就从厨房里找出磨刀石，一下下地磨起了那把电工刀。我边磨边琢磨晚上该怎么办。硬来肯定不行，他们人多势众，我就是浑身是铁又能打几根钉呢。我必须想办法把汤司令单独调出来，擒贼先擒王。我只有把汤司令干服了，其他人才不敢乍翅。不然，这事他们永远不算完，从今往后我只能在恐惧中度日。

　　我用食指轻轻抚摸刀刃。我感到周身一阵寒冷，身体禁不住抖了一下，又抖了一下。我的食指肚出现一道划痕，白白的，不一会儿，有细微的血珠冒了出来。我们奉城在东北向来以好勇斗狠著称，不大点的时候，我就亲眼看见过有人在街上用刀子舞来舞去的，但我长这么大，打架从没跟人动过刀子，甚至连动刀子的念头都没有产生过。所以，心里还是不免有一些发憷。

　　我把刀子在空中一挥，雪白的寒光在夕阳下划出一道美妙、漂亮的弧线。我兴奋异常，手里的刀子忍不住上下翻飞起来，我想象汤司令此刻就站在我的对面，他被我手中锋利的刀子吓得魂飞魄散，抱头鼠窜。我激动得气喘吁吁地站在窗下，用电工刀又在食指上狠狠划出一道白印。我想尝尝刀子的滋味。我翻开伤口的瞬间，血几乎是涌出来的，伤口一阵钻心的疼痛。我边大口大口地吹着气，边用另一只手打开家里的药箱，把土霉素咬成面儿，涂上。没一会儿，血止住了。

　　我决定，一人做事一人当，不连累老韩和李小阳。不是我有多勇敢，其实，就算找他们俩也无济于事。我们三个人根本不是那帮小地赖们的对手。那样的话，反而损人不利己，耽误了人家的前程。万一我出了什么事，他俩还得替我照顾爸妈呢。

一直以来，我都以为自己是个稀里糊涂、大大咧咧的人，照我妈的话说"屁眼子大，心都能拉出来"。我妈虽然是知识分子，但她的粗话，一点不比别人少。没想到，身处险境，我竟能如此冷静、周全，既考虑到了朋友又顾全了父母。剩下的，就全看我的造化了。

我拿起抹布，默默地把爸妈的房间和厨房擦拭得干干净净，一尘不染。我看了眼墙上的挂钟，爸妈快下班了，就从大立柜底层的鞋盒子里数出五十块钱，揣在裤兜里。这是我长这么大头一次偷爸妈的钱。

我从大立柜里拿出一件外套和一件毛衣，叠好，放在书包里。我郑重地站在大衣柜的镜子前，挺直身体，做出一副视死如归的严肃表情。我斜挎书包，正了正军帽，干净利落地冲镜子敬了个军礼。我用目光在自己的房间里仔仔细细地巡视了一遍，仿佛是在与它们互道珍重，依依惜别，然后怀着一种近乎悲壮的心情出门去找李小阳。这个礼拜，是李小阳烙大饼的日子。他们粮店为了创收给员工发奖金，店里的职工每周轮流烙大饼，三人一组。

我到的时候，粮店已经下班了。李小阳和朱师傅正每人蹲在一个大洗衣盆面前，用拳头呼哧呼哧地和面，那个叫王雪的女孩子在一旁添水。王雪见我进来故意背过脸，好像我哪里得罪过她似的，黑眼白眼看不上我，真让人没办法。王雪是和李小阳前年一块儿接的班，两人一样，都不安心本职工作。不同的是，李小阳看的是故事书，王雪看的是高中课本。王雪是个有理想有抱负的女青年，她要报考电大。王雪很骄傲，甚至有些盛气凌人。王雪瞧不起李小阳，对我也视而不见，爱答不理，唯独对老韩好。当然，她对老韩的好，不含有暧昧的意味，就是因为老韩脸皮厚，会说话，夸她夸得到位、肉麻，夸得她一天到晚美滋滋的。

老韩每天下早班路过李小阳的粮店，没事就下车进来坐一会儿。老韩还跟王雪学了一句英语——明天见。老韩用汉字将这句话抄在一张白纸上就变成了"谁又特毛又"，揣在油脂麻花的蓝色工作服的上衣口袋里。开始，老韩记不住，每次从粮店出门前，得先翻出来看一眼，然后，来到王雪的面前，清一清嗓子，假装郑重其事地说："王雪，咱们谁又特毛又。"王雪双手捂住嘴巴，夸张地哈哈大笑过后，还认真纠正老韩的发音。但王雪的英语显然并不比老韩强多少，只是舌头多打几个卷，一听，就是汉字标注出来的。王雪教老韩练习发音时，嘴巴咧得大大的，鲜红的小舌头在口腔里活蹦乱跳。老韩学得很认真，表情严肃。我和李小阳在一旁忍不住抿嘴偷乐。我们知道，老韩才不在乎什么他妈的英语呢，他只在乎王雪鲜红的舌苔和幽深的口腔。王雪以为我们是在笑话老韩，对我和李小阳嬉皮笑脸的态度很不满，"自己不学无术，还笑话别人，真是没羞没臊。"

我爸在奉城大学教英语，从上初中我就是班里的英语课代表，你想，我的英语能差到哪去呢，起码，发音要比王雪准确得多吧，但我什么都不说。李小阳和老韩也故意不捅破这层窗户纸。

我从李小阳那里借了自行车。

"你去哪？"

"没事，出去转转。"

我刚要抬腿上车，老韩一个急刹车停在我面前。

"怎么，我一来你就要走？"

"我不是怕耽误你学习英语嘛。"这个时候还有心思开玩笑，连我都觉得自己有点不可思议。

王雪在旁边狠狠地剜了我一眼。

我掏出烟，给老韩和李小阳每人点了一根。夕阳的最后一抹余晖，照在我们年轻的脸庞上。我不由得一阵伤感。这会不会是我们兄弟三个最后一次见面？

"上次的事解决了吧？"老韩坐在自行车上，单腿点地。自从我们从大眼皮家分手，这几天我们没见过面，毕竟，用老韩和李小阳辛辛苦苦挣来的那点工资为我买平安，不是什么光荣的事。可现在他们的钱却打了水漂。

"没事了，让你们破费了。"我强打精神。

"哪里的话，你的事就是我们的事，兄弟之间不分你我。"李小阳语气真挚，"你今天是不是有什么事？说话怎么阴阳怪气的。"李小阳敏感地意识到了什么。

我的眼睛有些温热，突然说："没有没有，你们聊，我有事先走了。"不等他俩反应过来，我蹬上车，呼拉拉地骑走了。在转弯处，我看见老韩和李小阳正一脸茫然地朝着我骑车的方向张望。我一捏闸，停下来，使劲冲他俩挥挥手。

我把自行车停靠在距离长江冷面店七八十米的墙根下，掉过头，没有锁车。我掏出一根烟，点上，定了定神。长江冷面店里人很多，由于每一张桌子都在烤牛肉，屋子里烟熏火燎、乌烟瘴气的。我在外面敲了敲玻璃窗，大眼皮看见我，拿胳膊肘捅了捅汤司令，两人一前一后地走出来。

"你他妈的怎么才来，都几点了？"大眼皮狗仗人势。

我只能忍气吞声地低下头，没理他。

"钱带来了吗？"汤司令问。

"带来了。"

汤司令光着膀子，军衣搭在肩膀上，"我说过吧，人怕逼马怕骑。你不逼他，他永远不会把钱掏出来。"汤司令扬扬得意地对大眼皮说。

大眼皮连忙点头。我心说，你说的一点不错。

"我、我想跟你单独说点事。"我对汤司令说。

"大眼皮，你回去吃你的吧。"汤司令边说边走到电线杆子下，掏出家伙准备撒尿，"怎么，怕我以后还找你麻烦？哈哈哈哈。"汤司令站在路灯的阴影里，背冲着我，"别害怕，这件事过去，往后你就是我的朋友了，谁欺负你，提我，保证好使。"

一瞬间，我几乎被他的话感动了。要不，我还是放弃对他动刀子的念头吧，可我身上只带了五十块钱，怎么办？如果我说我只带了五十块钱，他会不会觉得我在耍他？如果他一生气，把要钱的价码再翻一倍怎么办？

我做了个深呼吸。这一招是我爸教我哥和我的。他让我们哥俩在考试的时候，遇到难题时不要惊慌，先闭上眼睛，深吸一口气，然后，从容地从一数到十。奇怪的是，每逢考试，我哥收效明显，在关键的时刻总能涉险过关，可我却不行，当我惴惴不安地从一数到十，一睁眼，甚至忘了刚才做的是哪道题。但现在，我想试一试。

当我睁开眼睛，我感到我的心平静多了。这太神奇了。事不宜迟，我必须当机立断，想到这里，我不再犹豫，悄悄掏出事先掰开的电工刀。遇事要果断，决不能拖泥带水。这个决定对我日后的人生至关重要，影响深远。它几乎成为了我的人生准则。

"那天，你胆子可不小，敢从三楼往下跳。不然，被我抓住可没你的好果子吃。"

我体内的肾上腺激素在升高。

汤司令撒完尿，提上裤子，转过身，几乎与此同时，我手里的电工刀在昏暗的路灯下，闪出一道寒光，划向汤司令的脸。

汤司令本能地伸出双手捂着脸，身体摇晃了几下。

我拔腿就跑。我的身后传来一声声急促的惨叫声。

我跨上自行车的瞬间，回过头，并没有人来追我。路灯下，人影幢幢。他们一定没料到，我还有这一手，一时半会儿还没缓过神来。

我骑车来到李小阳的粮店。屋子里一片漆黑，李小阳一定是和好面回家了。我喊值班的朱师傅开门，把李小阳的自行车交给朱师傅，转身往火车站跑。可当我气喘吁吁地到了火车站售票处，才想起来，我还不知道自己要去哪。

去哪呢？去哪呢？

我像一头困兽，在售票处焦急地走来走去。当我听见有人说到"北京"两个字，我猛然想到了天安门。对，我要去北京，去看天安门。我是唱着"我爱北京天安门"长大的孩子。如果哪天我死了，这辈子连天安门都没见过，那可就太亏了。

我不再多想，挤进去，买了张九点五十分去北京的火车票。

出门，我看了看火车站上方的大钟，时针才指向七点半。就是说，火车还有两个多钟头才开。我蹲在候车室外面的一堵墙下的阴影里，不知道剩下的这段时间干点什么好。我想到了家里的爸妈，他们一定很着急，继而，想到如果汤司令把伤养好了又找不到我，会不会拿我爸妈撒气？到那时候，可就不是砸我家的窗玻璃那么简单了，我爸妈的生命，可能都有危险。如果他们有个三长两短，那么，罪魁祸首就是我。

想到这里，我不寒而栗。

我不该留给他反攻倒算的机会，就像当初打刘军涛。要打就打他个服服帖帖，让他永远见着我打哆嗦。我现在很后悔。那么，给他来个"回勺"怎么样？如果我现在马上去抓他，也许时间还来得及。之前，我听说过，社会上的人打架，只要谁敢打"回勺"，对方一辈子都会对你心有余悸，见了你腿肚子就转筋。

我猜测，汤司令很可能会去"四院"看病，那是长江冷面店附近唯一的一家大医院。我来不及多想，撒腿就跑。我感到嗓子干咸，喉咙里像开了锅似的沸腾着。

我冲进"四院"一楼的急诊部。电工刀就藏在搭在我胳膊上的海军灰青年服里。在门前，我学着刚才的样子，闭上眼睛又做了个深呼吸。走廊尽头的长椅上，坐着大眼皮和刘军涛等一大帮人，他们在抽烟。当他们看见我瞪着血红的眼睛，掰开电工刀冲过来，全都猛地站起身，呼啦一下，纷纷顺着侧门的楼梯"咚咚咚"地抱头鼠窜。

我一脚踹开急诊室的房门。医生正就着无影灯的灯光，给坐在椅子上的汤司令缝合伤口。显然，汤司令没料到我会杀个回马枪，他怔了一下，回过神来，随即不顾脸上正在缝合的针线，双手抱头往医生的白大褂身后躲。

我一声不吭，伸手扒拉开医生，汤司令的身体完全暴露在我的眼前。"饶命，饶命啊！"汤司令跪在地上，举起双手。看到往日威风八面的汤司令像个孬种一样跪倒在我的面前，一种从未有过的英雄豪情在我的心底涤荡。我薅住汤司令的脖领子，一把将他提溜起来。我不说话，使出全身的力气，照着他的胸口捅了一刀。此时，我已经完全忘记了老韩的告诫——不能用刀捅。汤司令表情痛苦地捂住胸口，两眼泪汪汪地望着天花板。当我摆动手臂挥舞着刀子再次捅向他的时候，那个白发苍苍的老大夫突然挡在我的身前，"住手！小伙子，要出人命的！"

我想伸手推开他，但老大夫坚毅无畏的目光震慑住了我。我慌乱地松开手，汤司令像一截木头，直挺挺地倒了下去。"是他——是他——逼我这么干的。不怪我！"我带着哭腔大声向老大夫控诉道。此时，我已满脸泪水，我恨不得把连日来所有的委屈全都一口气喊出来。

火车上人不多，我的座位临窗，这是我头一次独自出远门。旁边坐着一个穿中山装戴眼镜夹公文包的中年男人，一上车，他的下巴就抵在胸前，低着头呼呼大睡，嘴巴里呼出一阵阵浓烈的酸臭的酒气。我的对面是一个年龄跟我差不多的女孩，梳着马尾辫，露出光洁的额头，皮肤白皙，大眼睛空洞忧郁，显得无精打采的。女孩身边的衣帽钩上挂着一个黑色的小提琴盒子。女孩抬头看了我一眼，我的目光正好与她在空中对接。女孩旁边的女人警惕地盯着我，脸色阴沉，态度很不友好。那个年代，很少有半大孩子独自出远门的。

女人很漂亮，优雅端庄，坐得笔直，身穿一件立体感强烈的罗马尼亚针的奶白色套头高领毛衣。女人的眉心处像一个刻上去的"人"字，清晰醒目。

我用手掌支住头，表情木然地把脸转向黑漆漆的窗外。我虽然刚刚在候车室的盥洗室里洗了脸，换上了干净的衣服，但头发仍乱蓬蓬的，像一堆生长茂密的枯草。

过了一会儿，女人好像还不放心，跟女孩调换了个位置。

"我想看风景。"女孩撅着嘴，颇不情愿地站起身子。

"这么晚了，外面黑灯瞎火的，有什么好看的。靠着妈妈的肩膀，早点睡吧，养足精神，明天我们还有重要的事情呢。啊，听话。"

我疲惫困倦，可又全无睡意。我内心的恐惧渐渐滋长蔓延，无边无际，仿佛随时都有可能将我吞噬了一般。我感到自己正在坠入无底的深渊而无力自拔。活这么大，我头一次意识到精神的恐惧远比肉身的疲惫更强大，更加不可逾越。我不知道汤司令现在是死是活。如果他死了，那么，我就是在逃的杀人犯，用不了多久，就会受到全国的通缉。到时候，我罪不可赎，插翅难逃。我会像我在大街上无数次看到的场景那样：一辆辆大卡车缓缓前行，广播喇叭震天响。车上的犯人剃着光头，胸前挂着黑字红叉的白牌子，游街批斗，然后，拉向郊区的刑场，执行枪决。"啪"的一声，脑浆迸裂，一命呜呼。我短暂的生命就此终结。只有我的父母为我长吁短叹，他们千辛万苦养大的儿子，就这么带着十恶不赦的罪名离开了这个世界，从此，他们将背负千夫所指的沉重的心理包袱，度过凄惨、孤独的晚年。

汗水从我的头皮处渗出来，在我的脸颊上蜿蜒流淌。我手脚冰凉。

"你是不是生病了？"女孩小声问。不知什么时候，她身边的女人枕着胳膊，趴在茶几上睡着了。

我艰难地笑笑，摇摇头。

女孩看了女人一眼，"那你怎么满头大汗的？脸色蜡黄。"

"我，我赶火车跑的。"我抹了一把脸上的汗水。

"你是去北京吗？"

"嗯。"

"我也是。你是去玩，还是串门？"女孩的大眼睛亮晶晶的，全无刚才的浑浊。

"我去看我哥。我哥在北京大学念书。"我只能这么说。

"你哥可真让人羡慕，能考上北京大学，了不起。你呢，你也是学生吗？"

"我念高二。"

"我看你不像学生，倒像个无家可归的小流浪汉。"

我的脸刷地红了。

女孩双手捂住嘴巴无声地笑了，"生气了？跟你开玩笑呢。你是哪个学校的？"

"实验、实验中学。就是，黄河大街的那个。"我说得一点都不自信。

"当然是黄河大街的那个，我们奉城不就一所实验中学嘛。"女孩对我的故意强调示以不满。

"你是哪个学校的？"我生怕她顺着实验中学的话题往下聊，那可就坏菜了。

"五中的，我也在上高二。你明年想考哪所大学？"我都不知道五中在哪个区。

"我、我还没想好呢。你去北京干啥？"

"我妈给我找了个教小提琴的老师，让我拜师学艺。"女孩轻叹了口气，"其实我不想学小提琴，我想考文科。"女孩狠狠地剜了女人一眼，"你叫什么名字？"

"郝勇。"说完，我就后悔了。

"我叫章姗姗。"女孩隔着母亲，在窗子上哈了口气，用手指一笔一画地写下了自己的名字。

女人眯缝着眼睛，抬起头，眉心处的"人"字更深了。她的脸压出了一个不规则的图案，就显得没有刚才漂亮了，甚至有些丑陋。

"闭嘴！不许你跟陌生人说话。"女人厉声道。之后，沉重的头重又伏了下去。

章姗姗冲我吐了吐舌头。我俩都笑了。过了一会儿，她靠在女人的肩膀上睡着了。

我走到列车的连接板处，点上一根烟。

后半夜，我睡得晕晕乎乎的时候，断断续续听见女人在跟我旁边的中年男人聊天。两人聊得很投机，精神头十足，声音一会儿高一会儿低，还时不时发出愉悦的笑声。关键词是"未来""前途""国家命运""少壮不努力，老大徒伤悲"。

我梦见，在漫天大雪中，我被押着游街，胸前挂着个大牌子，脖子上的铁丝勒得我喘不过气，抬不起头。我爸妈跟在大卡车后面，披头散发地奔跑，跌倒了，再爬起来，鞋掉了一只，又掉了一只。老两口光着脚拼命地继续追赶，可就是追不上那辆慢腾腾的大卡车。我不时回头，眼泪簌簌地流，脸上结满了冰碴……

"到站了，快醒醒。"女服务员用撮子的铁角使劲敲打着茶几。我昏沉沉地睁开眼睛。"这孩子，怎么睡觉把自个给睡哭了呢。"女服务员胖嘟嘟的脸笑得花枝乱颤，眼泪都乐出来了。

天安门广场游人如织，天色阴沉晦暗。我在画片上、宣传画上、新闻纪录片里，无数次看到过天安门，如果我没有记错，好像某个电影制片厂的厂标就是金光闪闪的天安门。

那时候，天安门城楼的大门紧闭，金水桥往里还是禁区。游人只能隔街而立，在广场上的栅栏处仰着头，望着毛泽东的巨幅画像，揣摩、端详、顶礼膜拜，想象一九四九年十月一日那个庄严的时刻。

不知道是不是天气的缘故，我眼前的天安门没有想象中的宏伟壮观、鲜艳神圣，朱红色的墙体灰尘密布、黯然无光。这不免让我有些失望，有些困惑。我不知道眼前的天安门更真实，还是画片上的天安门更真实，抑或是从内心里希望哪个更真实。

广场上有许多脖子上挂着照相机的流动摄影师，忙碌着跑来跑去，招揽生意。我也以天安门为背景照了张相片。我尽量打起精神，挺胸抬头，脖子伸得长长的。我忽然意识到，这很可能是我留在这个世界上的最后一张相片了。我的视线变得模糊朦胧。我不得不一次次背过身去擦拭脸上冰凉的泪水，让摄影师等等，再等等。开始，那个尖嘴猴腮的家伙还满嘴京腔京韵地安慰我，"别紧张，谁第一次来到伟大的首都、看到天安门不激动得热泪盈眶啊。"几次之后，他终于不耐烦了，"咔嚓"按了快门。

我给摄影师留的是李小阳粮店的地址，没敢留我自己家的。我怕我万一哪天被逮起来，爸妈看到我的相片触景生情、伤心落泪。那会是我的遗像吗？

我坐在广场的石阶上心事重重，无所事事地抽着烟。突然，我看见章姗姗和她的母亲手拉着手，出现在拥挤、杂乱的人群中。与此同时，章姗姗也看见了我，但一闪又不见了。我跳上石阶的最高处，举目观望，章姗姗四顾茫然地也在寻找着我。我挥动手臂，章姗姗终于看见了我，她的手臂举得半高不高，小心翼翼地冲我摇了摇。我的心怦怦直跳。

晚上，我不敢住北京火车站的"票房子"。我在一条七拐八拐的小巷深处找了个类似半地下的小旅馆安顿下来。

第二天，我去了八达岭长城。那时候的八达岭长城脚下杂草丛生，苍茫荒芜。站在残缺古旧的烽火台上，我以一个中学生的有限想象，深深地感受到了历史的沧桑与悲壮。在狂风大作、落叶飘零中，我仿佛听到了千军万马的嘶吼声，冷兵器的碰撞声。我想到了《三国演义》中桃园三结义的"刘关张"，想到了"燕雀安知鸿鹄之志哉"，想到了"苟富贵，无相忘"，想到了"王侯将相宁有种乎"。我感到浑身充满了力量，全然忘记了我此时所面临的险恶处境。

"有家难回，只因不愿任人欺辱，浪迹漂泊，祖国处处是我家。"当晚，我躺在床铺上辗转反侧，借着月光，写下了如此伤感的句子，也可以说，这是我人生之中的第一首诗。如果这也算是诗的话。

第三天，我把帽檐压得低低的，乘车去了北大。我不知道北大有多大，生怕在路上碰到我哥。我讨厌我哥，我讨厌我哥的唯一原因就是他是我哥。其实，我哥没有什么对不起我的地方。我哥从小就是一个听话的好孩子。我哥懂得谦让，有什么好吃好玩的都让着我。我哥比我大两岁。小时候，他总是拉着我的手，远远地坐在皇姑屯火车站货场的围墙上看火车。我们猜客车有多少节车厢，货车有多少节车厢，后来，我们还猜下一列进站的是客车还是货车，大概还得多长时间进站。我们没有手表，就以数数替代。多年以后，我在一部欧洲文艺片里看到过类似的情节，才知道，不仅我们，这个世界的孩子都很无聊，不管你是姓社还是姓资。如果不出意外，未来世界的孩子们还将继续这么无聊下去。只不过方式会有所不同罢了。

当我长大了一些，我就甩开我哥的手，跟那些比我大的男孩子们去偷火车上的瓜果梨桃。几次之后，他忍无可忍，终于把我的偷窃行为告诉了我爸妈。我的屁股被我爸用扫帚疙瘩打得皮开肉绽。

从此，我们分道扬镳，再没在一块儿玩过。但我知道我哥对我好。他把自己心爱的校徽寄给我，想以此鼓励我好好学习天天向上，可我并不领情。我歹毒地用硫酸将他的校徽"咬"成了一小块废铁，然后，奋力地扔了出去。

北大可真大啊！像一个大的公园。我坐在未名湖畔的树荫下，看来来往往的学生们。他们个个昂首挺胸，笑声朗朗，每个人的胸前都高傲地别着白底红字的校徽。我想，整个北大的学生大概只有我哥一个人没有别校徽吧。一瞬间，我真的很后悔，我辜负了我哥的一片苦心。我甚至有冲动去找他，当面请求他的原谅，倾诉一番我此时此刻忐忑不安的心情。但我知道这不可能，按我妈的话说，我是个"咬屎橛子给麻花都不换的人"，但我还是忍不住一件件地念起我哥的好来。

接下来，我不知道自己还能干点什么，也不知道该去哪儿逛。我百无聊赖地行走在宽阔的长安街上。从复兴门到建国门。当我走到电报大楼的时候，一阵强烈的思乡之情促使我毫不犹豫地走了进去。虽然，我出来仅三天，但我感到时间是那样的漫长和煎熬。所谓"生不如死"也不过如此吧。反正，我是不想再这么无休止地心惊肉跳地活下去了。我宁可蹲监狱，宁可吃枪子儿。

我强作镇定，接连做了几次深呼吸，才颤抖着双手接通了李小阳粮店的电话。

"你小子跑哪去了？你爸妈到处找你，都到派出所报案了！"李小阳疯了似的大声冲我嚷嚷。

我的耳朵都快被他震聋了。"你身边有没有警察？"我打断他。

"什么警察，有警察我敢这么跟你说话吗？你也不动动脑子。"

"汤司令没死？"

"没有。你扎他的事，现在全区都轰动了。你小子出名了。但汤司令真的没报案，挺讲究的，不然，你爸妈找你干什么。要是那样的话，他们巴不得你跑得越远越好。"李小阳哈哈大笑。

我简直不敢相信他说的话。这是真的吗？这是真的吗？我使劲掐着我的大腿根，直到有了钻心的痛感，才长舒了一口气。

"警察找过汤司令，汤司令说不知道谁扎的，警察也懒得管。这年头，谁不是多一事不如少一事呀。你一个人干那么大的事，都不告诉哥们儿一声，太不够意思了，我和老韩都挑你理儿呢。"

"我不想连累你们。"我说得有些腼腆。

我走出电报大楼，天空电闪雷鸣、大雨瓢泼。街道两旁，人们纷纷抱头鼠窜，到处都是"吧唧，吧唧"的慌乱的脚步声，溅起肮脏的泥点子。我站在马路中央，张大嘴巴，伸开双臂，"啊——"地大吼一声。

我又活过来了！

我走出奉城火车站，老韩和李小阳蹦蹦跳跳地朝我跑过来。两人一边一个搭着我的肩膀，生怕我跑了似的。

"哥们儿，真想不到，你还是个干大事的人。我以前怎么就没有看出来呢。"李小阳故意上下打量我一番。

平心而论，虽然那个时代奉城的中学生打架成风，单挑、群架，如同家常便饭，但真正敢动刀子的没几个。况且，我一个人又跑到医院给他来了个"回勺"呢。这种事儿近乎绝无仅有。我是把脑袋别在了裤腰带上，或者说，我是被逼无奈把脑袋别在裤腰带上的。

"你们这是干什么呀？"我被他俩弄得直不好意思。

经过沙子沟农贸市场时，我看见许多站在街边的三一群俩一伙的小地赖，远远地向我投来敬佩的目光。他们有的主动冲我点头，有的主动跟我搭讪，有的人则目光躲闪，神色紧张。他们大多比我大个一两岁，只有少数几个跟我一般大。平时，他们在大街上摇头晃脑，耀武扬威，我在他们眼里，根本一文不值。我这才真切地意识到，我是真的出名了！

"我爸妈知道我今天回来吗？"快到家门口了，我才想起来问。

"知道。我们怕你爸妈担心，昨晚就通知他们了。是你爸妈一再叮嘱让我们哥俩亲自把你押送回府的。"

我爸妈打开门，侧身靠在过道的墙壁上。老韩和李小阳边往里进，边热情地跟我爸妈打着招呼，我爸妈以他们知识分子一贯的谦和，礼貌地点头微笑。我低着头，走在最后面，经过我爸妈身边时，我微微抬起头，尴尬地冲他们笑笑，我爸妈立马脸色阴沉，神经绷得紧紧的。他们的变脸技艺真是炉火纯青啊。我记得，小时候他们打我，气得鼻歪眼斜，打得正起劲，但只要有客人来，他们马上就能变出一副亲切温和的笑脸，又是沏茶又是倒水，谈笑风生，好像刚才的一切都不曾发生过。我虽然暗自庆幸躲过一劫，但对他们的虚伪做派嗤之以鼻。他们，或者说，中国的知识分子们，大概天生就有这本事。

老韩和李小阳在我的小屋里坐了一会儿就要走。我妈挡在门前，一定要留他俩吃了饭再走。他们是想对我的同学把我"押解回府"表示感谢吗？还是他们嫌此时我们一家三口坐在一个饭桌上吃饭尴尬？反正，他们之前对我的同学从未这么真诚地挽留过，更不用说，在他们内心里极为讨厌的老韩和李小阳了。

这顿饭吃得不香不臭，不尴不尬。尽管饭桌上有鱼有肉，荤素搭配，不可谓不丰盛，但气氛太沉闷了，沉闷得令人窒息。每个人都吃得小心翼翼，嘴巴闭得严严的，像是怕苍蝇飞进嘴巴里似的。

饭总算吃完了，老韩和李小阳赶紧如释重负地抬屁股走人。我们一家三口默默地把碗筷拣到厨房，我正要洗碗，我妈小媳妇似的说："你回屋歇着吧。"

我回到自己的小屋，躺在床上，双手枕着头，等过一会儿他们叫我。但直到关灯睡觉，他们都没有再对我说过一句话。我心里纳闷。过去，无论我做了什么错事，他们都要找我谈话，恩威并施，胡萝卜加大棒。芝麻大的小事，也能一谈半宿，不达目的决不罢休。

我睡不着，透过窗帘的缝隙，我看见月亮在游走，有时缓缓的，有时急匆匆的，像个随性的孩子。我看得入迷。

后半夜，我听见我妈的啜泣声，忽大忽小，伴随着我爸沉重的叹息。我几次想爬起来，推开他们的房门，轻轻道一声，"我错了，下回我再也不给你们惹是生非了。我保证做一个听话的好孩子。"

但我没动，一动不动，直挺挺的，像一具铁石心肠的僵尸。我不想"保证"自己做不到的事情，我不想撒谎，我早就厌倦了撒谎。从小到大，我就生活在谎言里，我已经撒过太多的谎了。这是我在北京那几天才突然意识到的。不久前，我在南斯拉夫电影《桥》的开头听到这样一句对白。大意是，领导交给主人公一项艰巨的任务，那家伙的回答竟然是，"我尽力吧。"他没有说："我一定完成党交给我的光荣任务。"我当时大吃一惊。是啊，我是在左一个"一定"，右一个"坚决"的语境的灌输中长大的孩子，但那一句轻轻的"我尽力吧"，几乎颠覆了我以往所受的教育。为此，我三番五次地看这部电影。我喜欢那首"啊朋友再见，啊朋友再见吧再见吧再见吧，如果我在战斗中牺牲，请把我埋在这山岗上……"的歌曲，悠扬的口哨，轻松的旋律，但我更喜欢那句吊儿郎当的"我尽力吧"，每当电影演到这里，我都激动不已，浑身颤抖。时至今日，我依然记得那个长着勺把样儿下巴的家伙双手插兜，一副大大咧咧的潇洒模样。

大眼皮跑来给我捎话，说汤司令要见我。大眼皮说这话时，低眉鼠眼，大气不敢出，全然没有了当初狗仗人势的狐假虎威。

我不说话。

大眼皮又说，汤司令天天夜里做噩梦，梦见你又到医院给他来了一个回勺，吓怕了。他想当面跟你把话说清楚，交个朋友。不打不相识嘛。

我不知道汤司令葫芦里卖的是什么药。他是想给我下套，来一个"瓮中捉鳖"，一雪前耻吗？即便如此，我还是答应了。"是祸躲不过"，凡事得有个了结，就这么悬着，我心里头总觉得是个事，觉也睡不安稳。

我买了一网兜的水果罐头，去了四院。

汤司令躺在病床上，上身赤裸，脸上和整个胸部缠着厚厚的纱布，像一具木乃伊。还没有到供暖的时候，病房里很冷。

汤司令见我进来，神色慌乱地坐起来，僵硬的身体靠在床头上。我俩的表情都显得不大自然。我不知道说什么好。我掏出烟，递给汤司令一根。汤司令用嘴接住，示意我帮他点上。我照办。汤司令拍拍床铺，我在他身边坐下来。

"盖上点吧。"我想帮他把脚底下的被子拉上来。

"不行，必须晾着，不然容易感染。"汤司令笑笑，口齿不清地说，"行，你有种。我长这么大，还真没见过像你打架这么玩命的呢。"

"你，看病需要多少钱，你先垫上，等我今后挣了钱，我会如数还给你的。"

"我做手术、住院花了两百多块钱，你猴年马月能还上？这几天，我想了想，这事也怪我，如果当初我不把你逼得太紧，你也不会下手这么狠。"他说得一点不错，"你知道，我是个要面子的人。咱们对外就说，是你出钱给我看的病，不然，我往后就没法在社会上混了。"

我点头，表示理解。

"就差这么点，你就要了我的小命了。"汤司令用手比画着，"真悬啊！可社会上的人说，你听说我没死，还不依不饶，扬言还要再给我来个回勺。如果，我现在不主动找你，你是不是真的想杀了我？"

我不置可否。那些喜欢添油加醋传瞎话的人，他们真是不怕事大。这两天，除了老韩和李小阳，我谁都没见过。但我打心眼里感谢他们的流言飞语。

"你怎么没报案？"这个是我最想知道的。

"你还记不记得，给我缝针的那个老大夫？"

"记得。怎么了？"我记得他那双坚毅的眼睛。

"他说，你是被我逼的，不然你一个人不敢当着那么多人闯进来玩命，这种人就算进去，只要能活着出来绝对不会放过我。他当了一辈子大夫，见多识广，什么没见过。我信他说的。"

我从内心里对老大夫感恩戴德，"事情都过去了，咱们别的话都不说了。你好好养伤吧，改日我再来看你。"

我从四院出来，路过学校，我突然想到了整个事情起因的罪魁祸首刘军涛。不能就这么便宜了他。如果说，在去医院看汤司令之前，我还对动刀子之类的行为心怀恐惧的话，那么现在没有了，彻底没有了。我的愤怒充满胸膛，复仇之火熊熊燃烧。

虽然，我在这个学校只上了一个月的学，但我不想就这么算了，我要报仇，我要给刘军涛一个教训，让他尝尝在众人面前丢面子的滋味。想到这里，我兴奋不已。我一向最讨厌的就是那些欺负人的恶棍，他们狗仗人势，欺男霸女，专挑软柿子捏，只要他们知道你怕他，他们就无休止地、一而再再而三地当众羞辱你。你越是恐惧他越是变本加厉，让你恨不得连自杀的心都有。过去我有心无力，现在今非昔比了，我要替天行道、伸张正义，我要让他付出沉重的代价，让他从此在学校永远抬不起头来。我越想越兴奋。好，就这么办。

我双手插在裤兜里，嘴里吹着口哨，一脸轻松地从学校后门走进去。当时正赶上中午放学。老师前脚出去，我后脚就溜进了我们班的教室，随手"嘭"地关上门。

所有人看见我都怔住了，站在原地一动不动。

"都给我回到自己的座位上去！"我掏出电工刀一指，大声喊。

同学们乖乖地退了回去。我上前一步把电工刀架在刘军涛的脖子上，平静地把他押上讲台，"跪下！"刘军涛吓得浑身直哆嗦，我直视着他的眼睛，抬手给了他一个脖溜子，"跪下！信不信，我现在就一刀抹了你？"我的眼珠子又红了。

刘军涛单腿跪在地上，另一条腿躬着。我一脚踢在他的膝盖上。"扑通"一声，刘军涛的双腿齐刷刷地跪下来。

"你们都看到了吧，就他这个熊样，像一条狗似的跪在你们面前。我今天来，就是想为你们出一口恶气。都给我听好了，这就是欺负人的下场。如果以后他再敢欺负你们，你们知道该怎么办了吧。"说完，我潇洒地"啪"地合上电工刀，不慌不忙地离开了学校。

　　我为我的莽撞、冲动和虚荣，也许还有正义，付出了沉重的代价。

　　当天晚上，警察敲响了我家的房门。警察之所以闯入我家，既不是汤司令也不是刘军涛报的案，而是学校教导处。我的罪名是，持刀危害校园安全。我被行政拘留十五天。

　　出门的瞬间，我不经意间回头看见，我妈眼泪纵横，手扶门框，身体摇晃了几下，双眼一闭，倒在了身后我爸的怀里。

　　警察扣留了我身上的所有物品：七块五毛钱、指甲刀和军用皮带。警察在我家里没有搜到那把电工刀。我一口咬定，我一出校门就把电工刀扔到了附近公共厕所的粪坑里，至于是哪个公共厕所就记不住了。那年月，大街小巷公共厕所林立。警察好像对电工刀的去向并不太在意，他们按照惯例用脚上的大皮鞋冲我轮番轰炸了一通之后，把我推搡着送进了拘留所。

　　慈眉善目的老警察走在前面，身上别的一大串钥匙发出"哗啦哗啦"的声响。我随他走进了阴暗潮湿且灯光昏暗的拘留所。老警察为我打开手铐。我揉了揉手腕，被手铐勒住的血液欢畅地流动起来。

　　老警察弯下腰打开房门，他见我有些不解，朝我笑了笑，还幽默地冲我做了个"请"的手势。与其说，那是一道门，不如说是一个洞。那道门大约只有一米高。我必须弯下身子，双手触地才能爬进去。

　　我不大情愿地弯下腰，怀着一种探秘的心情，犹豫着冲里面张望了一下，老警察闷不做声，从后面狠狠一脚把我踹了进去，我听

45

到身后的大铁门"咣当"一声关上了。

房间里灯光惨白，我站在水泥地上，揉着眼睛，适应了好一会儿才渐渐习惯眼下的处境。我脚下的周围，整整齐齐地摆放着各式各样的臭鞋子和一摞摞银灰色的铝盆。一米远的水泥台前方，是凸起的地板，有点像日本人睡觉的榻榻米风格。

靠近门边的人已经睡了，见我进来，又都呼啦啦揉着惺忪的睡眼坐了起来。靠里面窗子的几个人在打牌，其中一个膀大腰圆的壮汉头都没抬，只是随随便便一挥手，"按老规矩来。"就又把精力转移到了扑克牌上。

一个坐在水泥台边，跟我年龄差不多大的家伙，露出两侧的小排骨，笑嘻嘻地问："带烟了吗？"

"没有。"我嗫嚅着说。

"看你也不像个明白人。把鞋和衣服都脱掉，一件不剩。痛快点。"这家伙声音尖厉，他好像正处在变声期。

我蹬掉鞋子，慢腾腾地一件件脱着衣服，心想，他们这是要干什么？我脱得只剩下一条小裤衩了，可他还没有让我停下来的意思。我满脸困惑地看着他。"继续脱。"小排骨突然像个小大人似的变得严肃起来。我只好把裤衩也脱掉，慌乱地塞在毛裤的裤腿里，两只手紧紧护住我的小东西。

"把手拿开，站直了，听我的口令。立正！"小排骨边说边挺直身体算是给我打了个"样儿"。

由于我的双手紧紧护着我的私处，站立的姿势就不免有些滑稽。小排骨恼怒地踢了我屁股一脚，不重。我的眉毛打了一个死结，恶狠狠地盯着他，一动不动。小排骨的目光与我对视了一会儿，他可能有些害怕了，回头寻找救兵。刚才发话的壮汉站起身，伸了个懒腰，迈着外八字步，走过来，二话不说，冷不防照着我的私处就是一脚。我的后脑勺重重地撞到了墙壁上，发出"嗵"的一声闷响。

"小兔崽子，还不服不愤的，给他洗个澡，加倍。二十盆水。"

一个刚才睡在便池子边上的中年人兴奋地端起塑料水盆，在水池子边上开始打水。

小排骨将满满一水盆的冷水，兜头朝我浇了下来。我感到周身一阵刺骨的寒冷，身上起了一层厚厚的鸡皮疙瘩。当时已经是十月末了，东北的天气正在骤然降温之中。

又是一盆冷水兜头而下。我浑身颤抖，身体缩成一团。我紧咬牙关，重新站直身体，不躲不藏。我把从小到大学习过的英雄人物通通在脑子里过了一遍。

"行，年纪不大，还挺有'钢'。"二十盆水浇过后，壮汉点点头。

我的身体和嘴唇像个永动机，哆嗦个不停。

"今天太晚了，就不折腾你了。但跑得了和尚跑不了庙，明天你得补上。"

我不知道他还要耍什么花招。

"你就睡这里吧。"壮汉指了指紧挨着便池子的水泥地说。

小排骨把一套破被褥扔给我。只有我一个人睡在下面潮湿的水泥地上，其他人全都睡干爽的地板。我不知道，这是不是每个新来的人必须领受的"待遇"，抑或是壮汉看我年龄小好欺负？那他就看错人了。

便池子上方是个半米高的墙垛，后边是一堵墙。刚才睡在这里的那个中年人抱着自己的衣服，欢天喜地地"升"到了地板上，见缝插针一般，在两个人中间小心翼翼地侧身躺了下来。

便池子一侧泛出一股股令人作呕的臭烘烘的味道，另一侧堆着肮脏恶臭的各式鞋子。左右都不是。我只好平躺下来。刚刚浇过二十盆水的水泥地又潮又湿。我的身体抖得像狂风大作中的一片树叶。半夜里，有人起来撒尿，"哗哗"的尿水经过斑驳的尿渍池壁的折射，溅了我一脸。我恼怒地睁开眼睛，他却挑衅似的冲我边抖抖他那黑不溜秋的家伙，边不怀好意地笑笑。又是那个壮汉。

　　我不停地盗汗，感觉自己就像睡在屎尿窝里。真是生不如死啊。还不如亡命天涯的滋味好受些。我用双手蒙住脸，紧紧闭上嘴巴。过了一会儿，我渐渐醒过味来，刚才，我为什么像个木偶似的任由他们摆布，让干什么就干什么？我为什么不反抗？是这个陌生、逼仄的环境让我心怀恐惧，还是被他们个个凶神恶煞般的阵势吓破了胆，一时间脑子短了路？这一连串的为什么让我怒火中烧。

　　这么下去，剩下的十四天我该怎样才能熬过去呀。不行，我要好好想一想对策，如果他们明天胆敢如法炮制，我就跟他们拼了。

　　"起床——起床了！"有人高喊。

　　壮汉照着那些迷迷糊糊，还想在铺上多赖几秒钟的人的脑袋又踢又踹。我迅速爬起来，站在水泥地上，不知如何是好。屋子里一片混乱，没有人注意我。有人在水池子边上，头挨头，挤挤擦擦地洗脸刷牙。接着，人们无精打采地把自己的被褥在空中抖来抖去，一张张叠好，然后整整齐齐地码放在靠窗的墙头。跳舞的灰尘，屎尿的臊臭味，充满整个窄小闭塞的空间。凌乱、杂沓的脚板踏在地板上发出"嗵嗵"的沉闷声响。这一切，都让我心烦、憋闷，喘不过气来。

　　窗外，阳光新鲜，室内的空气却污浊不堪。

一瞬间，我感觉眼前的一切是那么的不真实。"噩梦醒来是早晨"，可我仿佛还是身处在一场噩梦之中。我揉了揉眼睛。昨天我还耀武扬威地出现在学校里，把电工刀架在别人的脖子上，怎么一觉醒来，却被囚禁在了铁窗高墙，与这些凶神恶煞混迹于一室。

走廊里传来"打饭了"的叫声。所有人都迅速地倚靠在墙根一字排开，坐好。铁门下方的打饭孔打开了。银灰色的铝盆叮叮当当递出去，一盆盆玉米面糊涂粥传进来，上面漂浮着一根咸菜条，和两个牛眼睛大的窝窝头。

壮汉把我盆中的两个牛眼睛自自然然地夹到他的饭盆里。别人狼吞虎咽的时候，他才披着大衣，迈着方步，一条腿支在水池子边上，开始慢腾腾地洗脸刷牙。这是他的特权。同时也无声地证明了，他在这间屋子里享有至高无上的地位。

我饭盆里的糊涂粥摆在水泥台上，一口没动。我实在没有胃口。大概每一个初来乍到的人都不会有什么胃口吧，我想。

"不吃？"壮汉蹲下身。

我点点头。

壮汉端起糊涂粥一饮而尽。

饭盆洗干净，码放在铁门旁边。

"各就各位——"随着壮汉的一声令下，所有人面朝窗，排成三排，盘腿坐在地板上。壮汉来到队前，手掌平伸，眯起一只眼睛"调线"。"左一点，右一点。"直到三排队伍坐得"横看成岭侧成峰"，他才靠在墙角的被垛上，满意地坐下来。

我站在原地，等着壮汉安排我坐下。

"你，上来。"壮汉食指一勾。

我走上地板。

49

"立正——"壮汉一定是当兵出身，且训练有素，口令喊得抑扬顿挫，中气十足。

我不自觉地并拢双脚。

壮汉一甩头。小排骨机敏地从原地跳起来，落地时，双腿交叉，两只手臂外翻，学着稚嫩的童音，"下一个节目，学动物叫。"小排骨勒紧嗓子，面部表情丰富，活像个舞台上的小丑。众人被他滑稽的表演逗得哈哈大笑，只有我一个人面色凝重，一阵阵地犯恶心。小排骨来到我面前，"你，要学三种动物的叫声。学猫学狗学老虎、大象，随你便。学得好，全体掌声通过，一次过关。学不好，军法处置。"至于怎么个"军法处置"，他没说。

我不吭声。

"痛快点。别他妈的瞎耽误工夫。我们可没有时间陪你。"壮汉打了个哈欠。

我看着窗外明亮的阳光，一只叽叽喳喳的麻雀在干枯的树枝上蹦跳了两下，机警的小圆眼珠冲我调皮地眨了眨，扑闪着翅膀飞走了。我真羡慕它呀。

"小兔崽子，小小年纪怎么老气横秋的，像只瘟鸡。我他妈的看你就不顺眼。"壮汉突然恼怒地跳起来，上前"啪"地给了我一个响亮的耳光，"你咋这么艮呢？"见我不说话，他训练有素，恨铁不成钢似的左右开弓，打得我眼冒金星，摇摇欲坠，然后，他看都不看我一眼，重又气喘吁吁地坐回到原来的位置上。

我感到血往上涌。他是故意在众人面前羞辱我，他以为我年纪小，又是初来乍到，没什么辣气，肯定不敢还手。我想不明白，这个世界上怎么到处都是以欺辱人为乐的家伙呢？如果他们的爪子欠，可以在墙上磨磨，干吗非要打人呢？身上又不能多出块肉。况且，大家身居囚室，可谓"同是天涯沦落人"。他妈的，我必须予以还击，以向他证明，他的狗眼看错人了。

我主意已定，故意咳嗽了两声，让他以为我的表演即将开始了。

"全体——原地向左转！"壮汉再次发出口令，坐着的人把身体转向我。他们仰着头，饶有兴致地期待着我的精彩演出。

我悄悄往壮汉坐着的角落挪了挪。擒贼先擒王。我必须用当初对付汤司令的招数对付他这个混蛋。我攥紧拳头，趁壮汉不备，冷不防，身体半转，飞起一脚，正中他的下巴。壮汉显然没有料到我一个小孩子会跟他"反夹子"。壮汉还没来得及反应，我猛地扑到他的身上，可抡起的拳头还没来得及落下，满屋子的人全都条件反射般跳将起来，无数只拳头脚掌劈头盖脸地朝我砸下来。我感到头晕目眩，只能双手抱头，捂着脸，龟缩在墙角里，任由他们拳打脚踢，一声不吭。地板发出的回响铿锵有力，荡气回肠。

"五号房，怎么回事？噼里啪啦的。"寂静的走廊里，传来大皮鞋"咔咔"的脚步声。

"大皮鞋来了。"小排骨像一只猴子，早已趴在窗口前望风。

"你要是敢说有人打你，我整死你！"壮汉爬起来说。

大皮鞋站在铁窗下，嘴里叼着根香喷喷的果子。是昨天送我进来的那个老警察。

"摔跤玩呢。没事。李叔，你这不是故意馋我嘛。"壮汉吧唧吧唧嘴。

老警察把剩下的半根果子递给壮汉，"小点动静。可不许打架啊。"说完走了。

壮汉吃完果子，揉了揉下巴，吩咐众人："把他给我架起来！"

两个人拧住我的胳膊，反背过去，另外两个人蹲下来，每人抓住我的一只脚，令我动弹不得。

壮汉说："来人，去窗口'打眼'！"小排骨"嗖"地再次窜到水池子上，调整好冲走廊窗户的角度，又连哈几口气，用袖子擦干净。整条走廊影映在洁净的玻璃窗上，一览无余。

壮汉像个拳击手那样，脖子摇了摇，在手掌心上"呸呸"吐了两口唾沫，双手绞在一起，发出一连串"嘎巴嘎巴"的清脆声响。

我一眼不眨地死死盯着他，面无惧色。

壮汉铁疙瘩一样的拳头照着我的胸口就是一个"窝心拳"。我疼得"哎呀"一声，声音不大。又是一拳。我听到我的肋骨发出一声"咔嚓"的断裂声。但这回我没有吭气。我牙关紧闭，头昂得高高的。

"管我叫一声爷爷，今天我就饶你不死。叫，叫啊！"壮汉穷凶极恶。

我微微一笑，"操你妈！"我卯足了力气，把一口带血的浓痰吐到他坑坑洼洼的脏脸上。

"我叫你跟我'拉硬'！"壮汉恼羞成怒，拳头带着风声，雨点般砸向我的胸口。我摇摇欲坠，眼前一花，昏了过去。

不知过了多久，我苏醒过来，发现自己躺在原来的阴冷潮湿的水泥地上。我用手摸了摸脸，我的脸完好如初，光洁依旧，但身体里的五脏六腑却撕裂般疼痛。壮汉打人的手法不赖，阴险毒辣，不留丝毫痕迹。不知道的，还以为我现在"好人"一个呢。如果说，他刚才扇我嘴巴是在羞辱我，那么，这一顿"窝心拳"则着着实实把我打成了内伤。这下，我算彻底弄明白了，为什么经常有人说"打人不打脸"。以前我还以为是咱东北人"讲究"，想给人留面子呢。

这间收审房不足十五平米，却关押了差不多二十个人。便池子一侧的人睡觉只能侧身躺着，行话叫睡"立板"，也叫"下铺"，那里几乎可以用"针扎不进，水泼不进"一词形容。仅比我睡的屎尿窝强点。对面的叫"上铺"，那里虽然可以平躺着，但也挤挤擦擦的人挨人。只有里面靠墙的两个"大角"的人睡得宽敞，褥子能平展着铺开，怕潮，下面还垫了厚厚的几层，暗暗乎乎的像个长条沙发。褥子是新的，被子也是崭新的。按现在的话说，这两个人是号筒子里面的特权人物。

我爸妈给我送来了被褥、换洗的衣服和一些日用品。我连它们的"毛"都没摸着，就被壮汉带头分了。被褥归到了他的名下。我躺在水泥地上，也能闻到熟悉的清香味道。我一声不吭。我想到，我的父母此时一定很伤心，他们的儿子现在是一名罪犯。一滴泪，从我的眼里流淌出来，还好，没人看见。

壮汉叫李军，当过兵，在工人俱乐部一带也算是小有名气的"梗梗"，还是个摔跤高手。中午休息时，他就张罗玩摔跤，在如此逼仄的环境里，两三个人一起上都不是他的对手。每次赢了，李军就捶打胸膛，展示一番他的胸大肌，"呜——呜——"地连声吼叫。他是在恐吓和威胁他的那些潜在的对手——都给我老老实实、规规矩矩地待着，别想"反夹子"，老子的拳头可不是吃素的。李军的伎俩收到了很好的成效，屋子里的所有人对他言听计从，敢怒不敢言。

新来的和提审回来的人，都把带进来的整根烟或烟屁股奉送给他。星期天晚上改善生活，白菜汤里漂浮的仅有的几片肥肉，人们也要端着碗，排着队，争先恐后夹到他的碗里，孝敬他。

和李军睡对面的是个矮矮瘦瘦的家伙，挺不起眼的样子。这么冷的天，他就光着膀子，眼皮耷拉着，跟谁都不说话，过着衣来伸手饭来张口的神仙日子，比李军活得还自在。好像那天我跟李军打架，就他一个人没有动手。这家伙白天就躺在自己宽敞洁净的铺位上蒙头大睡，李军不说警察不管，晚上却来了精神，头靠着墙，望着天花板发呆，或面无表情地用后脑勺撞墙，有时候"咚、咚、咚"，有时候"咚咚咚"，节奏清晰，跟脖子上的脑袋是别人的一样，磕着墙，听得人心里瘆得慌。一屋子人被他折腾得整宿整宿睡不着觉，但没有人敢抱怨一句，连李军也顶多小声说一句，"精神病，差不多行了。"精神病瞪着一双直勾勾的大眼睛直视着李军，李军就不吭声了，坐起来默默地抽烟。

那天，进来一个跟我差不多大的孩子。一进门，就双手抱拳，"各位大哥，早来了。兄弟我迟来一步。"语速飞快，吐字清晰，跟说单口相声似的。说完，没等李军发话，自己就主动迅速褪去衣裤，转眼间，把自己脱得一丝不挂，笔直地站在原地。李军被他逗得哈哈大笑，"行，懂规矩，洗澡就免了。上来吧。给我们表演个节目，让大爷我开开心。"

那家伙大大方方、摇头晃脑地学了鸡叫狗叫鸟叫，又学老虎、狮子吼，拦都拦不住，还学得惟妙惟肖，近乎传神。当晚，那家伙就得意扬扬地睡在了上铺。

第四天深夜，我感到身体赚了些力气，就悄悄爬起来，小心翼翼地把所有的铝盆抱在胸前，精神病微笑着看着我，轻轻点头。我摇摇晃晃地走到熟睡的李军身前叉腿站定，双手高举起盆，狠命地朝他的头顶砸下去，随着"叮叮当当"一片声响，李军晕晕乎乎地护着头，想坐起来，我的拳头疯狂地砸在他的脸上。我的拳头没有重量，况且，这几天我一直睡在潮湿的水泥地上，浑身长满了湿疹，走路都飘飘忽忽的，没有力气。李军一定是还没缓过神来，双手在空中胡乱地挥舞着，完全乱了章法。所有人都坐了起来，精神病挡在我身前，伸出一只手，"都他妈的别动，你们一群大老爷们打一个小孩子算啥能耐。让他俩单掐。"大家面面相觑，自动闪出一片空地。

李军站起来，摆开架势，摇晃着膀子，一个"踢儿"把我扔在铺板上，"想跟我单掐，来呀来呀！"但他并没有接着动手，只是张牙舞爪地晃荡着拳头。我大口大口喘着粗气，强撑着站起身。他又是一个"踢儿"再次把我摔倒在地。

大皮鞋来了。"哗啦"一声，打开铁门，"郝勇，你给我出来！"

"李叔，好好拿电棍杆溜杆溜他。"李军边揉着额头上的包边隔着铁窗大声喊。

我跟着大皮鞋来到值班室。大皮鞋二话不说，从保险柜里拎出一根电棍，在我眼前晃了晃，"刚来几天就给我惹事，大半夜的也不让我睡个安稳觉。蹲下，双手抱头！"

我靠墙根蹲下来，双手抱头。我感到浑身瘫软无力，但这样蹲着总比站着舒服点。"大皮鞋"打开电棍开关，"突突突"电棍冒出大团大团的火球，吓得我一屁股坐在地上。

大皮鞋嘿嘿地笑了，"就你这点胆量，早知今日，何必当初呢。没事老老实实地待着多好，啊。"

我拍拍屁股重新坐起来，翻了大皮鞋一眼。

"怎么？你真想尝尝它的厉害？"大皮鞋眼角处挂着两颗令人恶心的眼屎。

我不说话。

大皮鞋用电棍在我的头皮上杵溜了一下，声音像剃头的推子。只是剃头推子是在头皮上划过，麻酥酥的，很舒服，而电棍戳上去的时候，则是深深地嵌入头皮深处，钻心地疼痛。

我低头咬牙，心中打着节拍，一遍遍默念"下定决心，不怕牺牲，排除万难，争取胜利"。我真的不再感到那么疼痛，头皮麻酥酥的，甚至有了一点点舒服的感觉。

"哎呀，小兔崽子，跟我装有'钢'！"大皮鞋显然没有料到，我会一声不吭，咬牙硬挺。

大皮鞋手中的电棍杵溜到我的脖梗子上。我"嗯嗯"了两声，脖子摇了摇。

"有本事你别躲啊。"

"谁躲了。"我又抬头翻了他一眼。

"跟我较劲！"大皮鞋的电棍更加使劲地在我的脖梗子上杵溜起来。

我的脖梗子处火辣辣的疼，一股焦糊的味道弥漫开来。我硬挺着。电棍的电流声渐渐弱下来。

"他妈的，没电了，便宜你了。"大皮鞋又摁了两下电门开关，"我明天把两根电棍都充满电，你要是再敢闹事，我左右开弓一块杵溜你。"

我笑笑。

我回到房间里。

精神病冲我竖起大拇指，"好样的，年轻有为。"

我挑衅似的望着李军，一声不响地躺下来。李军目光躲闪，没有听到我在走廊上吱哇乱叫，他一定很失望。

半夜里，我冷不丁坐起来。李军也一脸惊慌地坐了起来。我朝他笑笑，随即又躺下了。过了一会儿，我站起来，李军也站了起来，嘴唇抽搐着，脸色刷白。

"你想干什么？还没完没了了咋地？"李军声音颤抖。

"对，你说对了。我就是一个滚刀肉，只要你敢睡觉，我就让你脑瓜子开瓢。"

李军被我折腾得神经兮兮，一宿没睡。

天一亮，李军就扒着铁栏杆喊："李叔李叔，开门，我有事找你。"不一会儿，李军回来了，匆匆收拾行李，准备转房。

"小兔崽子，你等着，出去看我怎么收拾你！"李军想为自己在众人面前找回点自尊。说完，他撅着屁股往铁门外爬。我从后面狠狠地给他来了个"刨根"，把他踹了出去。

满屋子的人哄堂大笑。

李军爬起来看着我，眼泪在眼圈里含着，屁都没敢放一个，慌忙灰溜溜地走开了。

大皮鞋安排了一个中年人当号长，但他只是个傀儡。这家伙脸色灰白，双颊塌陷，脸瘦得只有巴掌宽，只剩下一张皮，似乎随时都有撑破的危险。这家伙因为在单位的厕所"扒眼"被人认了出来。"扒眼"就是偷看女人上厕所。事情不算严重，用不了多久，他就会被放出去。

我们管这个家伙叫老鬼，他原来在市百货大楼当政工科科长。老鬼整天找人下五子棋，还自称是他们商业系统的围棋冠军。这家伙在里面屁事不管，见新来的人就问："会下五子棋吗？"许多人困惑地摇摇头，他们压根儿就没听说过有五子棋这么一说。

我没事的时候，就跟老鬼下棋。开始，他赢多输少，但我很快就看出了他的破绽。这家伙下棋一根筋，棋势稍微复杂一些，他就应接不暇，头脑混乱。他每天被我赢得垂头丧气，吃完饭，一个人就默默地复盘，然后再找我厮杀，结果只能是自取其辱。

小时候，我爸教过我和我哥下五子棋，我哥学得很认真，就像对待学习一样，写完作业就找我"杀两盘"。我这个人一向马马虎虎，做事没有耐心，但赢他却不费吹灰之力，尤其有我爸在一旁观战的时候，常常杀得他片甲不留。我爸看在眼里急在心里，背后偷偷教了他许多招数，可他不争气，还是下不过我。每当这时候，我就特别得意。我爸酸溜溜地说："你要是把你的这点小聪明用在学习上那该多好。"我一听这话就泄气了，顿时心烦意乱，我哥这才趁势赢我几盘。

精神病让我"上来"。我没有客气。我睡上了大角，就是从前李军睡觉的位置。老鬼这个傀儡号长只能屈居我的下铺。据一些进号筒子如同家常便饭的老皮子们说，号长睡二铺的事情，在号筒子里并不多见。

这时候，我才知道，我进的是收审所，是关押那些罪名不清的人的地方。看守所、收审所、拘留所统统在一个号筒子，一条走廊。拘留所当时人满为患，像我这种行政拘留的人，哪里有地方就随便凑合凑合，反正也没几天可待。

对面的拘留所，只要一听见走廊里喊，"某某某，收拾行李，"就有人欢天喜地，他们知道某某某马上要被释放回家了。收审所不行，这里鱼目混珠，"收拾行李"的意思，你可能被释放，也可能被教养，还可能被转到看守所，这就意味着你的罪行有了明确的定性，你变成了刑事犯，要被判处有期徒刑甚至是死刑的。所以，收审所里一听见让"收拾行李"，那个人就会异常紧张，诚惶诚恐，别人也不知道是不是该祝贺他，只能大眼瞪小眼，相互尴尬地笑笑，握握手，拍拍肩膀。

我自作主张，停止了"洗澡""表演节目"之类的活动。尽管精神病有些不太高兴，但冲我的面子他也不好说什么。屋子里的气氛轻松、活跃起来。坐板的时间，不许说话，但可以东倒西歪，只要派一个人在窗户旁"打眼"就行了。白天，我没事就和老鬼用木条下五子棋，困了倒下就睡，晚上跟精神病抽烟闲聊，天南海北的，主要是他说我听。精神病告诉我，"过几天，我要给他们表演点节目。"他的节目当然是表演给警察看的。我问什么节目，他摇头晃脑，故作神秘。我也不便多问。

转眼，十五天到了。

我归心似箭，却故意表现得无所谓。吃完早饭，继续和老鬼下五子棋。

"郝勇，收拾行李。"我听见大皮鞋在走廊里喊我的名字。

我换上干净的军衣军裤，披着军大衣，与精神病握手道别。

"用不了多久，我们就会在外面见面的。"精神病在我耳边神神秘秘地小声说。

"但愿如此。"精神病犯的是重伤害罪，尽管他死活不承认，但我听说这两天，他就要被送"捕房"了，没个五年七年他出不来。"捕房"就是看守所。

号里的人纷纷站起来，眼神里充满敬佩和尊重，像送别一位英雄那样站成一排。与我紧紧握手，一一道别。

巧的是，那天正好是我的生日。我刚好年满十九岁。

第二部：风暴来袭

一连三天，我躺在家里的床上噩梦连连、浑身乏力。除了必要的吃饭、上厕所，我从未离开过自己的房间一步。即使爸妈去上班仍是如此。我注意到，在这短短的十五天里，我爸妈明显地老了，我爸的背不再笔直，走路低着头，我妈的鬓梢生出了许多的白发，双眼无神，一下子显得苍老了许多。家里凌乱不堪，窗子灰蒙蒙的。这一切的一切都表明我已经让他们彻底失望，甚至绝望了。

从我走出那道厚重的铁门，爸妈便与我形同陌路，不再说一句话。饭做好后，我愿意吃就吃，不吃拉倒。他们吃完饭捡碗，收拾厨房，然后，静悄悄地回屋，关上房门，很少再出来。我常常在他们回屋以后，才到厨房盛上饭菜，端回到自己的小屋吃，然后把碗筷洗干净，放回原处。双方小心翼翼，尽量减少碰面的机会。一开始，我很不适应，总想找个机会，打破这种令人窒息的沉默，但慢慢地也就习惯了。

我的房间大概十三平米，与收审所大小相仿。我常常不自觉地就会想起精神病、李军、老鬼、上蹿下跳的小排骨、那个后来的天生的小丑，当然还有那个外号叫大皮鞋的警察。这个时候，他们该起床了，该吃饭了，该坐板了，该背监规了，该睡觉了……我时不时神经质地看一眼墙上的挂钟，想象着他们此时此刻的生活。

白天，我的身上涂满皮炎膏，然后像一只困兽，在屋子里心烦意乱地走来走去。有时猛地停在大衣柜前，仔仔细细打量、审视自己。镜子里的我面色苍白，两颊深陷，目光坚毅、忧郁。一点也不像个只有十九岁的孩子。连我自己都有些讨厌镜子里那个暮气沉沉的家伙。

我房间的陈设很简单。一张半宽不宽的床，一个带穿衣镜的大衣柜，一把椅子，一张一头沉的书桌。书桌上面是两排简易书架。以前，我和我哥各占一排，现在它们只属于我。书架落满灰尘，上排是一些故事书，歪歪斜斜地躺在那里。我抽出一本，随手翻翻又烦躁不安地放回原处。下排是整整齐齐的崭新的日记本，几乎都是我哥临上北大念书前留给我的。我哥是学校的三好学生，区三好学生，甚至还当过市三好学生。语文竞赛、数学竞赛、物理竞赛、化学竞赛，哪儿哪儿都少不了他，好像他无所不能似的。所以，他获奖的日记本多得根本放不下。

我哥是我爸妈的骄傲，我呢，则是他们的鸡肋。尽管，我爸妈平时总是小心翼翼，尽量一碗水端平，但他们的平衡能力实在有限，显得很吃力也很勉强。只要我稍微出一点差错，他们心中强压的怒火就像被点燃了的引线，发出"吱吱"的声响，继而熊熊燃烧，平衡顷刻间坍塌，抛诸脑后。我立刻成为一个让他们怒其不争的反面典型，批判对象，与之相对应的是，我哥的光辉形象冉冉升起，光芒万丈，遥不可及。于是，我和我哥从平衡迅速变成两极分化。

我觉得，我之所以讨厌我哥，完全是我爸妈强加的结果。当然，也不全是。说起来，真的不好意思。我小时候有一个很不好的习惯——尿床。每次我尿床，第二天早晨，我妈就捏着鼻子，厌恶地让我和我哥把褥子晾到楼下的空场上。许多小孩子在一旁起哄："画地图了。"他们边说边兴奋地比比画画，一个个像站在军事地图前的将军。他们之中有一个带头的，是我哥班里的同学，就数他闹得欢。我羞愤难当，一生气，就往他家刚晾出去的床单被罩上撒了把沙土。结果，他冲过来对我拳打脚踢。我被他压在身下，动弹不得，我哥站在一旁，两只手规规矩矩地垂在裤子的接缝处，含含糊糊地说："别打了，别打了。"等那些人一哄而散，我哥才上前扶我起来。"人家说，打架亲兄弟，你为什么不帮我？"

"打架不是好孩子。"我哥小声说。

我一甩手，朝他脸上吐了一口唾沫，"呸，我不想当好孩子！"

下次，我和我哥再次出去晒褥子时，他们如法炮制，我二话不说，主动发起进攻，与他们一伙人扭打成一团。第三回，他们就不敢了，躲我躲得远远的。我看着我哥，满脸的骄傲。

窗外狂风大作，钉在窗棂上御寒的塑料布"噗噗"作响。阳光从那里透进来，照在书桌的一角，显得混沌、迷蒙，像一块块图案规则的补丁。我木呆呆地坐在椅子上，看着光线一点点地移动，在桌面上铺开。不知过了多久，桌面的颜色开始恢复它的本来面目，接着，渐渐变深，天色就暗了下来，房间变得漆黑一团。

我无所事事，拧亮台灯。台灯柔和的光线照射到书桌的一刹那，我突然产生了一种强烈的写日记的冲动。如果说，我的学生时代有什么值得安慰、夸耀的话，那就是作文了。我说过，我是一个喜欢奇思妙想、胡编乱造的人，我编的好人好事的故事，有板有眼，我的作文总能得高分。我哥甚至都认为，我很聪明。他指的就是我的作文。我爸妈虽然嘴上什么都不说，但他们欣慰的眼神证明了一切，只是怕我骄傲罢了。

我看着书架上堆积的日记本，搓着双手，激动起来，心想，它们足够我写一辈子的。

我能写一辈子日记吗？

我不知道。我一点把握都没有。

好像，我从来就不是一个持之以恒的人。那就当打发无聊的时间好了，反正，我现在不用上学。一个将伴随你一生的档案袋里装着行政拘留通知书的人，上学还有什么意思呢？我整天无事可做，时间倒是大把大把的，花不完。我在心里安慰自己。

1982 年 11 月 15 日　礼拜一

我真的开始写日记了，并不是觉得有趣，只是免得寂寞。这段日子，是我有生以来头一次被一种巨大的孤独感裹挟其中的时候。

今天是个好日子。

雪，下了整整一夜。这是今年的第一场大雪。清晨，我趴在窗台前，看见雪下了足足有一米厚。阳光照射在洁白的雪地上，我不得不眯起眼睛。爸妈上班后，我一骨碌爬起来，饭都顾不上吃，就跑到外面拿起铁锹铲雪。我想找点事干，现在终于有机会了。我把自家窗前的雪铲干净，堆到侧面的冷山处，想了想，又开始帮助对面的邻居家铲雪。邻居是一对体弱多病的老教授，一辈子没儿没女，心地善良，对我一向很友好。即使知道我从拘留所出来，见了面他们照样冲我微笑点头，打招呼。这让我心存感激。

我干得大汗淋漓，嘴里吐出大团大团的哈气。真过瘾！我淘气地伸出舌头，雪花就像棉花糖，落在舌尖上，刚有一种凉丝丝的感觉，就消失掉了。小时候，我们经常这么玩。

我的四周是银白色的世界。我记得小时候，我傻乎乎地问我妈："雪花融化了以后，那些洁白的颜色去哪了呢？"我哥在一旁抿嘴笑，"看到路边肮脏的污泥浊水吗？雪就变成了这个样子。"我妈气恼地回答。如果我想继续刨根问底，我妈就说："把你的这点好奇心用在学习上吧。"一句话，把我堵得哑口无言。谁让我学习不好呢。我经常问一些莫名其妙的问题。为此，我妈总是很生气。

我踩着吱嘎吱嘎的雪地，去了离家不远的柳荫公园。

天气很冷，但不是刺骨、残酷的寒冷，而是一种令人振奋、提醒人应该要有活力和决心的寒冷。我找了一个湖边的长椅坐下来。有人在远处凿洞钓鱼，一些小孩子在滑冰车、抽冰嘎，头上冒着蒸蒸热气，吵吵嚷嚷的充满快乐的尖叫。这些东西小时候我也玩过。我当时也这么快乐过吗？那是太遥远的事情了，我早就不记得了。

我看得入迷。我现在要是能像他们一样无忧无虑、自由自在地活着该多好！长大真没意思。

1982 年 11 月 16 日　礼拜二

我想，我要是想写好日记，就应该多看一些小说。于是，今天一整天，我都在看列夫·托尔斯泰的《安娜·卡列尼娜》。写到这里，我想起一件有趣的事。今年初的一天傍晚，我和老韩、李小阳看完电影，走在回家的路上，听到前面一个男的对他的女朋友说："我最喜欢看托尔斯泰的小说。"女的认真地问："你最喜欢看哪一部？"男的摇头晃脑地说："安娜·卡娜尔。"

我们三个人在后面哈哈大笑，还故意笑得弯腰、捂嘴，很夸张。

女的被我们笑得莫名其妙，非常厌恶地瞪了我们一眼。男的脸红了，急匆匆地拉着女的钻进一条胡同，想溜。我们几个坏小子在后面不依不饶，齐声高喊，"安娜——卡列尼娜。"

《安娜·卡列尼娜》这本书，我们都看过，是我借他俩看的。当初，我们是拿它当黄色小说看的，是小说的名字吸引了我们，尤其是"安娜"两个字，真是让人浮想联翩啊。就像我们当年看《钢铁是怎样炼成的》，虽然我们也喜欢保尔，但毫无疑问，我们更喜欢冬妮娅。这个小说里也有搞对象的情节，只是不够黄。这是唯一让我们失望的地方。

我家里有许多小说。《贵族之家》《苦难历程》《母亲》《童年》《变色龙》等等，大部分是外国小说。

1982 年 11 月 17 日　礼拜三

今天继续看《安娜·卡列尼娜》，但我不再像昨天看得那么专注。眼睛看着书，心却跑得远远的。我想起了在火车上遇见的那个叫章姗姗的女孩。我觉得，她的眼神和状态，很像安娜·卡列尼娜。我想起了在天安门广场，她冲我挥手的样子。她的小提琴学得怎么样了？她能考上音乐学院吗？

不想了，真是咸吃萝卜淡操心。她考不考得上与我何干。我自己还一堆烦心事呢。

奇怪的是，晚上做梦，我又梦见了她。她穿着雪白的布拉吉，在我的房间里拉琴，只给我一个人拉琴。我幸福地笑出了声。

我醒了，窗外一片漆黑。我双手枕头，瞪着眼睛望着天花板，再没睡着。

1982 年 11 月 18 日　礼拜四

我很晚才起床。

我妈在厨房里给我留了一碗鸡蛋糕和两个馒头。自从我回来后，我妈就再没给我做过早饭。这是个好兆头。看来，她的气消得差不多了。从小学到中学，每天早晨，我妈再忙也要把早饭做好才去上班，有干有稀，隔两天就给每人蒸一碗鸡蛋糕，自己却一口舍不得吃。

我来到爸妈的房间，被子胡乱地摊在床上，吃过饭的碗筷也没有拣，地板上有许多绒毛，一团团堆积在旮旯里。天知道，它们是从哪儿跑进来的。在我的印象里，爸妈的房间从未如此混乱过。我妈最讨厌邋遢、不拘小节的人。她本人就不用说了。我爸的中山服永远都是干干净净的，裤线笔直，皮鞋锃亮。从小到大，我和我哥的衣服即使打了补丁，针脚也是缝得密密实实的，像缝纫机轧上去的，很难看出破绽。我们为此非常自豪。

吃完鸡蛋糕和馒头，我把自己连同爸妈丢下的碗筷刷洗干净。我想出去转转。

家属区宿舍的花坛边上，有许多老人坐在板凳上闭目养神，仰着头晒太阳。当我从他们身边走过时，他们的眼睛睁开了，干瘪的嘴角厌恶地努了努，吐出一口青灰色的浓痰，目光如炬地追随着我的背影。

道路泥泞，积雪肮脏，让人下不去脚。我出了大门，去百货商店转了一圈，又到"大副食"里东瞧瞧西看看。利群电影院的售票处窗口永远人满为患，一定是又有什么新电影上映了。我可不想看电影，前不久，看电影都快把我看吐了。

我想去李小阳的粮店转转，走到半道，想想，又算了。一天，就这么过去了。

1982 年 11 月 19 日　礼拜五

晚上，老韩和李小阳来看我，拎了一袋子冻秋梨和几个午餐肉、番茄鱼罐头。

记得，我释放那天，他俩来接我，快到家的时候，碰巧在菜市场被老韩他爸看见了。他爸当着我的面说："从今往后，你不要再跟我们家韩德明玩了，别把他也带监狱里去。"我当场被他气得说不出话来。老韩骂了一句"去你妈的"就笑嘻嘻地拽我走。他爸想脱鞋用鞋底子抽他，被李小阳拦住了。"小兔崽子，你个没良心的。你可是你奶奶一把屎一把尿拉扯大的。"他爸在后面扯着脖子跺脚骂，围观的人群爆发出一阵哄笑声。

李小阳拿出一副扑克，打开。我和老韩一看就傻眼了。那是一副裸体扑克，每张牌都有一个光屁股露胸脯的外国女人。老韩兴致勃勃地问："哪来的？"

"别人从广州带回来的。五块钱一副呢。"

"给我买一副呗。"老韩红着脸说。"试试看吧，不好买。"李小阳可能是故意拿他一把。

我们三个在我的床上打"四一四"。我们打得心不在焉，经常出错牌，但我们笑得都不大自然，鬼鬼祟祟的。临走，李小阳一脸坏笑地把牌扔给了我。

我在被窝里偷偷看了一宿。我觉得金发碧眼的"小王"长得最漂亮。

1982 年 11 月 20 日　礼拜六

是什么让我走到了今天这步田地，让我的人生发生了如此大的转折？如果当初，我爸妈不是望子成龙心切，我现在很可能已经是一名中专生了，或是他们大学校办工厂的一名工人了。当工人就那么低贱、被人看不起吗？他们这些知识分子前些年不也是每天担惊受怕的"臭老九"吗？我们一家不也是住在胡同里矮趴趴的小平房吗？有什么了不起的。谁知道以后会怎么样。

不想了，一切都过去了。开弓没有回头箭。

我发现，打架其实没什么了不起。横的怕愣的，愣的怕不要命的。两强相遇勇者胜。只要你够狠，只要你不退缩，对方就会害怕、发抖，落荒而逃。汤司令如此，李军同样如此。毕竟，每个人只有一条命。还是毛主席说得好，"这个世界上究竟谁怕谁"。不是你怕我，就是我怕你。两者必居其一。

今后，无论在任何人面前，我都要勇敢地仰起头，不卑不亢，爱谁谁，但千万不能欺负弱者和老实人。

我是不是想得太多了？

1982 年 11 月 21 日　礼拜日

夜里，我爸妈吵架了，不知道为什么。我想，一定是与我有关吧。我爸妈从不吵架，可以说他们是模范夫妻，一向你谦我让，相敬如宾。一个人生气，出去转一圈回来，就烟消云散，和好如初了。

当初要不是你们逼我复读，满足你们知识分子的虚荣心，我会走到今天吗？这下倒好，你们失去了往日宁静的生活，我为此身陷囹圄。我付出了代价，你们也要付出同样的代价。咱们往后谁都别想有好日子过。我不无恶意地想。

他们吵架的声音压得很低，似乎，他们都在尽量控制自己的情绪。我要尽快从这个家里逃出去。家里的气氛太压抑了，堵得人心里发毛。可我能去哪呢？我想出去干点什么，最好不用天天回家。我能干什么呢？我什么特长都没有。按我妈的话说，除了嘴馋、爱臭美，一事无成。

唉！

老韩和李小阳来找我。

"穿鞋下地，有人要给你接风。"

"扯淡。谁呀？"我实在想不出除了他俩，还有谁会为我接风。

"你猜？"

李小阳一脸坏笑。

"有屁快放。"

"打死你也想不出来。"

"是段小兰。"老韩忍不住说。老韩是狗肚子装不了二两酥油。

段小兰？我一时想不起谁叫段小兰。"你是说，咱们班的那个段小兰？她为什么要请我？"段小兰从小就跟我们是一个班的同学，小时候，鼻涕邋遢的，头发上还有虱子。长大后，因为学习一般，长得也不算漂亮，一直不大惹人注目。好像，初三的时候，还跟我同桌过一段时间，但印象不深。我只记得她家住在离学校不远处的小红楼里，那是栋旱楼，孤零零的，伫立在一片高高低低的平房中，显得有些突兀。房间没有厕所，还得自己打煤匹、生炉子。

"那谁知道，人家对你有意思呗。"

"净瞎说。"

"人家现在是个体户，自己开饭店呢。"

"走吧。你就别磨磨叽叽的了，还想拿一把咋地？"

"白请就去呗。走，有什么大不了的。"我披上军大衣，围上围脖，穿鞋下地。

我们出门的时候，碰见我妈正好下班回家，手里吃力地拎着菜筐。我本想伸手接一把，但由于老韩和李小阳在旁边，又有些不好意思。

"我出去玩一会。"我嘀咕了一句。

我妈紧绷着脸，没有回话，自顾自地开门进屋了。

段小兰的饭店名字叫"小兰馅饼部"，坐落在北市场，地处繁华地段，对面就是城北区最大的农贸大厅东门。饭店斑驳不堪的墙壁上贴着奉城日报的剪报，上面有喜气洋洋的段小兰抱着奖状与市里头头脑脑们的合影，还有她站在炉火前热情洋溢地烙馅饼的照片。四周挂了许多大小不一的奖状、锦旗，什么"先进个体户""青年标兵"，有区一级的，有市里颁发的。大概，比段小兰整个学生时代获得的奖状都多。看来，段小兰早已今非昔比，鸟枪换炮了。

那天，段小兰穿着藕荷色的对襟棉袄，戴蓝色套袖，黑色的料子裤，裤线笔直，整个人干干净净，看上去像个甩手掌柜。不知道她平时在店里是不是这身打扮？

段小兰伸手抚平衣角，冲我们笑笑，显得矜持、稳重、落落大方。每一个刚刚走出校门、进入社会的人都会极力在老同学面前表现得成熟一些，以便与学生时代那个青涩、稚嫩的自己拉开尽量大的距离。男生希望一夜之间毛绒绒的嘴唇上长满浓重、坚硬的胡须，女生则突出强烈的天然的母性，坚忍、豁达。就是说，男生的成熟在于形式，女生的成熟更注重内在。仅此一点，就足以证明女性天然要比男性成熟。这是毫无疑问的。

"都是稀客，请坐请坐。老同学，不必客气。"我感觉段小兰像变了个人，无论长相、气质，都有一种说不出来的变化。但奇怪的是，在我脑海里不断闪现的，还是那个鼻涕邋遢的小女孩。真是没办法。

老韩和李小阳不怀好意地盯着我看，我心里有些发毛，被他俩盯得如芒在背，浑身不自在。

馅饼部有七张小方桌，其中两张桌并在一起，一张摆着一碗碗啤酒，满满当当的，另一张桌是各种大小不一的拼盘。旁边是站炉子，炉筒子烧得通红，水壶嘴吐出大片大片的水雾，像是在大喘气。

"还是老同学够意思，丰盛。"老韩搓着手坐下来。

"不好意思，我店里只有馅饼和羊汤，没有下酒菜，也没有啤酒，这些全是从旁边饭店要的，没什么好东西招待你们。"段小兰冲厨房窗口喊了一声，"上羊汤！"又转过头说，"先暖和暖和。哎，你们有没有人喝白酒？"

"我们还没学会喝白的呢，啤酒啤酒。"又是老韩。我们只喝过一次白酒，就是去年给老韩过十八岁生日那天，此后，我们见了白酒就犯恶心，想吐。喝伤了。

"今天我破例，陪你们喝一碗啤酒。"

我们先喝了羊汤，然后，拿筷子把啤酒上层的冰碴捅开、捣碎，搅合搅合。那时候，东北人冬天都这么喝啤酒，有点像冬天钓鱼人凿冰破洞。

"谢谢老同学，我们先干为敬。"老韩带头干了，我和李小阳也干了。我们的身体和嘴唇不由自主地打着哆嗦。

"你们慢点，我可喝不过你们。"

"你随意。"我说。

"想不到，你们一毕业就成了酒鬼了。进入社会跟在学校就是不一样。"段小兰象征性地抿了一小口啤酒，"你们多吃点菜。"段小兰用筷子扒拉扒拉我的筷子。我看见李小阳和老韩相视一笑。

"说说，今后有什么打算？"段小兰双手撑着下巴，歪着头问我。

"不知道。混一天算一天呗。我能有什么打算，我这辈子算是交代了。一个有前科的人，想当兵都当不了，政审不合格。"

"干吗这么说？我们还年轻，路还长着呢。干吗非要当兵？"

"对对，活人还能让尿憋死？段小兰，你好好开导开导他。我们说什么他都不听。"老韩夹起一块猪头肉，吧唧吧唧大声咀嚼着。

"现在政策好，政府鼓励我们年轻人自食其力，自谋职业。你可以干个体户啊，就怕你瞧不起。我跟你们交个实底，老韩和李小阳上班一个月也就挣三四十块钱吧，我挣得比他们多十倍都不止。就是得起早贪黑，辛苦点。"

"我怎么回事你们又不是不知道，我凭什么瞧不起个体户啊。我是没有本钱，拿什么干？我是不会管我爸妈借钱的。他们生了我这么个不争气儿子已经够倒霉的了。"

"钱不是问题，关键是你想不想。"段小兰认真地说。

"想啊，但光想有什么用。"

"哎，你说，段小兰，万一今后政策变了怎么办？"李小阳一向小心谨慎。

"管它呢，先把钱捞到手再说。这年头，谁知道往后政策会怎么变？走一步看一步呗。反正，总比他一个大小伙子在家闲着强。"段小兰说得有道理。

"那倒是。"李小阳连连点头，"这回，他从里面出来越来越不爱说话了，像个暮气沉沉的糟老头子。"

"好，我们有钱的出钱有力的出力，大家伙齐心协力一块儿挽救这个失足青年。"老韩拍拍我的肩膀，哈哈大笑。

"老韩，我知道你们三个是最要好的朋友，但你也别老一口一个失足青年失足青年地叫，会伤他自尊心的。"段小兰不大高兴地瞥了老韩一眼。

"没事，都是哥们儿。来来来，喝酒。"我故意大大咧咧地说。

有人敲门，是段小兰。段小兰的穿着与我上次见到她的那天可谓天壤之别。脏兮兮的白帽子、白口罩，臃肿的蓝棉袄外面罩着油脂麻花的白围裙，足蹬大头鞋。若不是她及时摘下白口罩，我差点认不出她。

"有家饭店要出兑，快，跟我走。"段小兰呼哧带喘。

我还没睡醒，昏昏沉沉地看着她，揉了揉眼睛。我想说不去，我没有钱。

段小兰可能看出了我的心思，"走吧，如果你看上了，钱我借给你。挣钱你就还我，不挣钱就当我打水漂玩了。你还犹豫什么？"

"我，我怎么好意思管你借钱呢。"

"你这人咋磨磨叽叽的呢，一点都不像个大老爷们。"段小兰急得直跺脚。

"那，好吧。"

我穿戴整齐，走出家门。段小兰要用自行车驮我。"还是我驮你吧。"我抢过车把。段小兰的自行车是崭新的二六凤凰，墨绿色，还是斜梁的，价格不菲。那年头，骑凤凰不光需要有钱，还要有"票"。

"你还挺大男子主义呢。"段小兰紧跑几步，跳上后车架，一只手抓住我的军大衣。

段小兰说的那家饭店在农贸大厅的西门，与她的饭店中间只隔了一个封闭式的农贸大厅，大约有个一两百米的距离。我俩在"金达莱冷面店"的幌儿下面站了一会儿，悄悄观察了一番。屋子里有六张不大的方桌，窗子和门上各坏了一块玻璃，是临时用塑料布钉上的，所以光线有些昏暗。我俩见最后一拨客人结账出来，才走进去。

"大叔，你的饭店要出兑啊？"段小兰的声音甜甜的。

一对上了年纪的老夫妇正在收拾桌子上的残羹剩饭。老人轻轻点头。老两口面平且白，个子都不高，穿着棉背心，缅裆裤，一看就是朝鲜族人。

"多少钱啊？"

"一千五。"

站炉子上的烟灰把本已经泛黄的墙体熏得漆黑、斑驳，桌椅破旧得都快散架了，天花板的接缝处渗下的水渍霉斑点点，像一幅大写意的水墨画。天气寒冷，房子四处漏风，在这种环境下吃冷面的人，是需要一定毅力的。好在，离这里不远就是朝鲜族人居住区。当然，奉城有吃冷面的传统，即使没有他们，汉族人也是喜欢吃冷面的。冷面差不多是这座城市居民的第一选择。如果有烤牛肉或新鲜的狗肉，那就再好不过了。

段小兰趴在我耳朵边悄悄说："这周围的饭店出兑起码要两千块钱。"她仔细看了看墙上挂着的营业执照，又来到后厨眼神挑剔地这儿摸摸那儿看看，"大叔，你贵姓？"

"姓安。"

"安大叔，你再说个实价我听听呗。"

"闺女，这就是实价了。我看你也是开饭店的，这个地段，没有比我的饭店更便宜的了。"

"哎呀安大叔，现在随便买个东西还得还个价呢，何况，这么大个饭店，哪能一口价呀。"

老安不再说话，进后厨刷碗去了。老太太在忙着扫地、抹桌子。段小兰冲我扮了个鬼脸。我有些尴尬地呆立在一旁，插不上话。

段小兰扶着后厨的门框问："那，这么好的位置，你咋还要往外出兑呢？"

老安叹了口气，"实话跟你说吧，不是我想兑，我是被人家逼的。左右两家饭店的人合起伙来欺负我们老两口子，我是没有办法呀，唉。"

"他们怎么欺负你？"我问。

"动不动就有人从对面的楼上拿弹弓子射玻璃，有好几次差点伤着人，客人都被他们吓跑了，谁还敢来吃饭。"老安气恼地说。

我看了看马路对面的四层楼，其中一个门栋正对着饭店。

"那你就便宜点呗。"

"我看你们是诚心实意想兑这个饭店，那就一千二，一分都不能少了。我们还有一个条件，就是你们要把我们老两口留下来。我们白天给你们当服务员，晚上打更。我保证，只要没有人捣乱，这个冷面店一定是挣钱的。如果不挣钱，我们一分钱不要。不信，你们尝尝我和老伴拌的凉菜。"老安把每一样小菜夹一点，端给我们，又给我和段小兰一人倒了杯茶水，坐下来，"我们老两口去年才从农村下放回城，一直没有地方住。家里就一间房，两个儿子结婚一人一半。我们用政府发放的安置费才开了这家小饭店。"

凉菜的味道拌得地道、正宗，真的很好吃。段小兰冲我点点头，看来她也是这么认为的。

"那你们老两口加一块一个月要多少钱呀？"

"一百块钱。打更不要钱。"老安说话时，老太太也停下手里的活计，目不转睛地看着我们。

段小兰"嗯"了一声，转头问我："你就说你觉得这家饭店怎么样，想不想干吧？"

"挺好的。"

"你看上了就行。"段小兰清了清嗓子，"好，安大叔，我看你们也都是实在人，咱们就这么定了，我马上去银行取钱。"

"要不，咱们再商量商量？"一下子让段小兰拿出这么多钱，我心里不踏实。

"还商量什么？万一被别人抢先了呢，到时候你后悔都来不及。听我的。"段小兰的果断、干脆，令我刮目相看。看来，"女大十八变"不仅是说女人的长相。

我和老韩、李小阳第二天粉刷了墙壁，把破旧的桌椅重新加固，钉上三角铁，段小兰买来了铺桌子的塑料布，屋子里一下子显得敞亮了不少。老安建议我们上烤牛肉。之前，他们老两口一直想上，但苦于左右两家邻居的骚扰，怕生意红火了，他们更加变着法子地欺负自己。老韩在他们工厂找了几个师兄弟，做了炉子，糊上黄泥，又做了铁篦子、抽风用的炉筒子，还用木条钉了挡窗门的闸板。

重新开业的头天晚上，李小阳用他们粮店的倒骑驴拉来一桶豆油、一袋子大米和一袋子白面。我开玩笑说："你可真是爱店如家呀，就差没把你们粮店都拉来。"

"没事，老朱才是我们粮店的大硕鼠呢，人家那才叫把粮店当成自己家呢。他们全家人吃的都是我们粮店的，被我亲手抓住过。当时，我假装睁一只眼闭一只眼，给他放行了。店主任都这么干，我怕什么。我们彼此心知肚明，知根知底。那么大个粮店，这点东西，九牛一毛。"

老韩也不甘示弱，从工厂拉来了一大罐自制的汽水。当年奉城许多的大厂矿都自己生产这种汽水，算是给本厂职工的福利。但想拉出来并不是一件容易的事。

"你的同学真够朋友。"老安笑眯眯地卷上一棵大老旱，冲正站在椅子上边哈气边用抹布擦玻璃的段小兰点点头，"男同学够朋友，女同学也够朋友。"

我的脸红了。我觉得，老安话里有话。

饭店还叫金达莱冷面店，我觉得这个名字不错，用现在的话说颇有些"异国情调"。我一个人重新刷了油漆，书写了牌匾。开业那天，我让老韩把给我帮过忙的几个同志叫了过来，一是想表示一下谢意，二是让他们来捧个场。李小阳带着老朱和王雪来了。段小兰率领她的两个服务员过来帮忙。汤司令、大眼皮他们率领着一大帮中学生模样的人，两张桌子拼一块他们才勉强坐下，其中竟然有刘杨。汤司令朝我摆摆手，"没办法，也不知道她是从哪里听说的，就像条小尾巴似的跟来了。"刘杨昂着头，挑衅似的看着我。

"欢迎欢迎，热烈欢迎。"我在学校让她哥丢了那么大的面子，她还来凑热闹，真够没心没肺的。

"敢不欢迎。"刘杨像一只好斗的小母鸡。

我不想扫兴，只能无奈地笑笑。

令人意想不到的是，程宝国也来了。程宝国算是我的校友，比我高两级，在学校上学时以打架、重哥们儿义气闻名，喜欢一个人独来独往，当年许多学校的"梗梗"都很怕他，但好在他从不欺负小孩子。但我们还是对他敬而远之。我是早上在农贸市场买牛肉时碰上他的。我以为他不认识我，想不到他竟主动跟我打了声招呼，还热情地喊出了我的名字。他一听，今天我的饭店开业，马上表示晚上过来凑凑热闹。这让我有点受宠若惊。当时，我以为他只是随口说说，没想到，他真来了，还带了几个市场上的朋友给我认识。

"这个兄弟是我的校友。这几个是我在市场的'铁子'。"程宝国给大家一一做了介绍。"铁子"一词在当年专指男性之间的好朋友。

那几个人有卖水产的，有卖蔬菜的，有卖水果的。"往后买什么东西，用得着的地方就找他们，都是我朋友。牛肉你就从我那里进，价格上我保证对得起你，不会让你吃亏的。"程宝国拍着胸脯打保票，"你的事最近我听说了，大哥不为别的，就因为你是个人才，是个老爷们。你给我们学校长脸了。"

好歹每张桌子上都有人，我感到很欣慰。尤其是汤司令不计前嫌来捧场，更是令我大为感动。汤司令向我特意介绍了他的一个朋友，叫大宝。此人面色阴沉，总是歪着脖子，一副不服不忿的样子，他也是刚从收审所出来的，只是我们不在一个房。大宝说，他在里面就听说我的事情了。后来，我才知道，他是汤司令打小一块长大的朋友，比汤司令小一岁。从小，汤司令仗着身高体重，经常欺负大宝，可自从上了初中，大宝的性情发生了显著的变化，经常打架斗殴，本校打够了，就去周围的学校打，从此，名声大噪。但，奇怪的是，就这么一个天不怕地不怕的小霸王也有他的软肋，那就是，他只怕汤司令，还不是一般的怕，是老鼠见着猫似的怕。这叫一物降一物。汤司令让他往东他绝对不敢往西，大概，是小时候留下的阴影太过浓重的缘故吧。大宝对汤司令言听计从，指哪打哪，从未有怨言，或者说，他就是汤司令的一条狗，汤司令让他打谁就打谁。看来，汤司令之所以在黄河大街一带的中学生眼里坚不可摧，大宝在其中起了相当大的作用。

我双手端起满满一碗啤酒来到汤司令面前，"汤司令，只要我的饭店开着，你到这里吃饭就永远免费。我的饭店就是你的饭店。干！"我说得很真诚，当然，也给他留足了面子。

汤司令干完酒，用袖子擦了擦嘴巴，"郝勇，有你这句话就够了。哥们儿是来捧场的，怎么能白吃白喝呢。那你不是瞧不起我嘛。"说完，汤司令从军大衣兜里数出一百块钱，"拿着，这是我和弟兄们的一点心意。"

我连连摆手，"不行，绝对不行。你给我收起来，不然，我给你撒了，你信不信？"

我俩僵持了半天，汤司令才无奈地把钱揣起来。

老韩好像比我还忙，敬完这桌敬那桌，连老安和他媳妇都不放过。老韩借着酒劲，非要老安老两口跳个朝鲜舞助兴。老安看看老伴，我以为他们不想跳，就让老韩别难为老人家。谁知，老两口拍着巴掌打着节拍，手舞足蹈地跳了起来。我们大呼小叫，热热闹闹地拍着桌子为他们叫好。老两口跳得就更来劲了。许多路过的人站下来，扒着窗户往里看。跳完舞，老安满脸潮红，搓着手，显得很激动。

"安大叔，我敬你一杯。"我诚心诚意地说。

"谢谢你，老板。自从回到奉城，我们还从来没这么高兴过呢。"老安眼里噙满泪水，看着老伴说。

老韩坐在王雪旁边不停地灌王雪喝酒。王雪半推半就，老韩喝一碗，她喝半碗。不一会儿，王雪就喝得满脸通红，舌头都大了。

笑嘻嘻的老韩张罗一会儿骑自行车先送王雪回家，老朱一脸严肃，头摇得像拨浪鼓，"不行不行，还是我送吧，我实在不放心你。你这人太能忽悠，万一，你给人家大姑娘送自己家去咋整，到时候我怎么跟她父母交代呢？"

"这大雪天的，你老这么大年纪摔一跤咋办？"

"你要是不安好心，出的事情可能会更大。"

老朱的话，尤其是他那不苟言笑的表情，把我们全都逗得哈哈大笑。我们都骂老韩是色狼。老韩不以为然，大萝卜脸不红不白，好像他占了多大便宜似的。

我联想到李小阳说老朱偷粮店粮食的事，忍不住偷偷笑了。看来，每个人都有两面性，但我觉得老朱这人怪有意思的。

大家一致认为，烤牛肉的肉"喂"得很足很地道，肉很柔软，嚼起来不费劲。有人问老安"喂"肉的方法，但老安只是故作神秘地笑笑，死活不肯告诉我们，他都用了什么配料，"我的配方是祖传的。"之后，老安就和老伴躲进厨房里不出来了。

泡菜和狗宝咸菜（学名桔梗），拌得比奉城最大的朝鲜族人居住区西塔的"三千里"都好吃，这两样可是朝鲜拌菜的首选，是招牌。冷面的味道就更不用说了。当初，我还觉得老安老两口一个月要一百块钱太多了，现在看来，很值。怪不得，老安开价时，段小兰连价都没有回。

那天晚上，我们喝到很晚。我口齿不清，两腿打晃，醉醺醺地忙着一拨一拨地送人。程宝国搂着我的肩膀，小声提醒我说："你注意点，旁边那两个开饭店的，都不是什么省油的灯。但你不要主动招惹他们，有事不用怕，不行就找我。"

"我明白，你放心吧，宝国大哥。我知道该怎么办。"我大着舌头说。

雪，不慌不忙，不大不小地下着。那些平日里看着低矮杂乱的平房，此时在白雪的掩映下，看起来错落有致，令人心情舒畅。

上闸板的时候，我看见左右两家饭店的店主在路灯下抽烟，并时不时嘀嘀咕咕的。我事先已经了解过这两个家伙，开兴隆酒家的叫小张伟，是三洞桥一带的，因为打架劳动教养过三年，刚回来不久。另一个开的是迟明馄饨馆，迟明家就住在附近，因为盗窃蹲过牢，没什么大能水。

他们一定是在谈论我。他们想对我怎么样？

我决定住在饭店里。我不想让父母看见我醉醺醺的样子，他们会心痛的。

饭店的生意很好，比我之前预料的要好得多。

烤牛肉两块钱一盘，平均一天能卖十几二十盘。在我看来，这是个了不起的数字。毕竟，那年头下饭店的人不多，能吃得起烤牛肉的人就更少了，没几个人舍得甩开腮帮子可劲儿造。

冷面每碗三毛钱，一天起码能卖六七十碗左右，再加上啤酒、拼盘，一天的营业额可以达到一百多块钱。由于价钱不贵，给的量又大，我的利润相对比其他饭店会小一些，但一个月下来，扣除房租、水电煤气及老安老两口的工资，以及工商税务等七七八八的费用，我还是净挣了有将近八百块钱。我都快要乐颠馅了。

白天，我负责到农贸市场按照老安事先下好的菜单采买，该买什么买什么。程宝国就不用说了，他的朋友也果然够义气，每次见了我都很客气，卖货足斤足两，块八毛的零钱一抹了事。老安和老伴干活很麻利，中午，我只端端盘子，跑跑腿，忙活一阵子，剩下的活都是他们老两口干。最忙的是晚上，可以说，我们三个人个个忙得脚打后脑勺。老韩和李小阳晚上下了班没事，就跑过来帮忙，抹抹桌子，拣拣盘子碗，等客人走得差不多了，我们把桌椅板凳码放整齐，扫扫地，哥几个消消停停坐下来，烤点牛肉，唠唠嗑。每天忙忙碌碌的，日子过得也挺滋润。

汤司令过来过好几次。每次都大呼小叫、前呼后拥的，带一大帮子人，折腾得很晚。但我只能听之任之，从不给他们脸子看，更不会赶他们走，算是给足了他面子。每次汤司令给我钱，都是偷偷摸摸，连撕巴带拽的，不要不行。他不想让朋友看见他结账。汤司令是个死要面子活受罪的人。段小兰经常过我这里看看，吃一碗冷面，隔一段时间，还让她的服务员下午抽空把后厨的卫生彻底打扫一番，擦擦玻璃。我们两家饭店离得近，穿过农贸市场就到了。

如果喝酒，我就留下来在店里住。老安每天晚上早早就把站炉子的火封了。饭店屋子冷，我睡在搭成一排的椅子上，只盖件军大衣，早晨起来，总淌青鼻涕。如果不喝酒，我就回家住。傍晚忙得差不多了，我先去附近的大众浴池洗个澡，然后返回饭店瞧一眼，没什么事就尽量早点回家。

我每次进大众浴池总能看到江红军。江红军家也住在奉城大学的家属区，他比我大一届，但我们不是一个学校。我只记得，他爸在哲学系当副教授，他妈好像是家庭妇女，没有工作。江红军天生的古铜色皮肤，头发黝黑带自来卷，高鼻深目，从小就喜欢打排球，个子比我高一点有限，但弹跳力惊人，在区体校当排球队的副攻手。他身后网状的背兜里背着一只晃晃荡荡的排球，二头肌像座小山，我们都管他叫肌肉棒子。虽然江红军外表粗犷，但性格随和，说话慢条斯理的，甚至有些腼腆。我们怀疑他是"二毛子"。当时，奉城

有许多苏联人的后代，后后代。他一本正经地解释说，他身上的确
有外国人的血统，他奶奶是苏联人也不假，但他强调说："我的祖先
是犹太人。"他随口说了句外语，我们听不懂。"我说的是我们本民
族的语言，是希伯来语。意思是，耶路撒冷。"我们当然不懂什么是
"耶路撒冷"，只是觉得这四个字很洋气，充满神秘感。他还说，爱
因斯坦是犹太人，马克思也是犹太人。为此，我特意回家向我爸求
证过。我爸证明江红军所言不假。

江红军高中毕业时，被一家海军部队选中，成了一名令人羡慕
的专业排球运动员。可仅仅不到两年，正值当打之年的他怎么退伍
了呢？他不说，我自然不便问。但我想，他肯定是因为违纪被部队
开除的。不然，谁会平白无故舍弃这么好的职业不干呢？况且，他
是那么地喜爱排球。没道理呀。

那时候，在澡堂子洗澡，每个人都有一张床铺，供客人休息。
有一些上了年纪的人闲着没事，整天从早到晚泡在那里，他们要么
聚在床铺上喝茶、打牌，要么唠嗑，天南海北，从国家大事到国际
形势，无所不谈，累了困了就干脆躺倒睡一觉，连午饭都得自己的
孩子送过来。年轻人坐不住，洗完澡，头发还没干，就着急开溜。

我发现，江红军其实并不热衷于洗澡，每次到池子里面涮一涮
就出来了，肚子上围一条浴巾，坐在最里面的一个角落里。那里有
几个跟我们年龄差不多大的年轻人，他们在走廊里穿着趿拉板，"呱
唧呱唧"地四处乱跑，嬉笑打闹，互相追逐。服务员经常斥责他们，
甚至骂他们"不要脸"，但他们不以为然。那个年代，澡堂子永远是
老年人的天下，很少有年轻人在这里玩的。

有时候，江红军会坐到我的床铺上，跟我聊聊天。

"我怎么每次一来都能碰到你，难道你不上班？"我有些好奇。

"我刚退伍，正等着劳动局安排工作呢。"江红军的脸稍稍红了。

江红军听说过我拿刀扎汤司令的事，委婉地批评我，"打架不好，打架不算本事。"

我跟他解释，"我是忍无可忍，是自卫还击。"

江红军不以为然，他在我的肩膀上使劲捏一捏，"你要多锻炼身体。"江红军吸一口气，胸大肌瞬间鼓胀得像一对饱满的乳房，"怎么样？摸一摸。"

"我怎么能跟你比呢。你是运动员出身。"我没摸。

有几次，我洗完澡，也想加入到江红军他们的那个角落里坐坐，听他们聊聊天。但我发现，那几个正在窃窃私语的年轻人见我过来，马上把话打住，对我爱答不理的，连江红军显得也不够热情，便只好讪讪地与他打声招呼，匆匆离开了。

我尽量早点回家，免得打扰我爸妈睡觉。我把自己关在房间里，舒舒服服地躺在床上就着台灯的灯光看书，但往往看不了多大一会儿，就困得眼皮打架，一觉到天明。我还养成了自己洗衣服的好习惯。脏衣服在床底下攒多了，早晨我爸妈上班以后，我就搬条小板凳，坐在大洗衣盆前，边听收音机边吭哧吭哧地洗起来。

我爸妈对我的生意不闻不问，好在家里的气氛有所缓和，起码他们不再唉声叹气，摆出一副阶级斗争脸。有时候晚上，我妈或我爸推开门，无言地端着盘子送过来一个苹果，或几个冻秋梨，然后轻轻地掩上房门。除了早晨，我基本上不在家里吃饭，但只要回家，我都会带几样店里晚上刚拌好的凉菜，放到厨房的碗架柜里，留给爸妈早晨就稀饭吃。

第一个月挣了钱，我去联营公司给爸妈分别买了顶皮帽子和兔毛围脖，算是尽了我的一份孝心。几天之后，我看见我爸妈戴着我买的皮帽子和围脖一清早高高兴兴地出去上班，心里有一种说不出来的成就感。我抽空找老韩和李小阳逛中街，我们三个人买布料，每人做了一套深绿色大纹哔叽的"中山调"和裤子。钱，当然是我掏的。

我去段小兰的饭店，想把身上剩下的五百块钱先还给她。段小兰看见我挣钱，好像比她自己挣钱还高兴。

"你先留着花吧，着什么急呀，又没人催你。你的饭店还需要添置许多东西呢。"

"不着急，凑合着能用就行。"

"你赶紧把桌椅板凳换换吧，都快散架子了，这就得花不少钱呢。锅碗瓢盆也该淘汰了，你还得买一辆倒骑驴，方便，厨房开春也得重新拾掇拾掇了。你要是想长期干下去，还得扩大再生产呢。哪哪不得花钱？快把钱收起来，什么时候需要钱，我直接去找你要不就得了嘛。"段小兰说得有道理。

我只好把钱揣回兜里，"那就等这些东西置办完了我再还你钱。"

"这就对了。怎么样，还是自谋职业好吧？"

"当然了。起码不用看别人的脸色，自食其力。"

"那你准备怎么谢我？"段小兰歪着头，笑眯眯地看着我。

"我请你吃一顿鹿鸣春吧。"鹿鸣春是我知道的奉城最好的饭店。

"我不想吃饭。咱们自己就开着饭店，还整天想着吃，多没意思啊。"

"那，你想干什么？"

"一天到晚守着饭店，累死个人。我想出去玩玩。"

"你想去哪儿？"

"北陵公园。天气预报说今晚有大雪，明天我想让你给我照几张相。"

"好吧。"说心里话，我真的从内心里感谢段小兰。没有她，我现在可能还窝在家里胡思乱想呢。

"这还差不多。明天早晨，你来找我。"

"咱们一言为定。"

我一大清早爬起来，刮了胡子，换上崭新的深绿色衣裤，还破例把三接头皮鞋擦得一尘不染，脖子上挂着海鸥 120 照相机。开饭店"板"身子，这一个月下来，我每天从早忙到晚，烟熏火燎，寸步不离，是该出去透透气了。出门的时候，天上还飘着雪花，但雪已经小多了。

段小兰穿戴整齐，坐在饭店的窗前，焦急地望着我来的方向。我潇洒地吹着"啊，朋友再见"的口哨，双手插在裤兜里。段小兰看见我，满脸喜悦地飞奔出来。她的几个女服务员不知怎么也莫名其妙地跟着跑了出来，她们双手背在身后，扭怩着身子不说话，羞涩地看着段小兰，只是捂着嘴一个劲儿地傻笑，一看就是刚从农村出来不久的女孩子。段小兰冲她们摆摆手，假装生气地说："你们都给我回去啊，屋里还有那么多人吃饭呢，别我一走你们就放羊，小心我开除你们。"

还是我驮她，这回段小兰没有跟我客气，双手抓住我的军大衣后摆，敏捷地跳了上来。

路上，许多单位在组织人扫雪，铁锹、镐、扫帚上下翻飞。我骑车只能走走停停，段小兰时不时要跳下来，紧跑几步。

但一进北陵公园，我们就被眼前的景色惊呆了。厚厚的积雪覆盖着大地，像一张硕大的白色的地毯。上面只有几道不明显的自行车车辙，弯弯曲曲，像是有人故意画上去的，很有点水墨画的风格。让你都不忍心踩上去，生怕弄脏了。宽阔的道路两旁，那些光秃、暗黑的枯枝仿佛一夜间被人涂刷了一层鲜亮亮的白漆，英姿勃发，气宇轩昂。尤其是远处的山坡上，银装素裹，蔚为壮观。作为土生土长的东北人，我们对下雪早已司空见惯，树叶大的雪花，我都见过。那些雪花从天上飘下来时还好好的，干干净净、漂漂亮亮的，可一来到人间，瞬间就变得污浊不堪，连地都被它弄脏了。

细碎的雪花随风起舞，让人不得不眯起眼睛，视线变得迷蒙。空气凛冽，但我的呼吸畅快、急促，心润润的，有一种想飞的冲动。

"啊！这些树挂太漂亮了！我要照相。"段小兰张开双臂，站在城墙下的一棵高大的槐树下，嘟着嘴做出一副乖乖女的样子。

我给段小兰照了一张又一张。段小兰表情丰富，时而调皮、可爱地嬉笑，时而目光深邃，眺望远方，时而用双手捧起洁白的积雪，朝天空抛洒。段小兰也为我照了几张相。我从小就不喜欢照相，但我实在拗不过她。

我的表情忧郁，目光散淡。"笑一个。笑一个呀！"段小兰急得直跺脚。我只好咧咧嘴。"哎呀，你怎么笑得比哭还难看啊。"我忍不住抿嘴笑了起来。段小兰趁机按动了快门。

过了一会儿，段小兰又张罗找游人给我俩合影。我不忍心破坏她的好情绪，只能傻呆呆地依着她。

"说实话，你对我上学的时候有没有印象？"我俩边走边聊。

"有。"我挠了挠头皮。

"印象深吗？"

"说不上深，也说不上浅。"

"那你对咱们班女生谁的印象最深？"

"想不起来了。"我一脸严肃。

"人家跟你闲说话，你干吗还一本正经的。你以前可不是这样。"

"我以前什么样？"我对这个倒是感兴趣。我只知道现在的自己变得有些沉默寡言，有点老气横秋的，但我忘了，或者说我从来就不知道过去的我在别人心目中到底是个什么样子。

"你上学的时候啊，傻了吧唧的，整天就知道踢足球。人很开朗，总是笑呵呵的。好像你随随便便就能学得好。我这个人笨，天生不是学习的料。其实，我挺用功的。上课老老实实听讲，下了学也没什么朋友。哦，还有，你从来不跟女生说话。咱班女生老在背后说起你，还有好几个人偷偷喜欢你呢。"

"真的？我怎么不知道。"

"瞧把你高兴的，后悔了吧。"

"无所谓。"

"那你告诉我，你喜没喜欢过咱们班哪个女生？"

我摇头，"没有。小时候的事情不值得一提。"我说的是实话，但又不全是实话。我钻了语言的空子，隐瞒了实情。

我不喜欢小女孩不假，我喜欢年龄大一些的成熟的女人。上高一的时候，我偷偷喜欢过我们的音乐老师。她姓白，她长得可真白呀，白得像精粉馒头，如果仔细看，甚至能看见她脸上细微的血丝和手背上幽蓝的血管。她的个子高高的，身板笔直，梳一头齐耳的短发，走路目不斜视，一双雾蒙蒙的大眼睛充满忧郁。她是我见过的第一个穿高跟鞋的女人。我往后搞对象一定要找一个喜欢穿高跟鞋的女孩。我当时就是这么想的。

每次在课堂上，当她身体轻摇，脚踏风琴，音乐响起的一刹那，我的心就狂跳不止，喘不过气来。我用眼睛的余光，搜寻着她忧郁的双眼。看她从我身边经过时，漂亮的高跟鞋在水泥地面上发出有节奏的"哒哒"声，我就像一个心虚的时刻准备偷盗的窃贼。班里选音乐课代表时，她的目光在我的脸上停留了足有一秒钟——如果我能被选中，那么，我往后就有与她独处的机会了，我可以名正言顺地在上课前帮她抬脚踏风琴——但遗憾的是，最后她挑选了一个矮矮胖胖、双腿短粗的女生。全班同学爆发出一阵不怀好意的笑声。我的幻想破灭了。后来，学校成立合唱队的时候，我极力表现，脖子伸得长长的，唱得声嘶力竭，可她连看都没有多看我一眼。我伤心难过，一整天都吃不下饭。

夜里，我经常梦见她。有时是梦里，有时是晕晕乎乎的半梦半醒的状态，还有瞪着双眼、神情恍惚的时候。我第一次"跑马"想的就是她。"跑马"跟遗精一个意思。但我从未告诉过任何人，包括老韩和李小阳。这是我唯一的秘密。后来她调走了，为此，我伤心了好一阵子。

"想什么呢？心不在焉的。还小时候，好像你现在多大似的。"段小兰不屑地撇撇嘴，"说实话，当初我请你吃饭，你是怎么想的？"

"没想到，很意外。"我摇摇头，"我真的很感谢你，在我最困难的时候，拉了我一把。这是我一辈子都不会忘记的。你是我的恩人。"我望着段小兰一字一句地说，像是在背台词。其实这些话我在心里默念过很多次了。

"干吗要这么说。"段小兰的脸红了，羞涩地垂下头。

中午，我俩在公园里的松陵酒家吃的饭。我想去开票，段小兰坚决阻止了我，"我排队开票，你去占椅子。"段小兰的口气不容置疑。那时候，去国营饭店吃饭要先排队开票，人多的时候，还要占桌子椅子，碗筷子、酱油醋也得自己去指定的地方拿。只有到了个体饭店，你才能享受到"衣来伸手，饭来张口"的待遇。

吃饭的时候，段小兰突然说："今天是我大爷的生日，晚上我们全家人在汇宾楼吃饭，要不，你陪我一块去吧？"

"你们家亲戚过生日，我去算什么？不去。"

"去吧。我大爷是咱们区公安局的副局长，往后说不定你会有事求他呢。"

"我可是进过号筒子的人，人家能瞧得起我吗？"

"你脸上又没有贴标签，他怎么知道你进去过？就算他知道能怎么样？我才不在乎呢。"段小兰把头像刘胡兰似的一扭。

她这话是什么意思？我觉得段小兰的话有些不对头，就不便接茬了。

"怎么了？让你去吃个饭，又不是让你去受罪。你不是要谢我吗，就这么个谢法？"段小兰撅起嘴，瞪了我一眼。她一定觉得自己这个表情魅力十足。

"好好好，我去还不行吗？你别生气了。"我在心里告诫自己，受人滴水之恩，当涌泉相报。况且，段小兰于我可不是简单的"滴水"，而我去陪她吃个饭，更谈不上什么"涌泉"。

"这还差不多。"

去汇宾楼吃饭的路上，阳光明媚，道路上的积雪已经被清理到了两旁的马路牙子上，堆得高高的，好在尚未融化。柏油路黑黝黝、亮晶晶的。我问坐在自行车后面的段小兰，"你当初是怎么想起来开饭店的？"

"我本来也不想干个体户，那时候嫌丢人、怕掉价，但没办法呀。我连我爸工厂的内部技校都没考上。我爸就求我老叔，我老叔在工商局当书记，正管，就帮我办了个执照。没想到，这一干，就上瘾了。现在，让我上班打死都不去呢。"

"你们家路子够野的呀。又是公安局又是工商局的，都不白给。"

"其实，我家以前跟我大爷和我老叔家走动不多。他们两家倒是经常串门，骨子里他们是看不起我爸这个当工人的。我爸死倔死倔的，一扁担压不出个屁来，又好面子，从不主动求人。这回他是实在没办法了。"

"那你还去给你大爷过生日？"

"现在我大爷和我老叔对我可好了。逢年过节，我都会去看他们，从来不拉空。他们说我比他们的儿女都孝顺呢。做人要讲良心，不能忘恩负义。再说了，大家都是亲戚，我跟他们把关系处好了，对我们家不也有好处吗。你说是吧。"

"你很会来事嘛。怪不得这么快就当上劳模了。报纸上有名，广播里有声，电视里有影，你可出大名了。"

"什么呀，他们现在不是鼓励年轻人自谋职业嘛，要树立典型，还要刚毕业的，我是矬子里拔大个。你就别笑话我了行不行？"说完，段小兰拍了我后背一巴掌，"好好骑你的车吧。"

汇宾楼是苏式建筑，外形看上去古香古色的，显得很别致。我在八十五中学上学的时候，每天坐公共汽车都要从它的门前经过。饭店一共三层。一楼是大厅，二楼和三楼是单间。那时候，我们管包房叫单间。什么时候我要是能开一家这么大的饭店就好了。我被自己的这个想法吓了一大跳。只有国营饭店才能开这么大，你一个刚刚开了只有几张桌子的小饭店的个体户不是痴心妄想嘛。怎么可能呢。

段小兰只是简简单单地向她大爷和老叔介绍我是她的一个同学，

并没有多说什么，可段小兰的大爷从上到下认认真真、仔仔细细地打量了我一番，然后，拍拍我的肩膀，"不错，小兰眼光不错。"

"哎呀，你说什么呢啊，大爷。我不是告诉你们了吗，他就是我的一般同学。"段小兰嗔怪地摇晃着她大爷的手臂，急得直跺脚。

我听出了她大爷的弦外之音，脸腾地红了。

"小伙子，你叫什么名字？"她大爷不理她的茬。

"郝勇。"我的声音很小。

段小兰的父母都是老实巴交的工人，不大爱说话，显得比我还拘谨，总是不停地摆弄衣襟。她在工商局当党委书记的老叔，戴一副眼镜，人很斯文也很严肃，不像她大爷说话粗门大嗓，喝酒豪爽，笑起来天花板都能被他震得乱颤。

"你就是郝勇？是你一刀差点要了汤司令的小命。"坐在我身边的小伙子穿着将校呢军装，黝黑发亮的大皮靴，跷着二郎腿，一脸的傲慢。

幸亏桌子上的人都在扯着嗓门大声嚷嚷着什么，没有人注意我们。东北人在大庭广众面前，你要是不让他大声说话，能把他憋死。

我只能点点头。

小伙子伸出手，"我叫段文，今天过生日的是我家老头子。"

"啊。"段文的名字有点耳熟，我好像打哪听说过。

"我最近听很多社会上的人提到你的名字。你是一战成名啊。"

我有些尴尬地笑笑，"没有没有，我现在开饭店呢。"

"老弟，听我说，你应该再接再厉，趁热打铁，这世道变化快，你这么闷声不响地下去，用不了多久，人家就会忘了你的名字。到时候，就有人敢砸你的饭店，你信不？"

我用鼻子哼了哼，"那他就来试一试呗。"

"我是为了你好。我看你是条汉子，才这么推心置腹地跟你说。"

"我知道。"

段副局长见我和他儿子段文聊得挺热闹，就说："那个，那个郝勇，你在开饭店吧，生意挺好吧？"

"凑合，刚开不久。"我欠欠身。

"我跟小文说，让他也整个饭店干。他老叔在工商局，办个执照一句话的事。钱，咱们也出得起。可他就是不听，整天在社会上晃来晃去的，有班不上，这怎么行。"

"我想进公安局当警察，开个破饭店有啥意思。"段文嘻嘻哈哈。

"就你这样的，都二进宫了，我们公安机关是你家开的？怎么可能要你，你也不想一想。"段副局长越说越生气，端起酒杯，一饮而尽。

"我开个玩笑，您老当什么真呢。我还不知道自己的斤两。"

"你现在在危险的路上越陷越深，早晚有一天，出了大事，到时候谁都管不了你。"

段文撇撇嘴，扭过头，小声趴我耳朵边说："老糊涂，一喝点猫尿就不知道自己是谁了。"

"你说什么？嘀嘀咕咕的。每次说你，你都顶嘴，不虚心接受，还反了你了呢。"老公安凭借他职业的敏感大声说。

"我说是，当初是我一时糊涂才犯了错，我会改过自新，重新做人的，您老就放心吧。今天是你的生日，别这么大气性好不好。这还有外人在呢，让人笑话。"

"少耍贫嘴，我要看你的实际行动，光嘴上说说不顶用。"段副局长大手一挥，"好了，你的事情咱们就先说到这里，回家我再好好教训你。来来来，喝酒！"说罢，爷俩酒杯一碰，干了。

我实在忍不住，偷偷笑了。我觉得，如果我能有幸摊上这么个爹倒也不错。

分手时，段文在楼梯拐角处问我："哪天我去你饭店喝酒，欢迎不？"

"当然，随时。"

想不到，第二天，段文和汤司令就来了我饭店。段文站在自行车车座上，咋咋呼呼地说："咱们先说好，这顿饭我请，你不许跟我客气，账该怎么结怎么结。老弟，你可是我未来的妹夫。"

"谁是你妹夫啊，别瞎开玩笑。"

"你敢说，段小兰不是你女朋友？"

"不是，我们是老同学。"

"不是我妹夫，你怎么去给我爸过生日？"

"是段小兰非拽我去的。"我脸红了。

"没事，段文就喜欢开玩笑，别当真。"汤司令给了段文一杵子。两人哈哈大笑。

吃完饭出来，段文醉醺醺地跨上自行车，"妹夫，有事打个招呼，大哥我随叫随到。"段文比我大三岁，比汤司令大一岁。

"你别一口一个妹夫的好不好？瞎套什么近乎。"汤司令说。

吃饭的时候，他就一直这么叫我，好像"妹夫"是我的名字似的。冲段小兰的面子，我没答理他，"我没事，我就开这么个小饭店，能有什么事。"

"操，开饭店要是没事才叫怪呢。"段文说得有道理。

"郝勇，你别听他吹牛逼，遇到事他比兔子跑得都快。"汤司令当着段文的面损他。

段文不干了，"你埋汰谁呢？你他妈的不就能欺负欺负中学生

94

吗。哪天我让我妹夫再给你一刀，干脆捅死你算了。"

汤司令气得脸色紫青，从自行车上跳下来，一个电炮打在段文的脸上，两人在马路上扭打起来。我连忙上前拉架。两个人在地上滚了一身泥土，相互对骂。

"你以后再找我玩，你是我儿子！"

"谁找我谁是我孙子！"

说罢，两人骑上车，各奔东西。

来我饭店最勤的是江红军。自打在大众浴池遇到我之后，他几乎每天下午必到。江红军手里用塑料袋拎着毛巾、香皂等洗浴用品。通常，这个时间段，饭店都是空荡荡的，除了忙着洗洗涮涮的老安两口子，没什么人。每次来，他只要一碗冷面，然后一个人坐在窗前不紧不慢、细嚼慢咽地吃起来。只要没什么事，我就坐过去有一搭没一搭地跟他说说话。

"你在数一碗冷面有多少根吗？"我跟他开玩笑。

"冷面不易消化，吃慢点，对肠胃有好处。"江红军认真地说。

我忍不住想笑。

他吃完饭结账时，从钱包里掏出来的钱，总是叠得板板整整、干干净净的，不像别人的钱，皱巴巴地揉成一团。

江红军从来不聊他在部队打排球的事情，这本应该是他最大的荣耀啊。如果我无意之中问起来，他就表情木然地以"没意思""都过去了"为由，摆摆手。至于工作，他更是只字不提。另外，他好像也没什么朋友。

"你这么爱洗澡，干脆你就调澡堂子工作算了。这叫工作生产两不误。"我故意逗他。

"我可不想伺候人。"听起来，江红军对我的这句玩笑相当不满。好像我是在侮辱他。

"那你到底想干什么？"

"我暂时还没想好呢。不急，等等呗。"

偶尔，晚上饭店快关门的时候他也过来，那是他刚刚洗完澡，带着一个瘦瘦小小的家伙。那个人戴蛤蟆镜，穿半高跟皮鞋，红色的喇叭裤，手里拎着双卡录音机，里面放的都是节奏强劲的日本歌曲，走在大街上，格外惹人注目。江红军告诉我，那家伙叫山田城一，是地地道道的日本人，年龄跟我差不多大。当年，奉城和日本的札幌是友好城市，他是日本委派来中国交流学习的留学生。江红军说他和山田是奉城大学指定的互帮互学的交流对象。大概是他爸从奉大帮他走的后门。江红军高大威猛，山田城一瘦小干瘪，对比鲜明。我暗地里不无恶意地揣测，他俩之所以能成为"对象"，很可能是奉城大学有意这么干的。用以暗示我们中华民族之强盛，小日本的衰败。

他让我们管他叫山田君，说是三个字符合中国人的姓名习惯。

"为了方便起见，我还是叫你山田吧。两个字的名字，中国人一样叫得习惯。"我大概知道，在日本，"君"代表的是一种尊称。

"你地，狡猾狡猾地有。"山田拍拍我的肩膀，摇摇头。

江红军在一旁听得一头雾水。

江红军不抽烟不喝酒，但山田不仅烟抽得凶，更喜欢喝酒。每次来，还都张罗跟我喝白酒。江红军不让他喝，他就冲江红军立眼睛。

这家伙喝醉酒的特征之一就是无缘无故地摔录音机。他的那台录音机被他摔得坑坑洼洼的，还时不时卡带。所以，每次喝酒喝到微醺的时候，江红军就偷偷把录音机藏起来。山田找不到录音机急得在屋子里"哇啦哇啦"地边叫边团团转。看见江红军在一旁坏笑，就冲上前左一拳右一脚地打他，好像江红军是他的沙袋。好在江红军脾气好，并不生气，不躲不藏，就这么硬挺着。直到山田打累了，江红军才搀扶着他离开。我觉得，江红军这人有点"贱皮子"。

"他爱喝就喝呗。"我说。

"不行，他喝酒出了事情我是要负责的。"江红军解释。

"别听他胡说八道，郝勇君。"山田的中文甚至比我和江红军的东北话发音更标准。

"山田，别以为这里只有你一个外国人，江红军也是。"我提醒他。

山田不屑地撇撇嘴，"他是一只犹太猪。"

"江红军带你出来在外面吃喝玩乐，你怎么能这么跟他说话呢。"我见他对江红军这么不礼貌，很生气。

江红军连忙劝我，"山田是好人，我们是朋友。"

"钱是我出的，不是他。他花的钱都是我的。"山田摇摇头，"你地，大大地不懂。"

江红军和山田两个人高兴的时候，拍拍打打，一团和气。不好的时候，山田就暴跳如雷，拧江红军的大腿根，江红军被这个小日本拧得吱哇乱叫，连连求饶。

"就算他有钱，你也没必要这么让着他呀。你这是给咱们中国人丢脸。"我觉得江红军这个人很没骨气，说。

"没事，等哪天没人的时候，我好好教育教育他。"江红军小声说。

"你敢！有本事你现在就试试。"山田挺着小胸脯就往江红军的身上撞。

"你这不是撒臭无赖吗。"江红军马上闭嘴，不说话了。

山田人很大方，吃完饭，服务员找他零钱，他就随意一摆手，"不用了。"

江红军说："你是不是吃饱了撑的。这是你们日本人的习惯，在中国不流行这一套。"看来，江红军很心疼山田的钱。

"少管，我愿意。这里是郝勇君的饭店，我佩服他。"

他这么一说，江红军就不说话了，生气地把头转向一边。

下午，李小阳穿着沾满面粉的工作服气哼哼地跑过来，进屋就自己到后厨夹了几种小菜堆到一个盘子里，又打了满满一杯白酒，坐下来，闷头开喝。

"怎么了？"自从我开饭店以后，我们三个都不可救药地学会了喝白酒。一个比一个能喝，一个比一个敢喝。想象一下，屋外大雪纷飞，狂风大作，你坐在温暖的屋子里，炭火烧得正旺，一片片鲜嫩的牛肉滋滋作响，这时候，一口白酒，热辣辣地经过你的喉咙，徐徐咽下。那该是多么惬意、滋润的享受呀。

李小阳把气喘匀了，才说："他妈的，我们单位也太缺德了。我二姐在家待业四年了，他们答应得好好的说给安排工作，可就是不干人事。我都找他们多少回了，总是说再等等。你说气不气人？"在李小阳家里，他跟他二姐关系最好。他二姐叫李小芳，从小患小儿麻痹，但不严重，不仔细看，看不出来，就是有点"踮脚"。小时候，李小阳挨欺负，都是他二姐护着他，宁愿别人的拳头撇子落在自己的头上身上，从不抱委屈。李小芳比我们大三岁，但上学晚，只比我们高一个年级。每天放学，她都在我们班教室门前等李小阳。

上中学以后，李小阳个子长高了，也强壮了，他二姐就不再念书了。好像她当初念书就是专门为了保护李小阳似的。

"消消气，我还以为多大事呢。要是不嫌弃，让你二姐上我这儿来吧。反正，我饭店现在缺人，正忙不过来呢。"最近，我的生意越来越好，我和老安两口子每天一到饭点就忙得脚打后脑勺，恨不能长出三头六臂来。前几天，我还托段小兰帮我找两个帮手，但她说暂时没有合适的，让我等等。

"你知道，她身体不太好，干饭店不合适，再说了，她也不愿意见人。"李小芳一直在家里给街道纸箱厂糊纸袋，一个月辛辛苦苦只能挣十几块钱，还不能保证按月发。

"有什么不行的，让她在后厨洗洗涮涮总可以吧。"

"操，我到你这儿就想发发牢骚，没想麻烦你。"

"你这是在帮我，就这么定了。明天让你二姐过来上班。"

我说过，李小阳家地方小，孩子多，平时，我和老韩不爱去他家，所以，我跟他二姐并不太熟，但我总听李小阳聊起他姐。李小阳说得最多的一句话就是，"这辈子，我对不起谁也不能对不起我二姐。她命太苦了。"

第二天一早，李小阳就用自行车驮着李小芳来了。李小芳很腼腆，"我要是干不好，你就辞了我。"

"千万别这么说。我和小阳是哥们儿，你这么一说，我都紧张了。"

李小芳真的是把干活的好手，进屋套上自己带来的工作服，就忙着擦玻璃抹灰，跟老安老两口处得关系也非常好。这让我心里轻松了不少。

李小芳主要负责后厨，刷盘子刷碗，配拼盘，把冷面端到窗口的窗台上。下午饭店清净的时候,她就到前屋的站炉子旁烤烤火,嗑点瓜子,渐渐地也就适应了饭点的环境。如果中午或晚上,我和老安媳妇忙不过来,她就主动掀起棉门帘,跑出来端盘子抹桌子,然后,又悄无声息地返回后厨洗涮。

每天晚上下班,无论多晚都有个小伙子在门外接她。我怎么让他进屋暖和暖和他也不肯,除非,客人都走光了,他才怯生生地在门边跺跺脚上脏污的积雪,进屋,在炉筒子旁烤烤冻僵的双手。小伙子叫刘刚,是李小芳的对象,在很远的一家副食商店门前掌鞋。刘刚骑的倒骑驴就停在外面。直到李小芳下班,刘刚用倒骑驴驮她回家,然后,再顶风冒雪地蹬回自己的住处。天天如此,无一例外。

"你对象对你真不错。"有一天下午没事闲聊天时,我感慨道。

"他就是人实在,老实巴交的。"李小芳有些羞涩。刘刚的父亲没工作,早年一直在那家副食商店门前掌鞋,现在年纪大了,腿脚不灵便,干不动了,刘刚就自动"接班",如今人都快三十岁了,还没说上媳妇。不久前经人介绍,认识了李小芳。

"这年头,老实巴交的人可不好碰。"

李小芳若有所思地点点头。

李小芳的第一个月工资,我给开了五十块钱。李小芳说啥不肯要,"太多了,不行,绝对不行。我也没干啥,咋能要你这么多钱。"她说啥不肯要,还把双手背在身后,像个小学生似的。

"你别客气,我这里的工资是浮动的。这个月生意好就多开点,生意不好下月就少开点。到时候,你别介意就行,二姐。"我跟李小芳混熟了,也开始叫她二姐。

"我能来这里工作,你已经帮了大忙了。每天管吃管喝,不给工资我都干。"

"拿着拿着。咱们别撕撕巴巴的，让人笑话。"

老安两口子边吃饭边抿嘴笑。一旁的刘刚接话说："钱我们收下，但我们想请你这个当老板的吃个饭总行吧？"

"哥们儿，你人看着老实，肚子里的弯弯肠子可不少。"我无奈，只能答应。

于是，我们坐下来烤牛肉。

那晚，刘刚喝了一斤多白酒。我也喝了有六七两的样子。

"说实话，长这么大，我还是头一次吃烤牛肉呢。我曾经偷偷跟小芳说，等我们俩结婚登记的时候，一定要吃一顿烤牛肉，好好庆祝庆祝。"刘刚眼含泪光，"我这人没本事，让人瞧不起。这个，我不怕，我早就习惯了。我就是担心小芳在外面受委屈，被人欺负。能在你这里工作简直太好了。"

"大哥，你放心，有我在，这里没有人敢动小芳姐一根汗毛。"我端起酒杯，"来，大哥，我敬你一杯。"我一口干了有二两酒。

我不住地咳嗽。刘刚慌乱地替我捶背。我摆摆手，"不用，我出去走走。"

我独自来到饭店门前不远的厕所，边撒尿边点上一支烟。深蓝色的天空深邃、明亮，繁星点点，深不可测。

被人尊重、需要的感觉真好。我的眼睛渐渐温热起来。我用油污的手掌悄悄地抹了一把咸咸的泪水。

刘刚临走时硬塞给我二十块钱，没办法，我只好收了。

我哥放寒假回来了。当晚，我俩在房间里聊了大半宿，我们聊得很开心。印象里，长这么大，我从没对他这么友好过，更没有跟他说过这么多的话。我哥讲了许多学校里有趣的事情，我听得专心致志，哈哈大笑。我也给他讲了些开饭店遇到的好玩的事，但我没有提因为打架被拘留的事情，我哥也没问。这让我免去了不少尴尬。

我哥一定知道前一阵子我出事了，至于我动刀伤人，离家出走去北京的事，相信我爸妈也会对他如实相告。因为我哥跟我爸妈每周通一次电话。我爸利用工作之便，在下班之后，趁没人，从办公室在指定的时间打到我哥的系主任办公室。我爸与我哥的系主任是当年东北工学院的校友，好像关系还不错。

"想不到，你这么大点就能出去赚钱，长本事了。"

"我当然没你有本事，我考不上大学，但我挣钱是付出辛苦的。我不偷不抢，我的每一分钱挣得都是干净的。"我突然近乎歇斯底里地情绪激动起来。

我哥被我突如其来的反应，吓得手足无措，"我没有别的意思。我是诚心诚意地祝贺你。你千万别误解，小勇。"

我知道自己反应过激了。我尽量让自己平静下来，"没有人能理解我。"我双手托住下巴，"咱爸妈总是以你为荣，以我为耻。你看，你一放假回来把他们高兴的，就差手舞足蹈、纵情高歌了。"

"小勇，咱俩是一奶同胞，你又比我小，本来爸妈应该更向着你。只不过我学习好，让他们省心。其实，我也不太爱学习，但我这个人天生比较顺从，尽量做一些他们希望做的事情，讨他们高兴，不像你，处处与他们作对，从小就那么叛逆。"

"叛逆？"

"对，你不喜欢受别人的摆弄，凡事都喜欢跟大人拧着来。"

"我就是这样。凭什么啥事都一定要他们说得算啊。我又不是小孩子了。"

"我理解你。我找时间会跟爸妈好好聊聊。要不这样，等过年的时候，我们全家一块去你的饭店吃顿饭，乐呵乐呵，你看怎么样？"

"我当然求之不得了。哪怕用八抬大轿抬他们去呢。可关键是，人家肯赏我这个脸吗？"

"你放心，找机会我去做他们的工作。"我哥成竹在胸地笑笑。

我觉得，我哥看着比以前顺眼多了。

一连几天，我哥的小学、初中、高中同学络绎不绝，简直踏破了门槛。我爸妈每天晚上好吃好喝地招待他们，不辞辛苦，迎来送往，久违的笑容重又在他们的脸上堆积、昔日的荣光重又在他们的心里绽放开来。

春节过后，日子归于往日的平静，我爸妈终于同意到我的饭店坐坐，一家人聚一聚。我高兴极了。我决定从下午起就停止营业，专门接待他们。我和李小芳负责打扫卫生，老安两口子"喂"肉拌菜。我让李小芳把刘刚叫来，又连忙打电话通知老韩、李小阳，务必前来捧场。

"要不要叫一声段小兰？"老韩提议。

我想了想，"算了吧，人多，坐不下。"我不愿意在这种比较正式的场合叫段小兰，怕她产生不必要的误会。

李小芳出去买了一张新的塑料桌布，把两张小方桌拼到一块，摆在地中央。烤牛肉的炉子烧得旺旺的。牛肉和各种拼盘，摆了满满一桌子。

我爸妈和我哥来了。我爸戴着我给他买的皮帽子，我妈围着我给她买的兔毛围脖，笑容满面，精神焕发，令我的小饭店蓬荜生辉。

开始，我还有些拘谨。我哥一个劲地夸我，"饭店不错，初具规模。只要再接再厉，今后肯定能更上一层楼。"我哥不愧是学生会干部出身，鼓舞人心的话，说起来一套一套的。我被他说得心里暖洋洋的。

所有人坐定之后，我哥劝我讲几句。我不知道说什么好。我这人从未在人多的情况下讲过话。"随便整几句。又没有外人，怕什么。"我哥鼓励我。

我只好站起来，清清嗓子，"爸妈，过去都是我不好。长这么大净给你们惹祸添麻烦了。不像我哥，处处为你们增光添彩。尤其是上次，因为打架还被拘留了，害得你们在家属院抬不起头来。我保证，往后一定好好做生意，我哥上大学的生活费我全包了。"

除了我爸妈，其他的人都为我使劲拍巴掌。我爸妈只是微笑着点点头，"过去的事情，就让它过去吧。我们希望你老老实实做生意的同时，不要忘了学习。毕竟，你还年轻，上不了正规大学，起码也要考个电大、夜大什么的。今后，无论干什么，没有文凭，寸步难行。这个，我和你妈来之前就商量过了。"

我没有说话。

"我们不是在逼你，我们是为了你好。"这句话，恐怕他们一辈子都说不够。

我哥悄悄捅了我一把，"赶紧跟爸妈表个态。"

无奈，我只好轻轻点头。我可不想破坏这来之不易的好气氛。

"来，今天是个好日子，我们大家共同举杯。为了全家人团聚！祝我父母身体健康！"我哥说完，一桌子人端杯刚要站起身，突然，窗玻璃发出"哗啦"一声巨大的破碎声响。玻璃碴子蹦到了桌子上。我爸妈吓得"嗷"的一声，抱着头，弯着腰。我怔怔地，一时紧张得摸不清头脑。紧接着，又是"砰"的一声，一块门玻璃随之也破碎了。我下意识地反应是冲上去挡在我爸妈的身前。我看见，地上有一颗滚动的玻璃球，是对面楼有人射弹弓子。我爸妈受到惊吓，脸色刷白。他们肯定没经历过这种恐怖的场面。

可想而知，如果这里正在营业，满屋子人在吃饭，后果将会怎样。

大街上，一片混乱。待行人醒过神来，纷纷聚拢到我饭店门前。屋子里杯盘狼藉，人人惊慌失措。

"妈，爸，你们没伤着吧？"我焦急地伸手想检查一下，看看他们的头有没有被玻璃喳子擦伤。我爸粗暴地一把推开我的手，大声说："滚开！不用你管！"

"我这是作了什么孽呀！"我妈蹲在地上，抱头失声痛哭起来。

"怎么回事？你得罪过什么人吗？"我哥问。

"没有，从来没有。自从开饭店以来，我从没招惹过任何人。我冲天发誓！我怎么知道是哪个王八蛋干的！"与其说我是在向我哥解释，不如说我是在向父母倾诉我的无辜。

我大口大口地喘着粗气，愤怒的拳头，一下一下捶打着墙壁。老韩和李小阳用眼神示意我不要冲动。

我哥连忙上前安慰我爸妈，"人没受伤就好。"

"我先送爸妈回家。"我强忍着心中的怒火。这顿饭是没法吃了。

"不用你送。瞧瞧你干的好事！早知道，我们才不会大老远跑过来遭这份罪呢。"我妈一肚子的气。

我无语。

我哥搀扶着我爸妈匆匆往外走。

老安两口子吓得躲在厨房里瑟瑟发抖。李小芳和刘刚默默地拿来扫帚打扫玻璃碎片。

"你们也回去吧。"我呆呆地坐在椅子上。

"我们没事，不着急。你别太上火，做生意，这种事是免不了的。"刘刚小声安慰我。

我知道，是祸躲不过，该来的早晚得来。倒不是我事先没有准备，只是想不到他们早不来晚不来，偏偏选中我爸妈来的这个时候下手。这些人做事也太他妈的缺德了。我跟我爸妈刚刚恢复的关系，看样子又泡汤了。

过了一会儿，饭店外面重又恢复了平静。

一个小个子贼头贼脑地从楼栋里晃晃悠悠地走出来。小个子外号叫小不点。老韩和李小阳从两侧的阴影里，猛地冲过去，一边一个薅住小个子，连电炮带飞脚，打得小个子"嗷嗷"直叫，抱头鼠窜。老安早就告诉过我，当初砸他饭店的人就是住在对面楼房里的小不点，但老安拿人家没办法。没有证据，派出所不管，他只能干吃哑巴亏。刚开饭店时，我就打定主意，只要他们如法炮制，胆敢拿对付老安的这套路子对付我，我一定狠狠地教训他们，打他个满地找牙，绝不轻饶。

"迟哥，伟哥，救命啊！"小不点向小张伟和迟明求救。

当时，小张伟和迟明就站在路口的路灯底下，他俩相互看了一眼，没动。也许，他俩根本没想到，小不点这么快就被我揪了出来，一时半会儿拿不定主意，该如何应对。

老韩和李小阳干脆挑衅似的边打边把小不点拉到路灯底下。小不点被他俩像当街踢球一样，踢得满地打滚。小不点鼻口出血，倒在地上像条死狗，一动不动。打完人，他俩骑上自行车，消失在夜色中。

我不动声色地站在饭店门前，叼着烟，抖着腿，咬牙切齿地看着眼前发生的一切。我的电工刀就揣在裤兜里。如果小张伟和迟明敢支毛，我会毫不犹豫地上前废了他俩。

下半夜，段文和汤司令、大宝率领大队人马，不管三七二十一，用镐把将小张伟和迟明两家的饭店从里到外，杀了个片甲不留，砸了个稀巴烂。他俩的饭店晚上不留人打更。

第二天上午，小张伟和迟明的饭店前呼呼啦啦来了好几拨人，他们是在向我示威。小张伟、迟明忙着给他们递烟，打招呼。这是我事先就预料到的。段文、汤司令和程宝国的一些朋友也及时赶到了。

那些年龄大一些的人大多与程宝国、段文他们认识，相互之间拍拍打打、嘻嘻哈哈地聊着什么，年龄小一些的看见汤司令和大宝纷纷围上来，称兄道弟。这种场面表面上看上去很像一场朋友之间的聚会，实则，人人心里都清楚，过一会儿，一旦仗打起来，大家就得各为其主。俗话说得好，"亲戚有远近，朋友有厚薄"。现在彼此间的热情，转眼间就可能被冰冷的刀棍所替代。

马路对面的农贸市场旁边，男女老少里三层外三层，围了很多人，他们不顾寒冷的天气，抄着手，跺着脚，兴奋异常，焦急地等着待会儿看热闹。"还磨叽啥，到底打不打呀？""估计快了，人还没凑齐呢。""要打就痛快点，不管三七二十一，噼噼啪啪，速战速决。"看热闹的人永远不怕事大，一个个急得心痒痒，相互间讨论得十分热烈。

我坐在饭店的窗前，冷冷地看着窗外发生的一切。老韩和李小阳戴着皮帽子、白口罩从饭店的后门溜了进来，跟着进来的还有老韩工厂的同志，小马和小赵，我跟他俩吃过几顿饭。他俩为人都很仗义，讲哥们儿义气。

"你们怎么来了？"

"看看。"老韩大大咧咧地说。

"你们赶紧撤。一会儿派出所的警察可能过来调查昨晚打架和砸饭店的事。你们别被人认出来，出去躲一躲。"

"那好吧。我们就在饭店对面。万一打起来，我们能看到。"老韩他们转身离开了。

果不其然，不一会儿，两个穿白制服的警察推门进来了。段文悄悄地跟了进来。

"你是店主？"年龄大的问。

"我是。"我点头。

"旁边那两家饭店，昨晚是不是你找人砸的？"

"凭什么怀疑我呀，我的饭店昨天大白天还被人砸了呢，我去怀疑谁呀？"

"你小子给我老实点。"

我不吱声了。

"赵叔，什么风把你吹来了。大冷天的你在派出所暖和着多好。"段文一点不客气，一屁股坐在桌子上，掏出烟递给两人每人一支。

"怎么哪都有你，再惹事我可告诉你爸，回家去。"

"这是管你们这片的赵所长。这个是我朋友郝勇。赵叔，你往后可要多照顾着点，他这人老实，总被人欺负。"

"老实？我怎么看他一点都不老实。你认识的人哪个老实。"赵所长转向我，"别看你认识段文，闹事我照样不客气。"

赵所长走出饭店，"都别围着了。该干啥干啥去，道都堵塞了，看没看见。"赵所长像赶鸭子似的双手向外轰着围观的人，"走，走，走。"人群渐渐散去。可等赵所长他们一走，大家伙儿又活蹦乱跳地迅速聚拢在了一起，道路两侧的倒骑驴拥堵着，互不相让，吵骂声不绝于耳。

"出什么事了？"段小兰穿着脏兮兮的围裙匆匆忙忙地挤进来。

"没事啊。"我说。

"哥，你告诉我，外面围那么多人，是不是郝勇跟人打架了？"

"我也是刚进屋，我怎么知道？再说了，农贸市场这一带打架又不是什么新鲜事。"段文笑嘻嘻地说。

"那你好模好样地大清早跑这里来干什么？"

"你以为光你是郝勇的朋友啊，我也是他的朋友。我凭什么不能来。"

"你快回去吧，我向你保证，绝对和我没关系。你在这里不是添乱吗？"我说。

"那你可千万别惹事啊。我得赶紧走了，一会儿记者要去饭店采访。"段小兰出门，骑上拉满菜的倒骑驴走了。

"瞧瞧，多关心你。"

我苦笑了一声。

"不要轻举妄动，先看看形势再说。"程宝国寸步不离地跟在我身后，提醒我。

突然，外面的人群一阵骚动。几个骑自行车、穿着军大衣的人停在小张伟饭店的门前。

"操，不好，是董大平。他妈的，他什么时候回来的？有他出面事情就不好办了。"段文像是自言自语。

"他妈的，谁敢跟我兄弟干仗？让我瞧瞧，胆肥了。"那个叫董大平的人摘下一只白口罩的耳朵，朝我饭店的窗户望了望。我俩的目光对上了。董大平一拍大腿，把自行车交给身边的人，快步朝我的饭店走过来。我推门往外走。"你要干什么？不要命了。你等着，我出去跟他说。"段文想拦住我，但已经来不及了。

"我操，这不是郝勇吗？"董大平一把搂住我的肩膀，使劲拍了拍。

"你啥时候回来的，精神病？"我见他是帮对方出头的，双手插兜，语气故意不冷不热地问。

精神病好像并不在意我的态度，乐呵呵地说："我不是跟你说过嘛，你前脚走，我后脚就到。"我临出来的时候，这话精神病的确跟我说过，但我以为他在吹牛，没当回事。他犯的可是重伤害罪呀。精神病递给我一支烟，"你走后，我就给他们演了个节目。你猜怎么的，我自己往自己脑袋上钉进去一根洋钉子。他们害怕出人命，只能连夜再次送我去精神病医院检查。到那儿我就算是到家了，谁让我的外号叫精神病呢。"精神病摘下棉军帽，头上缠着厚厚的绷带。

"你还真敢玩命。"我听得不寒而栗，心一紧一缩的。我不敢想象，一根锈迹斑斑的洋钉子被自己亲手钉进头盖骨里会是怎样的滋味。

"那当然，想回家就得把自己豁出去。要是洋钉子触碰到脑神经，哥们儿可能就得去见马克思了。"精神病看着我，突然问，"这个饭店是你开的？"

我点头。

"是你跟小张伟他们打架？"

"是啊，怎么地？"我不卑不亢。

"我要是知道说啥也不会来啊。算了算了，我一会儿给你们讲讲和。"精神病冲小张伟和迟明招招手，"过来过来。"

小张伟和迟明颇不情愿地走到我身边。

"走,我们几个进郝勇饭店聊。段文,你们都在外面等一会儿。"

我们进饭店坐下。

"郝勇,弄几个凉菜,就当你给大哥我接风了。"

不管怎么说,精神病的这个面子,我是一定要给的。我让老安上菜,精神病给每个人倒了一碗啤酒。

"大家都是朋友。你俩是我的老朋友了,郝勇是我这次出事在收审所里认识的,是个很讲义气的兄弟。我这个人你们知道,做事一向不偏不倚,一碗水端平。来,大家先一块儿干一个。"精神病带头干了,我们几个也每人干了一碗。"哥几个又没有什么深仇大恨,有什么解不开的疙瘩啊?都说说。"

"我也不跟你小孩废话。我的饭店昨晚被你砸了,先说怎么赔吧?"小张伟双臂环抱。

"你跟我说话客气点,别一口一个小孩小孩的。我有名字,听见没,我叫郝勇。"我的眼睛立了起来。

"我管你叫什么呢。"迟明插话说。

"好,我今天就让你记住。"我自己点上一支烟,"你们饭店被砸不假,但祸是你们先惹的,是你们先砸的我的饭店。我爸妈差点没被你们吓死,对不对?"

"你的饭店不就是坏两块玻璃嘛,有什么大不了的。"

"听明白了吧,精神病。你们要是这么说;我就不跟你们谈了。你们想怎么样,随便,我奉陪到底。"

"这场仗你想怎么打?单挑还是一块来?你年纪小,你说。"小张伟跟我叫号。

我掏出电工刀,往桌子上一拍,"咱们一人一刀,谁先躺下算谁输。"

"你少跟我来这套烧茄子，吓唬谁呀。我他妈的又不是被吓大的，在社会上混这么多年，我什么没见过。信不信，我吃过的盐比你走过的路都多？"小张伟说完，拿起桌子上的一个空碗，照着自己的脑袋扣了上去。碗磕碎了一地，他的头却毫发无损。

我看了他一眼，转过头去。小张伟以为我害怕了，再接再厉，又扣了一个，精神病拉都没拉住，"你服不服？"

我笑了，"你跟我在这儿演杂技呢啊。"我在收审所时，听人说过这一类雕虫小技的技巧。

"有能耐，你也来一个试试啊？"迟明在一旁拱我火。

"少废话，咱们谁也别蒙谁。走，现在咱们就到后院真正去比量比量，前面人太多。精神病，你当证人。"说完，我率先起身就走。饭店厨房后门是一条小路，只有两米宽。平时，很少有人经过，很背静。

我打开院门，站定，目光死死地盯着小张伟。小张伟歪着脖子，半低着头，目光不敢与我对视。我平静地把电工刀递给他，"既然是我提议的，你先来。"

"我先来就我先来。"小张伟扯着嗓门，好像我距离他起码在五十米开外似的。

"我事先声明，无论你们双方谁输谁赢，都不许经官。这是道上的规矩。"精神病挡在我和小张伟中间。

"好，一言为定。"我说。

小张伟咽了一口唾沫，没说话。

虽然小张伟在社会上名气不小，但经过开饭店这一个多月的观察，我认定他没有多大辣气，他的名气是靠他哥大张伟打架打出来的，他只是跟在身后起起哄罢了。大张伟因为伤害罪被判刑五年，现在正在监狱里服刑呢。况且，打群架靠的是人多势众，或血脉贲张或迫不得已，才一时间不计后果，而这种单挑，则完全是个人勇气与意志的较量。

精神病后退了一步，身体靠在身后的栅栏上，给我和小张伟腾出差不多一米左右的距离。小张伟掰开电工刀，脸上的肌肉和嘴角抽搐着。

我转头平静地脱掉军大衣，搭在旁边的栅栏上，同时暗暗做了个深呼吸。我不停地告诉自己，两强相遇勇者胜，关键时刻千万不能掉链子。

小张伟见状，干脆气势汹汹地把上身脱了个精光，还在自己胸口的文身处"咚咚"捶了几下。那是一条龙。但文得实在不怎么样，看上去畏畏缩缩，倒更像是一条蛇。

"你文的是什么？"收审所里许多人身上都有文身。李军有，精神病有，连小排骨的胳膊上都文了个煞有介事的虎头。文身这玩意充其量就是吓唬吓唬那些未经世事的人，顺便给自己壮壮胆。

"龙啊。"小张伟得意扬扬地说。

"我怎么看怎么像条蛇呢。"把文身的龙说成蛇，是对文身人莫大的嘲讽和不敬。精神病在一旁忍不住笑了。

小张伟气得脸色刷白，嘴唇蠕动了几下，想说什么又说不出来。

我直视着他的眼睛，挺着胸脯又向前稳稳地迈了半步，歪着头，并用嘲弄的目光看着他。我就要逼得他没有退路，除非他现在认输。

小张伟紧张地咽了口唾沫，他想尽量表现得放松一些，但他不停耸动的喉结泄露了他的秘密。

如果说，刚才我还心存一丝恐惧的话，那么现在我已经彻底平静下来了。因为我看得出，他比我更害怕。他的手脚一直在发抖，眼神慌乱，差一点就要哭了。

"动手啊！"我大声催促道。

"你别逼我啊。"小张伟嗫嚅着说。

"今天我就逼你了，怎么地，害怕了？来呀！"我的脸凑到他的脸前，目光凶狠地冲他大声咆哮道。

小张伟闭上眼睛，手里的电工刀软绵绵地扎向我的肚子，我几乎没有感觉。我掀起秋衣的下摆，看见肚子上只留下一道红色的痕迹，过了一会儿，冒出几滴血珠。小张伟是用大拇指抵住刀尖扎的我，根本没敢发力。

"该我了吧。"我不动声色地伸出手。

小张伟没动，求助般回头寻找着精神病。精神病低头用鞋底蹭着地上的积雪，一言不发。

我几乎是把电工刀从他手里抢过来的。

我的脸上掠过一丝冷笑，没有丝毫的犹豫，电工刀狠狠地扎进他的肚子，只有刀柄攥在我的手里。小张伟发出一声沉闷的"哎哟"声，弯腰痛苦地向身后的迟明倒去。我拔出电工刀的瞬间，血，像拧开的自来水管，从他的刀口处流到脏污的雪地上。

旁边栅栏门口，一个坐在轮椅上正准备出门的女孩，惊愕地张大嘴巴，像被定了格似的，浑身上下，一动不动。

"出，出人命了！"迟明惊叫着，想跑。

"还有你呢。"我掂了掂血淋淋的电工刀。

迟明连连摆手，"我服了，服了。"

精神病见状，"赶紧用倒骑驴送他去医院。快，快！"迟明连忙背起小张伟往胡同口跑。

"我活这么大，还没见过像你小子下手这么黑的呢。你先出去躲几天，只要不出人命就没事。我领他去看病。"说完，精神病慌慌张张地追了过去。

我穿上军大衣，抖了抖，来到女孩门前，扶着栅栏低声说："如果有人问起你，你就说什么都没看见。听见没？"

"嗯，嗯。"女孩双唇紧闭，脸白得像一张纸。

事后，精神病对我说："那天，我们刚把小张伟弄到倒骑驴上，他的肠子就流出来了，血淌了我一身。小张伟当场吓得晕了过去，是我捧着他的那些肠肠肚肚重新塞回到他肚子里的。"说完，精神病哈哈大笑。

我面无表情地听着，没有说一句话。我知道小张伟不会死。肚子里只有下水，只要治疗及时，起码不会致命。我妈毕竟是医生，这点医学常识我还是知道的，但我还是暗自感到庆幸。小张伟的肚子里外缝了二十多针，不到一个月就出院了。

小张伟和迟明想把他俩的饭店兑出去，但没人敢接手。我扎小张伟的那一刀在我们城北区，尤其是在农贸市场一带迅速传开，并被演绎得神乎其神，一时间，我名声大噪。这可比我上一次扎汤司令在社会上产生的响动要大出不知道多少倍。毕竟，与小张伟相比，汤司令还是个孩子。

两家饭店的房主一块找到我，近乎哀求地让我租下他们的房子，并主动降低房租。他们知道，只要我还继续在这里干饭店，不租给我，他俩的房子就只能空着。开饭店的人都想和气生财，多一事不如少一事，谁都不愿意给自己无形中增添麻烦。

我本来不想接手，但又想，如果我的志向是将来开一家汇宾楼那么大的饭店，我就得一步步地扩张。

我问他俩："你们租给他们的时候一年房租多少钱？"

"一共八百。"

"好，我一分不少。但有一个条件，我现在一下子拿不出这么多的钱，我先付你们三个月的房租。"那时候开饭店房租都是一年一付。

他俩感激涕零，连连道谢。就这样，原来一排平房三家饭店，现在成了我一个人的。

我把原来小张伟和迟明的店门封死，外面只保留了"金达莱冷面店"这一扇门。我和迟明两家的墙壁打通，合二为一，专卖冷面，又从小张伟饭店里面的墙壁重新开了一扇门，这样，小张伟的饭店就成了专门的烤肉店。同时，我又通过段小兰招了几名女服务员。我还让老韩和他的同事小马、小赵将小张伟饭店的后厨改成一个房间，在里面砌了一铺炕。晚上，老安两口子就睡在那里，有时候，我不回家也睡在那里。老安激动得在暖洋洋的屋子里转来转去，"自从我下放回城，就再也没有睡过热炕头呢。"

可万万想不到，我的生意遇到了麻烦。我跟小张伟和迟明的这一仗闹出的动静实在太大了。不说全奉城，起码在城北区传得沸沸扬扬，尽人皆知。不光是我，"金达莱冷面店"也是名声鹊起，只可惜这个名声伴随着血腥的暴力，让人望而却步。

许多人喜欢吃"金达莱冷面店"的烤牛肉和冷面，但考虑到那里面鱼龙混杂，万一为了吃口饭惹上点麻烦，挨顿打，不值当。所以，刚开始虽然我的饭店店面扩大了两倍，可来吃饭喝酒的人并没有增加。偌大的饭店显得冷冷清清，没有人气。

来捧场的大多是一些我的社会上的朋友，他们推杯换盏，闹得不亦乐乎，算账也大方。还有一些是小张伟和迟明的仇人，往日里他们敢怒不敢言，现在那两个家伙被我打跑了，他们自然扬眉吐气，庆贺一番在所难免。但这样下去不是长久之计。我知道，开饭店，需要稳定的顾客群，不能光凭意气用事。

我一筹莫展，暗自叹气。我甚至为此悔不当初，不该逞能，还不如稳稳当当地干个小饭店呢。我这是何苦呢。

情急之下，我想出这么个主意：凡是来本店吃烤牛肉的顾客，免费送给女人和小孩子每人一瓶八王寺汽水，另外，服务员要主动给每个男人送一根蓝古瓷烟，并亲自点上。你们不是害怕在我这里吃饭有麻烦吗？我不仅要让你们饭吃得舒服、放心，还要让你们心情愉快。如前所述，当年，顾客到国营饭店吃饭，碗筷都得自己动手拿，个体饭店才碗筷伺候。咱们东北人不是好面子嘛，好，那我就给足你面子。剩下的，你自己看着办。结果，没几天，烤牛肉的销量增长了一倍。每天顾客盈门，来晚了根本上不了桌，得等着排队。毫不夸张地说，我是全奉城个体户中最早拿顾客当上帝的老板。

转眼间，生意重又红火起来了。

平时，老韩、李小阳、段小兰、汤司令、段文、精神病及程宝国这些朋友带人来，我就把他们请到里屋，也就是我和老安两口子睡觉的房间，在炕上摆一桌，人多的时候，地上也能加一桌。冰冷的屁股从外面进来坐在热乎乎的炕头上一烫，甭提多舒服了，喝累了醉了还可以倒头睡一觉，简直就像在自己的家里一样。

可惜，好景不长，没多久天气说热就热了。东北的所谓四季，其实只有漫长的冬天和酷热的夏日，要么冰天雪地、寒风刺骨，要么燥热难耐、烈日当头，气候宜人的春秋更像是个过渡，是缓冲，所以，我们东北人有"春秋乱穿衣"一说。

烤牛肉是不能卖了。我正在犯愁的当口，老安胸有成竹地建议我上拌狗肉，"但狗必须得是现杀的，吃狗肉的人图的就是个新鲜。"

"可是，你会杀狗吗？"我之前多次在大街上看到过有人杀狗，其实准确的说法应该是勒狗，很残忍的。两个人把绳子套在狗脖子上，一边一个人相互角力，像拔河比赛。狗拼命挣脱，垂死挣扎。偶尔，会有绳子断裂，或其中一人筋疲力尽的时候，每当此时，狗就会奋力扑向另一个人，结果，两个人松开绳子，各自逃命。狗在街头巷尾东奔西突，见人就咬，成了疯狗。甚至，有人为此丢了性命。隔个三五年，公安局就要搞一次专门的打狗行动，不能不说与此有关。

老安摇头，"拌狗肉我在行。"

一旁的老华子兴奋地插话说："我来负责杀狗，我学过。"老华子家就住在我饭店的后院，是精神病的朋友，和精神病一块儿来我饭店喝过几次酒。老华子三十多岁，他的右手食指短了一截，据他自己说，是想发誓戒偷，结果，偷他是戒了，可又改抢劫了。

老华子人很和气，一天到晚总是笑眯眯的，很腼腆的样子，谁逗他都不生气。老华子打过好几"锅"了，从十六岁开始就没闲着，是监狱的常客。从强劳（强制劳动）、教养到判刑，可谓屡教不改，罪名从盗窃到抢劫。老华子没有工作，成天无所事事，跟我混熟了，就经常主动来我饭店帮忙。早晨，我赖在床上不愿意起来，就叫人去喊老华子，让他跟李小芳到农贸市场买菜，无论中午还是晚上，只要服务员忙不过来，老华子总会适时地出现在我的饭店里。老华子干活麻利，从不挑肥拣瘦，脏活累活抢着干，又不多言多语，所以，饭店里的人都很喜欢他。赶上饭点，老华子自自然然地留下来和服务员们在一张桌上吃饭。老华子好喝，就有人主动给他打一碗白酒，拌个花菜，就是把几样凉菜都夹一点放在一个盘子里的那种。如果菜吃完了，而酒还剩一些，他就坐在那儿"干拉儿"。我让他再夹点菜，老华子说啥也不肯，"这样喝我就挺知足了。"老华子喝得安安静静、心满意足，然后回家睡一觉。让人有事到后院喊他。

"好，杀完狗，狗皮归你，下水也归你。怎么样？"

老华子点头。

狗是从西塔早市市场买来的活狗，有时也有专门养狗的狗贩子上门送货。狗买来往饭店门前的大槐树下一拴，路过的人一看就知道，"金达莱"晚上又有新鲜的狗肉吃了。五点一过，饭店就开始人满为患，排队开票，不然，人脑袋能挤成狗脑袋。

当晚出锅的狗肉论块卖，配一盘狗肉酱，排在前面的人优先选择，后面的人摊着什么算什么。饭店关门后，为了给狗肉保鲜，老安两口子连夜把剩下的狗肉全都撕成条，放在盆里，用辣椒面等调料拌好，第二天接着卖。

开始，我的饭店每三五天杀一条狗，渐渐地，两三天甚至一天就得杀一条，不然不够卖。

有一天，段小兰在我饭店请她大爷段副局长和我们辖区的派出所赵所长以及工商所、税务所的人吃饭，段文也来凑热闹。段小兰之所以在我这里请客，其一是段副局长喜欢吃拌狗肉，更喜欢喝狗肉汤。段副局长每次来吃饭，都要带几个公安的朋友，一来二去，我跟一些"老尖"也认识了。"老尖"是社会人对警察的称呼，我们还管在派出所临时帮忙的人叫"老K"。其二，她也想让我以此为契机，多结交几个有用的朋友，这样我每个月就可以少交一些工商管理费和税费。那天的酒喝得很尽兴，工商和税务管理所的几个人也比较仗义，当场就答应在收费方面给予我一定的照顾。

段副局长那天只是象征性地喝了一小杯白酒，这可是不多见的。段副局长让我坐在他旁边，"小伙子，干得不错，才开几个月的饭店，就敢扩大规模，有胆量，有气魄。"接着，段副局长压低声音，"最近，风声很紧。你们也看到了，现在形势很严峻啊，社会上正在严打。这一回可不是闹着玩的，是全国性的。我知道你小子不是个善茬，但你开饭店遇到事情尽量忍着点，好好做你的生意才是正经事，和气生财嘛。我只能跟你说这么多了。"段副局长对我与小张伟和迟明打架的事，有所耳闻，但他只是在聊天时点我一步，并没有多说什么。

"谢谢段叔。"我态度真诚地说。

"小文，你过几天去乡下你奶奶家待些日子，省得给我在外面闲扯淡。"

"好好好，我去行了吧。你就别啰唆了，快去上你的班吧。"

"我先走了，你们慢慢喝。记住，郝勇，帮我看着点他，别又喝多了。"段副局长看了看腕上的手表。其他的几个老尖也只能拍拍屁股跟他一起走。

他爸一走，段文又开始变得肆无忌惮，没一会儿就喝多了，"郝勇，我、我打算给你介绍个对象。怎么样？"

"来来，喝酒。"我想打个岔。

"你就说，想不想看吧，少废话。那个女孩长得可漂亮了，长发披肩，细皮嫩肉的，一把都能掐出水来。"

"就你这个没正形的样子，谁会信得过你。"段小兰气哼哼地说。

"小兰，我、我是给你老同学介绍对象，你急什么？"

"臭不要脸，你吃饱了撑的啊，谁让你介绍啊，自个也不撒泡尿照照。"

"这就是你的不对了，小兰。怎么说，我也是你的表哥吧。"段文大着舌头说。

"好了好了，你俩都少说一句行不行，别让人笑话啦。"

工商税务的几个人脸红脖子粗地在划拳。

这时，外面传来一声盘碗破碎的声音，还伴随着女孩尖厉的叫喊声。

"我出去看看。"我借机从炕上跳下去。

是刘杨。

"怎么回事？"我冲新来的女服务员问。

"明明是我把碗放在了桌子上，她故意用手扒拉才打碎的，可她偏赖我。"女服务员委屈得都要哭了。

"你胡说八道，是你没把碗放稳。你得赔我冷面。"刘杨站起来，"啪"地把筷子一摔。

女服务员还想解释什么，我微笑着对女服务员一摆手，"没事，你忙你的去吧。"

"怎么地，不想赔？开得起饭店，赔不起我的一碗冷面？"刘杨用鼻子哼了哼。

"我这就让人给你重新上碗冷面，行了吧？"我无奈地摇摇头。

刘杨得意地坐下来，冲旁边同样稚气未脱的两个女孩子说："你俩先吃，我等新上的。新压出来的冷面才有嚼头。"

两个女孩子的个子要比刘杨高一些，年龄也应该大一点，其中一个脸蛋圆圆的，整张脸像是圆规划上去的，另一个是棱角分明的长方形。我发现，漂亮女孩的身边永远伴随着形影不离的丑陋的女孩。她们双方角色分明，一种是让自己衬托得更加美丽，另一种是把自己的丑陋充分暴露在阳光下。一个愿打一个愿挨。我几乎从未见过两个漂亮的女生手挽手肩并肩，互诉衷肠，心心相印。

我刚要转身回里屋，刘杨叫住我，"哎，那谁，为什么吃拌狗肉的女人每个人发一瓶汽水，我们吃冷面的没有？欺负人没钱吗？"我把吃烤牛肉的那套规矩同样用在了吃拌狗肉的人身上。

吃冷面的女人纷纷抬起头，用责怪的目光看着我。我有些尴尬。

"我问你话呢，说呀。"刘杨不依不饶。

"你还有完没完了？你想喝，我让人给你拿一瓶不就完了嘛。"我底气不足地说。

"别以为有几个臭钱就了不起。也不知道谁定的破规矩，只有吃拌狗肉的女人才能免费喝汽水。我们也叫一盘拌狗肉。"两个女孩低着头，不说话。

"来一盘拌狗肉，三碗啤酒。"

"我们不喝。"那两个女孩连忙摆手。

"小姑奶奶，你是不是想找事呀。你一个女的，这么大点就喝酒，这不是不想学好吗？"

"你也好意思说，我怎么也比你强吧。起码我没有被学校开除，更没有进拘留所。"刘杨仰着脖子，双眸明亮，粉嫩白皙的小脸蛋望着我，扯着嗓门喊。

"你是不是怕别人听不见？"我血往上涌，极力控制着自己的情绪。

"怎么，你还想打人？"

我突然无可奈何地笑了，"刘杨，我算是服了你，小小年纪就学会撒泼了。没事你干点什么不好，怎么偏偏要来找我的麻烦呢？我又没得罪过你。"

刘杨慢慢站起身。

"你又要干什么？"

"我出去买烟。"

"我有。"我坐在刘婷婷的对面，掏出一包大生产扔在桌上。

"我要抽蓝古瓷。"

"好，服务员，给她一根蓝古瓷。"

这时候，段小兰"砰"的一声摔上门，从里屋快步走出来。

"怎么走啊，是不是段文又惹你生气了？"

"他不是人，你以后少答理他。"见我不说话，她又说，"你听见没？"

"她是谁呀，说话口气这么冲。你对象？"刘杨感兴趣地问。

"你别胡说八道。"

"这个小孩是谁呀？"

"管得着嘛。"刘杨调皮地眨了眨大眼睛。

"她是我八十五中学同学的妹妹。"

"你真是长能耐了。认识的人还不少，连同学的妹妹都认识。"

"什么呀，她正好来这儿吃饭，刚刚碰上的。"我不耐烦地看了段小兰一眼，"你说话能不能别总阴阳怪气的？段文得罪你跟我有什么关系，你们怎么都拿我撒气呀。"

"你们都是一丘之貉，没一个好东西。"段小兰好像并不生气，"好了，我走啦。"说完，段小兰旋风般刮了出去。

刘杨喝了一口啤酒，"她吃醋了，哈哈哈。"

"你慢点喝。"我悄悄告诉女服务员，那桌的账不要结了，算我请客。我随手关上门，回里屋了。

但没多一会儿，女服务员进来告诉我，刘杨喝多了。我推门出去，看见刘杨从裤兜里掏出一张皱巴巴的五块钱，想要结账，人却摇摇晃晃地一屁股栽到了椅子后面，头"咚"的一声撞在墙壁上。

"这可咋整。"我连忙上前搀扶她，问那两个女孩，"你们是怎么来的？"

"坐车来的。"其中一个女孩用蚊子大的声音回答我。

老韩穿着工作服晃晃悠悠进来了。他刚下早班。

"来得早不如来得巧。正好，你陪我骑后院的倒骑驴把她送回家去。"

"谁呀？"

"刘军涛的妹妹。你忘了，开业的时候你不是见过嘛。"

"哎呀呀，不得了。巾帼不让须眉呀。这么大点的小女孩就敢出来喝酒，还喝醉了。新生事物，行行。"老韩就喜欢在女人面前一惊一乍的。

"你是唯恐天下不乱吧。"

"算我倒霉。"老韩佯装无奈，从后院把倒骑驴骑到饭店门前。

我和老韩累得满头大汗，轮流骑倒骑驴把刘杨送回了家。

开门的是刘军涛。

"你妹妹在我饭店喝多了。"

刘军涛没说话，咬着后槽牙，抬手"啪"地扇了他妹妹一个耳光。

我和老韩对视了一眼。

"你也不请我们进屋里喝杯水。大老远的，我们哥俩嗓子眼都骑冒烟了。"老韩说。

"我们走吧。"我冲老韩一摆头。

半夜里，江红军从饭店后门跳进来，敲门叫醒我。我睡得正香，"这么晚了，干什么？"江红军已经有一阵子没来我饭店了。

"郝勇，哥们儿出了点事。能不能留我在你这里住一宿？"

"出什么事了？"

"你听我慢慢说。"江红军挤进来，"实话跟你说，兄弟，我犯事了。我撬了市烟酒公司的仓库。"

"你胆子可不小。"

"我也是没办法。你不是总说我没志气吗？一天到晚吃他的喝他的，你以为我心里舒服啊。"这个他，一定是山田城一了，"没想到，山田城一到公安局把我检举揭发了。现在公安局正在到处抓我呢。郝勇，你是个讲义气的人，你总不会见死不救吧？"

我没说话。

"这屋子里就你一个人住？"

我点点头。

"太好了。等避过了这段时间的风头，我准备去南方。你放心，我每天天一亮就出去，只在夜里回来住一住。"

"那，好吧。"我能说什么呢。

开春以后，老安两口子就像过去那样，拼几把椅子，睡在外屋，说这样睡觉凉快。其实，我心里明白，老安睡觉呼噜打得震天响，他们是怕打扰我休息。

每天晚上，江红军都回来得很晚，走路轻手轻脚，进了屋倒头就睡。我怕他影响我睡觉，特意给他配了把钥匙。这样，他可以愿意几点回来就几点回来。睡不着，我俩就躺在炕上聊天。

"郝勇，你搞对象了吗？"

"没有。"

"你怎么不搞对象呢？"

"我才多大，着什么急呀。你比我大，好像你也没对象吧。"

江红军叹了口气，"大哥我不是不想搞对象。你大哥我一表人才，找个女人还不容易。"说到这里，他猛地坐起来，"都怪大哥身上的零件。"

"你的零件与众不同？"我好奇地跟着他坐起来。

"不信你看。"江红军掏出家伙，在我面前动手摆弄了几下。

"你真不愧是外国种，家伙也太大了，都快赶上别人的两个了。但我不明白，这，跟你搞不搞对象有什么关系呀？"

"你不懂。女人一看见我的这个大家伙，吓得直哭，碰都不让我碰一下。"

我明白了。

"你的多大？让我看看。"江红军往我身边凑了凑。

"我的比你小多了，不用看。"

"嗯——不够意思。大哥的都让你看了。"江红军撒娇似的，伸手要扒我的裤子。

"又不是我要看的。"我推了他一把，哈哈大笑。

"那，你可千万不要给我往外说啊。"

"说什么？说你的大家伙什儿？别人羡慕都来不及呢，你放心吧。太晚了，睡觉吧。"

躺在炕上，我睡不着。刚才，江红军哼哼唧唧的样子，与他外表的阳刚之气反差太大，让我浑身直起鸡皮疙瘩。他这个人到底怎么回事？

夜里，我想起来撒尿。一睁开眼，发现江红军的头顶着我的头，一只手背搭在我的那个小东西的旁边。我厌恶地推了他一把。江红军的嘴角蠕动了几下，醒都没醒。

第二天，我把昨晚的事情当做笑话，讲给老韩和李小阳听。

"我听说，有一种犯罪，就是男人跟男人干那事，罪名叫什么来着？哦，叫鸡奸犯。"老韩一听，来劲儿了。

我一听，汗都下来了，"不会吧，江红军可是个美男子，怎么可能呢？他又不是找不到老婆。"

"这你就不懂了吧。这叫武大郎玩鸭子，啥人玩啥鸟。"老韩一副见过大世面的样子。

"不管他是不是那种人，今晚你说啥不能让他住在你这里了。我们得想办法把他赶出去。"李小阳说。

"我跟他在一个大院长大的，我怎么好意思开口啊？再说了，人家现在有难，这么做人太不讲究了吧。"

"跟他这种人有什么好讲究的。别惯他臭毛病。"老韩说，"你不好意思我好意思。今晚我和小阳住你这里，等他回来，我就告诉他，没地方，人太多住不下。"

夜里，江红军刚要进屋，被老韩伸手拦在门外。过了一会儿，老韩回来说："他不会再来了。"

"你怎么说的？"

"我就说，你爱哪住哪住去。你要是敢再来，我就去告诉公安局来这里抓你。这家伙吓得麻爪了，麻溜就跑。这还不好办。"

段文和几个朋友带来一条狗，让老华子帮他杀了吃肉。狗不大，甚至有些瘦小，皮毛短粗，摸上去像刷子一样坚硬，黝黑锃亮，只有肚皮和四条腿是深棕色的，耳朵支楞着，粗大的尾巴上翘。满屋子的人，可那条狗偏偏只望着我，一动不动，眼神里有一种让人说不出来的忧郁、哀怨。好像它一眼就认出了我是这个屋子的主人。

"你从哪里偷来的?"我问。

"不是偷的,是看守所的人送给我的。我骗他们说自己养着玩。"

"这是什么狗?品种看着不错啊。"

"德国黑贝,是一种名狗。"

"你吹牛吧。"我听说过德国黑贝,聪明、忠诚、嗅觉灵敏,好像只有市公安局的犬校才有。

"嘿嘿,是串儿,但它爹妈里肯定有一个是正宗的德国黑贝,骗你我是你儿子。"

"这条狗多大了?"

"三个多月。"

"这么小的狗你也吃?你不就是想吃一顿狗肉嘛,我用别的狗跟你换。"

"不行不行,你要是真喜欢这条狗,你就得拿两条狗跟我换。"

"你也太不够意思了吧,跟哥们儿还带讨价还价。"我早就领教过了,这个段文从来不吃亏,"我不要了。"养不养一条狗对我来说无所谓。

我站起身来到大街上,谁知,那条狗也站起来,默默地走在我身后,我用脚踢它都不走,死赖着我。我蹲下身,抚摸着它坚硬的皮毛,那条狗的后腿乖乖地坐下来,用它的耳朵在我的脸上蹭来蹭去,嘴里发出轻微的撒娇似的"呜呜"声,像是在央求我把它留下来。

我的饭店刚开始杀狗时,我总是一阵阵心悸,浑身冷得直起鸡皮疙瘩,但为了不让别人看出我内心柔软的部分,每次杀狗,我都环抱双臂,面色冷峻地站在最前面。我注意到,狗的眼神里总有一种让人说不出来的悲悯。难怪听人说，狗通人性。可时间长了，我的心渐渐变得粗糙、麻木不仁起来。

我返回去，"段文，我用两条狗跟你换。"

段文兴奋地扭动身体，打着响指，在屋子里跳起了欢快的迪斯科。

我给这条狗起了个名字，叫小黑。我在后院的"下屋"为它搭了个舒适的狗窝，晚上用铁链子拴好。小黑不挑食，给什么就闷头不响地吃什么，饭店里吃的东西多得是，汤汤水水的拌在盆里。小黑饭量比我都大，吃起东西来有条不紊，优雅端庄，即使在它吃得正起劲的时候，我把它的饭盆故意端走，小黑也不急不恼，只是慢慢坐下来，仿佛它吃累了正好休息一会儿，舌头在圆鼓鼓的鼻子上舔了又舔，甚至眼皮都不抬一下，显得很有气节。小黑唯一的缺点是胆子小。每当饭店杀狗的时候，我就带着小黑一块去看，帮它练胆。小黑神色紧张，一会儿看看我，一会儿悄悄地躲在我身后，时刻准备着伺机出逃。我回头叫它，小黑就不情愿地垂下头，安安静静地坐在我身边，不发出哪怕一丁点的声响。围观的人逗它，"下一次就轮到杀你了，小黑。"小黑好像听明白了，喉咙里发出"咕噜咕噜"的声音，恐惧得浑身发抖。我哈哈大笑，踢它一脚，"瞧你这个没出息的样儿。"

小黑最喜欢吃奶油雪糕，哪怕我正吃的时候掉下一滴，小黑也要在地上舔上半天，然后，抬起头，舌头在嘴巴里转来转去，可怜巴巴地望着我。它能把我吃剩下的雪糕棍叼在嘴里玩半天，都不嫌腻歪。而陌生人就算把一整根的奶油雪糕凑到它的黑鼻子前，小黑都会高傲地眯起双眼，慵懒地摇摇头，打个哈欠，看都不会多看一眼。

没多长时间，小黑就长大了，个子猛蹿，站起来几乎到我的胯骨高，腰细腿长，煞是威武。它已经能看家护院了。后院有人经过时，小黑一声不吭，但只要你想推门进来，它就警觉地站起身，两只前爪扒住栅栏，冲着来人"嗷嗷"一阵狂吠。

　　我经常到附近的公园训练小黑，把一只鞋子扔出老远，然后，用手指头一指一勾，小黑飞奔过去，叼着鞋子，摇头晃脑地跑回来。如果用时长一些，我就瞪着它，再扔一次，它明白，于是，更加努力地跑过去，回来也不再得意扬扬，而是心虚地看着我，直到我拍拍它的脑袋，奖励它一块肉，它才放下心来。

　　小黑就像我的跟屁虫，一天到晚摇着尾巴跟在我屁股后面转来转去。只要是我身边的人，小黑总是挨个嗅嗅，表示友好，让坐就坐，让站就站，特别讨人喜欢，除了段文。见了他，小黑就乜斜他一眼，躲得远远的，一副厌恶的表情。我们全都在一旁被小黑的举动逗得哈哈大笑。如果我手指段文，嘴里出发"呜——"的一声，小黑就向后倒退两步，像是在做冲刺前的助跑，然后，虎视眈眈地发出类似火车头似的喘息声，猛地朝段文冲撞过去。吓得段文屁滚尿流，抱头鼠窜。小黑昂着头，大脑袋在我身前摇来晃去，尾巴一翘一翘的。"我真后悔，当初把这个畜生给了你，你这是恩将仇报啊。"段文躲在门后，心有余悸。

　　有一天，我去饭店旁边的小卖店买烟，连敲了几次窗户，里面背对着我、坐在轮椅上的女孩儿都没有反应。我只好推开临街的院门，走进去。女孩儿抬头看见窗外的我，吓得一激灵。我摇晃着手里的一块钱，示意她，我只是来买东西的，不是盗贼。写字台上的收音机里正在播放英语节目《跟我学》，声音放得很大。

女孩儿的眼神像惊恐的小鹿，嘴巴半张，深潭般的大眼睛一眼不眨，好像我是个确凿无疑的强盗，正准备破门而入。我认出了她。她就是那天我用电工刀扎小张伟时，不合时宜地出现在我面前的那个坐在轮椅上的女孩。

我退出去，重新来到小卖店的窗口下，耐心地等她把轮椅摇过来。

"买包大生产。"我的声音尽量轻柔一些，我可不想再次吓着她。

女孩儿接钱的手有些颤抖。正午的阳光下，她的手指细长，指甲干干净净，白得近乎透明。我接过她递过来的烟和找的零钱，冲她温和地笑笑。她的神色显得更紧张了，鼻梁上细碎的汗珠晶莹剔透，俊俏的瓜子脸面无表情，唇角紧抿着，跟那天的表情几乎一模一样。

我连忙惭愧地走开了。我可不希望一个女孩子怕我怕成这个样子，尤其是一个坐在轮椅上、显得那么孤单无助、令人不禁心生怜惜的女孩儿。

中午的客人渐渐散去，服务员们一通洗洗涮涮、抹桌擦地之后，李小芳闲着没事就会用轮椅推隔壁小卖店的女孩出来，坐在墙根下的阴凉里。两个人边嗑瓜子边窃窃私语，有说有笑地望着农贸市场进出的人流。有人买东西，李小芳就乐颠颠地跑进去帮忙拿货，找零钱。我不知道她俩是怎么成为好朋友的，大概是同病相怜的缘故吧。

我问李小芳："二姐，开小卖店的女孩得的什么病？"

"高位截瘫。"

"这种病是怎么得的？"

"小时候扫雪，不小心从房子上滑掉在了地上，摔的。腰部以下完全没有知觉。"

"连大小便都不能自理吗？"

"嗯。"

"她叫什么名字？"

"叶琳。怎么了？"

"没什么，我只是随便问问。她，好像有点怕我。"

"谁不怕你呀，你这么厉害，整天打打杀杀的，怕你的人多了。"

"谁整天打打杀杀了。你可别给我瞎造谣啊。"

"我就是这么个意思。反正，人家一提起你的名字，第一印象，就是你这个人打架不要命，天不怕地不怕的。"

"有这么严重吗？"但我不得不承认，李小芳说得的确有道理。有的人打一仗，就名声大噪，好像这个人生来就喜欢好勇斗狠，凶神恶煞一般。而有的人即使打一辈子的仗，照样籍籍无名。其中的原因，无外乎，有的人一仗就打得惊天动地，有的人打仗就像是挠痒痒，没办法让人记得住。

"那个，叶琳，挺可怜的。"我望着眼前泥泞的街道和对面不远处嘈杂混乱的农贸市场，不无伤感地说。

"是啊，命苦呗。"李小芳看着我，"我跟她聊过一些你的事情。"

"聊我什么？我有什么好聊的呀。"

"也没什么，闲着没事呗。我就给她讲讲你和我弟弟他们在一块玩的事。说你人很聪明，很善良，也很懂礼貌。其实，你走到今天这一步，我也挺奇怪的。"

"像你说的，这是命运，老天爷早就安排好的。我有什么办法。"

"我特别佩服叶琳。因为身体残疾，她不能考大学，就一个人坚持自学，现在在读奉城大学的函授呢。"

"你这么一说，我也开始佩服她了。要不这样吧，以后我们饭店

132

的瓶啤酒、汽水，还有蓝古瓷烟，不要到批发部去进货了，就从她的小卖店上。现用现买。进货路远也麻烦，再有，也没地方放，店里人多，磕着碰着的，碍事。"

"那得多花不少钱呢。"

"不差这点钱。咱们这么大地主还差这几根垄啊。"我开玩笑似的说。

隔不长时间，叶琳托李小芳带给我一条凤凰烟，并叮嘱她，不要收钱，算是她的一点心意。凤凰烟并不好抽，辣嗓子，但里面加入了大量的香料，抽一口香喷喷的，只是抽烟的人感觉不到，而身边的人马上就能闻出来，你抽的是凤凰。符合"舍己为人"的献身精神。这种烟在当年颇为流行，但不好买，尚属紧俏商品。

那天，叶琳和李小芳正在墙根底下聊天，我双手插在口袋里，晃晃荡荡地走过去，小黑屁颠屁颠地跟在我身后。叶琳看见我还是很紧张，低下头，一眼不眨地盯着旁边的一处小水洼。那里有一只不知道哪个小孩子丢下的纸制小船，正渐渐沉没。

"怎么我一来你俩就不说话了？难道我是凶神恶煞，还是你俩怕小黑？"我故意在小黑身旁猫下腰，装出一副龇牙咧嘴的表情。她俩无声地笑了。

"你比小黑可怕多了。"李小芳笑着说。

"至于吗？"

"逗你玩呢。"

"这附近有没有小地赖欺负你？"我看着叶琳问。

叶琳羞红了脸，嘴唇紧绷着，犹豫了一下才摇摇头。

"如果有，你一定要告诉我。"

叶琳点头，还是不说话。

"行了，你别吓着人家。"

"你们聊，我走了。"我跑在前面，把拇指和中指放在唇边，吹了个尖厉的口哨，小黑毫不费力地追上我，与我并行，我俩向不远处的百鸟公园跑去。下午没事的时候，我经常带小黑到百鸟公园里跑步，坐在草地上休息、玩耍。累了，我就拿小黑的脊背当枕头，睡一觉。我只要不醒，小黑就一动不动，直到我揉着眼睛，伸了个懒腰站起来，小黑才不停地扭动腰肢，在地上撒着欢地疯跑一会儿。

渐渐地，叶琳和我熟络起来。

有时候李小芳饭店的事情忙不完，我就主动跑到小卖店推叶琳出来晒太阳。叶琳自自然然地坐在她的轮椅上，显得很安静。我用一只脚的后脚跟抵住屁股，蹲在墙根下，一只手抚摸着小黑的脑袋瓜子。小黑翘着脑袋，抬起一只后腿踢了踢自己的肚子。

"你这个姿势累不累呀？"叶琳笑着问我。

"没事。"我点上一根烟。

有时候，我俩什么都不说。我吹口琴，让叶琳点歌。她点什么，我就吹什么。为了吹好口琴，我甚至专门到书店买了一本《音乐入门常识》，无师自通地学会了识五线谱。之前，我吹口琴完全凭感觉，虽然会唱的歌我就能吹出音调，但节奏全无。

经常有路过的人用好奇的目光打量我俩。他们会想到些什么呢？我也很好奇。我微闭双目，让阳光在眼睑上留下温暖的橙黄色。我感到一种从未有过的安详与宁静。我想象，如果是我从此经过会想到些什么？我一定会被眼前这个美好、温馨的画面所打动。下午，阳光，红色的砖墙，洁净的玻璃窗，轮椅上坐着软弱、漂亮的女孩，身边干净帅气的高个子男孩像她的保护神，嘴里还衔着只口琴，旁边是半人高的小黑。想到这里，我无声地笑了。

"你傻笑什么？"

"没什么，没什么。"我不好意思地挠挠头皮。一个男人觉得自己长得帅，的确有点不可思议。

我常常不经意地用眼睛的余光扫一眼叶琳那双略显空荡的裤腿。她腿部的肌肉正在一天天地萎缩，而且可能会一直萎缩下去，没有任何好转的迹象。我的心禁不住一阵抽搐，心如刀绞。我只能默默地祈盼着奇迹的发生。它能发生吗？

我们在一起经常聊一些小时候的事情。那是一些我早已忘记的遥远的故事，如果不是因为叶琳，它们很可能落满灰尘，塞入时间的墙角，永远不会再被提起。它们有的令人愉快，有的让人心烦，甚至厌恶。

有一年的五一节，我们一家人到奉城的故宫游玩，我走丢了。那年我大概只有五六岁。我在熙熙攘攘的大人们的双腿之间穿行，但我并没有哭，只是感到累了，就找了个空地坐下来，双手托腮，茫然地望着一尊庞大的怪兽出神。后来，我在广播里听到了我的名字，这才知道"哇哇"地哭起来。我哭得畅快淋漓，但并不伤心。看见我爸妈焦急地跑过来，我反而支着小虎牙，咧嘴笑了。

还有一次，具体多大的时候，我忘了，但肯定上学了。因为我记得爸妈和老师都无数次地告诉我们，要做诚实的孩子。两个小伙伴打架，当时只有我一个人在场。两家的大人都让我作证，是谁先动的手。我实话实说。结果回家之后被我妈恶狠狠地掐了大腿根儿。我妈循循善诱地告诫我，"以后不管遇到什么事情，不要乱说话。你就不会说你没看见，或者说，你记不清了？你这不是得罪人嘛。这孩子一点不懂事，就知道让大人操心。"如果我没记错，我就是在那个时候开始学会撒谎的。

叶琳说她小时候最大的理想是当医生，还要当军医。那时候，叶琳的身体还没有病。小朋友玩游戏时，她喜欢负责给小朋友打屁针儿。想不到，长大了，自己却成了医生的救助对象。"如果有来生，我还是会选择当一名军医。救死扶伤。"叶琳肯定地说。

叶琳的姐姐对她最好，两人只相差一岁。为了叶琳，姐姐主动休了一年学。姐姐每天背她上下学，风雨无阻，直到叶琳的病情加重，不能继续完成学业，辍学在家。姐姐二十一岁那年嫁给了一个家住郊区的工人。姐姐用丈夫的彩礼，给叶琳开了这家小卖店。现在，姐姐住在郊区，但仍然坚持每周骑车回来看她。这让叶琳感到很幸福。

我静静听着，一根接一根狠命地抽着烟。

"我活不了太久。我可能很快就会离开这个世界了。"叶琳平静地说。

"别瞎说。你还这么年轻，未来的路还长着呢。"说这话时，我感到一阵茫然。

"我跟你说一件事，你可不许生气。"

"我生什么气呀，你说吧。"

"我发现，你这个人挺残忍的。"

"为什么？"

叶琳轻轻拍了拍小黑的脑袋瓜，"你这么喜欢小黑，可你的饭店杀狗的时候，你却逼着小黑在一旁观看。小黑每天听见它的同类发出一声声哀号，然后看着它们被人宰杀，它会是什么心情，你替它想过吗？将心比心，你说你残不残忍？"

我默不做声地点点头，陷入沉思。

"怎么，生气了？"

"没有，我只是没想这么多。你说得有道理，我虚心接受。"我抚摸着小黑，"对不起，小黑，我向你赔礼道歉。我今后保证不带你看杀狗，连狗骨头也不喂你了。"我站起来向小黑鞠了一躬，又捧起它的脸蛋使劲儿亲了亲。

叶琳笑了，"你还挺有幽默感的。"

"我可不是开玩笑，我这是郑重其事地向小黑道歉呢。"

叶琳家做什么好吃的她弟弟都会叫上李小芳和我。她父母沉默寡言，好像并不讨厌我，对我挺热情的。她的两个弟弟还在上初中，一个初三，一个初一。她家里有什么重活，比如换煤气、打煤坯或修理个什么东西，都是我和朋友帮着干。

我们的谈话漫无目的，时断时续。有时候，我们沉默不语，什么都不说。有时候，我们不紧不慢地聊着、说笑着。当一个人讲故事的时候，另一个人就是最好的听众，从不插话，或随意打断。

我看到，西边的天际布满火烧云，变幻的图案一会儿像羊群，一会儿像奔驰的骏马，有时候又像老虎或狮子的图形。我指给叶琳看，就好像天上有一个只属于我们俩的动物园。我俩边看边笑，头挨得很近，叶琳的发梢时不时不经意地扫到我的脸颊上，痒痒的，但很舒服。用不了多久，天色就刷地暗了下来，快得让人来不及反应。

每当此时，我的心情就突然变得格外沉重起来。

我每周一晚上固定回家，第二天睡个长长的懒觉再回饭店，不然成天这么连轴转地喝酒，整个人折腾得精神头不够用。当然，另一层意思是想让我爸妈放心，我既没有跟人打架，也没有进去，我活得好好的，就是有些疲惫罢了。

前些天，我一个人去市轻工产品商店为家里买了台正在促销的十四英寸奉城产的百花牌彩色电视机，放在爸妈的房间里。家里的那台十二英寸的罗马尼亚产的黑白电视被我搬到了饭店，吊起来，挂在顾客看得见的墙角处。老安两口子非常喜欢看电视。晚上，老安看电视时会观察我的脸色。如果我心情不好，老安就早早关了电视，躺下，等我在隔壁房间睡着了，才悄悄爬起来，打开电视，把声音拧到最小。他俩每晚都要看到屏幕上显示"再见"才恋恋不舍地关掉开关，蒙头大睡。

那天是周一，我像往常一样，很晚才从后院推自行车出来，准备回家。我刚出胡同，准备抬腿上车，只觉得脑后"咚"的一声闷响，人歪歪斜斜地从自行车上跌落下来，顿时失去了知觉。待我醒过来时，发现老华子坐在地上，双手托着我的头，拼命呼喊着我的名字，"郝勇，郝勇。"

我迷迷瞪瞪地想从地上爬起来，却一头扎在了老华子的怀里。

"我马上送你上医院。"

我闭上眼睛，摆摆手，"没事，我歇一会儿就好了。"我揉了揉头上的包，坚持一个人扶墙站了起来。

"那，去我家吧。"老华子的家就在我饭店的后趟房。

我想了想，"好吧。"我不想打扰老安。上次我和小张伟他们打完架，把老安两口子吓得一连几晚睡不好觉。

老华子家有个小院子，进屋就是炕。一个七八岁大的小男孩趴在炕上，正就着昏暗的灯光在写作业。"我儿子。"小家伙回头朝我笑笑。

"你老婆呢？"

"在里屋睡觉呢。"

我感到头还是有些昏昏沉沉的，后脑勺的包肿得像个鸡蛋。

"这是用教学手榴弹砸的，上面套了一圈胶皮。不然，肯定得流血，甚至会出人命的。"老华子坐下来帮我分析。他不愧是个老皮子，"是小黑救了你。夜里我听见小黑撕心裂肺地吼叫，觉得不大对劲儿，就爬起来，发现路灯下有辆倒在地上的自行车，走过去一看，原来是你。"

我被人从背后放倒的时候，小黑并没有看见，况且，它离我几十米远，又隔着院墙，它是怎么想起大声呼救的呢？难道它有预感、与我心有灵犀？这太不可思议了。

我只能趴卧在炕上睡觉，后脑勺不敢沾枕头。老华子为我盖上被单。不一会儿，就熄灯了。

是谁在我背后下的黑手？八成应该是小张伟或迟明吧。除了他俩还有谁？

第二天，我醒得很早。我晃晃头，感觉没什么事，只是轻微的脑震荡。

"这么早就醒了，再睡一会儿吧。"老华子正盘腿坐在炕沿上抽烟，旁边放着烟簸箕。

"不了。"我坐起来，伸了个懒腰，学着老华子的样子也卷了一根烟，但卷得松松垮垮。

老华子把炕桌推到我面前，转眼间，摆上一盘拌白菜心和一盆白菜炖土豆，倒上两杯白酒。

"操，大清早就喝？"我早晨从来没喝过酒。

"没什么好东西，给你压压惊。"

我想让老华子去饭店取点拌菜，又想想算了。

这时，从里屋走出来一个女人，蓬头垢面、睡眼惺忪的。

"你嫂子。"

女人看都没看我一眼，就忙着叫醒孩子，给他洗脸梳头。

过了一会儿，里屋又走出来一个男人，我感觉他还没睡醒，眼睛半睁半闭，摸索到炕沿盘腿坐下来，然后自己给自己倒了一杯酒，一点都不拿自己当外人。我怔怔地看着老华子，怎么回事？这个男人是谁？他怎么也从里屋出来了？看样子，他不像刚进屋，那么就是说，他昨晚跟老华子的媳妇睡在里屋？而我昨晚起夜明明看见老华子和孩子就睡在我旁边呀。我一时半会儿摸不着头脑。莫非是我在做梦，抑或是我的脑子还不清醒？按说，这种房子的格局不应该里屋还有门呀。

"我给你们介绍一下。这个兄弟叫郝勇，这个叫老腰。"

老腰眨了眨眼睛，一粒橙黄色的眼屎颤颤巍巍地掉了下来，"你，你就是郝勇啊。"

我点点头。

"我总听人家说郝勇这个郝勇那个的，我以为是个大人呢，没想到你这么年轻，真是后生可畏呀。"老腰举杯跟我碰了碰。

"大爸二爸，我上学去了。"小孩子牵着妈妈的手，推开门，转过头又冲我说，"叔叔再见。"

酒桌上，我很少说话。一会儿看看老华子，一会儿看看老腰。我弄不清楚他俩到底谁是那个孩子的大爸谁是二爸。这让我困惑不已。

"我知道你想什么呢。"老华子狡黠地笑笑。

我不说话，认真地看着他，等他往下说。

"你是不是觉得奇怪，我媳妇怎么跟他睡一屋？"

这他妈的还用说吗？我心想。但我打定主意，什么都不问。

"老弟，不怕你笑话，大哥的这个东西不行了。"老华子拍拍自己的裤裆，"打罪的那几年，我在'农改'，种田插秧。干农活辛苦，完不成任务管教就罚我们睡地下，连张褥子都不让铺。一来二去，就这么落下的病根——阳痿。我打罪的时候，老腰一直照顾我的老婆孩子。我俩从小一块长大，之前还和他打过同案呢。是我让他俩住一起的。我老婆不容易，结婚后，我在家就没正儿八经待过几天。左一次右一次地进去，从没消停过。"老华子拍了拍老腰的脑瓜子，"老腰比我大一岁，他是我孩子的大爸，我这个亲爸倒成了二爸。哈哈哈，让你小子捡便宜了。"

老华子说这些话的时候，老腰不理不睬，照样面色平静，该吃吃该喝喝，就好像老华子说的是别人的事情。

"你这病能治吗？"

"谁知道呢。这几年，为了看病，钱可花老鼻子了，都是老腰出的。我媳妇的那点工资连一家人吃饭都不够。这不，最近老腰又帮我弄了个偏方，正喝中药呢。"怪不得，昨晚一进屋，我就闻到一股中药味，"他妈的，等我病好了，老腰你就给我滚蛋，滚得远远的。听见没？"老华子说得不急不恼。

老腰"唉唉"两声，继续闷头喝酒，看样子并不以为意。

难道说，他们已经提前进入了共产共妻的社会？这他妈的算什么事呀，太新鲜了，听都没听说过。

"老华子，你去我饭店干吧。你总靠老腰也不是个办法。"

"那敢情好，可我底子潮，以前手脚不干净，你信得过我吗？"

"信得过。"我记得，我曾经在一本书里读过这么一句话：一个没有罪孽的人，一定没来过这个罪孽的世界，"不管怎么说，你也在社会上混过这么多年，你走过的桥比我走的路都多。你他妈的总不会恩将仇报，反过来坑我害我吧。"

"那是那是。"老华子点头哈腰地说。

汤司令神神秘秘地把我叫到饭店后院，"我查出来是谁冲你下的
黑手了。"

"谁？"

"刘三。"

"哪个刘三？"

"大胡同的。"

"我不认识他呀。"

"肯定是背后有人指使他干的。"

"你猜会是谁？"

"你抓住他不就什么都知道了嘛。刘三在省歌剧院舞厅倒票，一
抓一个准。"

"好，你晚上带我去，我要好好认识认识他。"

傍晚的时候，汤司令和段文来找我。段文把我叫到里屋，插上
门，撩开衣服，从腰间抽出一把三角刮刀，一把"一尺八"。"一尺
八"是日本枪刺的长度。

"选一把顺手的，算是哥们儿送你的。"

"谢谢，但我不需要。"

"你那把破电工刀，太老土了，震不住人，早就该淘汰了。"

"我喜欢电工刀。记住，打架不是比谁穿衣服漂亮，要比谁敢动
真格的。如果别人手里拿一把唬人的家伙什儿就把你给震住了，那
只能说明你是个孬种。"

段文咧咧嘴，没说什么。

我和汤司令还有段文一块儿骑车去了省歌剧院舞厅。舞厅门前人头攒动，我们躲在一个墙角的避风处，可一直等到里面的音乐声响起来了，却始终没有看见刘三的身影。"刘三要么提前进去了，要么还没来。外面风大，我们去里面找找吧。"于是，我们三个买票进了舞厅。

　　舞厅里灯光昏暗，乌烟瘴气，人影幢幢，仿佛群魔乱舞。这里过去是省歌剧院的小剧场。只有舞台上乐队演奏的地方灯光明亮，一个年轻的女歌手在唱苏小明的《军港之夜》。这是我头一次进舞厅，感觉很新鲜。

　　我们三个找了个角落坐下来。过了一会儿，段文站起身，装得像个绅士似的伸出一只手，请旁边的女孩跳舞，女孩边用手绢扇着风边傲慢地摇摇头，表示拒绝，甚至连看都没看他一眼。连我在旁边都为段文感到脸红。谁知，段文点上一支烟叼在嘴上，二话不说，伸手就拽，女孩忸怩了几下，段文嬉皮笑脸地干脆伸出双手兜住女孩的脖子和屁股，边摇晃着边嘴里哼着《摇篮曲》，把女孩强行抱进了舞池。"你别烫着我，讨厌。"女孩撅着小嘴，娇嗔地用小拳头轻轻捶打着他的肩膀。

　　段文将女孩放到地上，把烟吐在地上碾灭。女孩也斜了他一眼，抻平衣襟。

　　两个人站直身体，随着音乐的节奏，轻快地跳了起来。

　　"这他妈的是跳舞吗？跟南霸天抢亲似的。"

　　"都这样，来这里的女人全都犯贱，故意拿一把，装大尾巴狼。好像你一请就跳，她就不值钱了似的，非得来硬的。"汤司令说。

　　果然，我看见许多女人都是这么被男人生拉硬拽拖下舞池的。但女人并不真生气，还显得很骄傲的样子，胸脯挺得高高的。

突然，我游移的目光看见了一个熟悉的身影，不是在舞池里，而是在灯光明亮的舞台的一角。那个穿黑色长裙、在拉小提琴的女孩子不是章姗姗吗？我简直不敢相信自己的眼睛。我屏息静气，悄悄地走到舞台一侧的下方，躲在阴影里定睛观瞧。果然是她。章姗姗是乐队的第三把小提琴，也就是最后一把，她坐在一个不起眼的角落，很难引起别人的注意。我强抑制住内心的激动，没有喊出她的名字。

段文匆匆跑过来，告诉我，"刘三在休息大厅呢。"我和段文躲在门缝处，让汤司令故意走过去跟刘三打招呼，以便我能更准确地认出他来。刘三穿着件黑色的鸡心领套头衫，个子矮墩墩的，留一抹浓密的小胡子，很好认。

舞会散场时，我为去找章姗姗还是去抓刘三犹豫不决。刘三他跑不了了，但万一明天章姗姗不来舞厅伴奏了呢？茫茫人海，要是想再一次偶遇恐怕比登天还难。我只能这么说服自己。尽管我知道这个概率很小，但还是不放心。

最后，我决定去找章姗姗。我独自骑车在舞厅周围转了一圈，找到了舞厅的后门，那里挂了个"闲人免进"的牌子，肯定是工作人员进出的地方。不一会儿，有人陆陆续续走出来，或骑车或步行，消失在夜幕中。

章姗姗出来了，身后背着小提琴。

"章姗姗。"我坐在自行车鞍座上，单腿点地。

章姗姗惊讶地望着我，"是你？怎么是你，郝勇？"她毫不费力地喊出了我的名字。

我很高兴，"没想到吧。"

"没想到。你来这里跳舞？"

"不是，我是陪朋友来玩的。我不会跳舞。"我不知道自己为什么这么强调。那时候，舞厅还是新生事物，是一些不三不四的人或时髦人士时常出没的场所。

"小珊，走吧。"一个中年人推着自行车在等她。

"你等我一下。"章珊珊跑过去，跟中年人说了几句什么，又回来，"我李叔，我们一个乐队的，每天晚上他负责送我回家。"

"过几天就要高考了，你怎么不在家好好复习，跑这里来赚外快？"

"我这叫自食其力。你不是在实验中学上学嘛，想报哪？北大？"我为了避免尴尬，点上一根烟，深深地吸了一口。

"想不到，你都会抽烟了。"

我不说话。

我们的身后一片黑暗。舞厅的工作人员在锁门。

"走吧，我送你回家。怎么样？"

"好啊。"

我们默默地骑车来到大街上，好一会儿没有说话。大街上很安静，只有自行车车条转动的"沙沙"声响。

"跟你说实话吧，我，我不在实验中学念书，我在对面的八十五中学。对不起。"我感到羞愧，语速飞快，不敢看章珊珊的眼睛，但我真的不想再撒谎了。有句话是这么说的：一个人撒一句谎，起码要用十句谎话去圆，而这十句谎话，又要用一百句谎话去圆。可见，这是一件劳神费力的力气活。

"没什么。"章珊珊笑了，很羞怯的样子，"我被学校保送上省幼儿师范学校了，所以才有时间到这里伴奏，挣点外快。"

"上次你去北京真的是拜师学艺？"

"是啊，谁像你，一见面就撒谎。"

"我那叫害人之心不可有，防人之心不可无。"我想让气氛轻松点。

"你撒谎还撒出理来了。"

"我这不是跟你开玩笑呢吗。"

"唉，可惜，那个老师说我考上音乐学院的概率为零，我妈才死了心。"

前面是一条小胡同，没有路灯，我俩只好下来小心翼翼地推车走，一时找不到话题聊。

"哦，你还记不记得，在火车上坐在你旁边的那个男人？"

我想了一下，"记得，不就是那个一上火车就呼呼大睡的人嘛。"

"他跟我妈结婚了。"

"啊！不会吧，这么快。"看来，她是个心直口快的人。

"那个男人是一家大企业的销售科长，很有实权，但我讨厌他，整天一身酒气。最近我搬奶奶家住了。"我俩站在一栋黑漆漆的大楼前，"我到了，你回家吧，谢谢你送我。"

"再说会儿话吧。"

"不行，我奶奶会担心的。"

"我明天晚上去接你回家，行吗？"

"嗯，"章姗姗犹豫地点点头，"那，好吧。"

我刚要骑车走。

"我忘了问你，你现在在上学吗？"

"不，我开饭店呢。"

"在哪？"

"农贸市场附近，叫金达莱冷面店，有没有兴趣，哪天去坐坐？

我请你吃狗肉。"

"你怎么想起开饭店了？"章姗姗又不着急走了。

"一言难尽。"我站下来。

"以后我们再慢慢说吧。再见。"章姗姗挥挥手。

我只好抬腿上车，骑出很远，一回头，看见章姗姗站在街灯下，一闪身不见了。

我的心情很好，一边慢悠悠骑着车在寂静的马路上划圈，一边哼唱起了邓丽君的《月亮代表我的心》。渐渐地，我的心开始扑通扑通地欢跳起来，扶车把的手在颤抖，自行车被我骑得歪七扭八的。我再也抑制不住内心的激动，双手撒把，张开双臂，在空旷阴凉的街道上，不管不顾地发出一连串"啊——啊——"的怪叫声。就像当初我逃亡北京时，听到汤司令没死的消息那样忘情。

我终于在大胡同刘三的家门口附近堵到了他。之前几次，我送章姗姗回家后，绕道堵刘三都没有堵着。我知道，他不大可能跳完舞直接回家，肯定得到饭店喝酒，而喝酒的人什么时候回家就不好说了。那天，我刚骑车来到大胡同，远远地就感觉前面骑车的人像刘三。他正要拐弯，被我用自行车别了下来。刘三来不及反应，摔倒在路边的墙上。他刚要张口骂人，我跳下车，一个箭步冲上去，薅住他的脖领子，另一只手拿电工刀抵住他的脖子，"别动！认识我吗？"

"不，认识，认识。你是郝勇。"刘三的牙齿在打颤。之前我还以为此番我俩必有一场恶斗。毕竟，刘三在社会上也算是小有名气的人，怎么被我堵到没人的旮旯里就蔫茄子了呢。我"郝勇"两个字就这么好使？

"知道我为啥找你不？"

"不、不知道。"

"你是不见棺材不掉泪呀。"我从随身斜背的军挎里，掏出一枚上面套着胶皮的教学手榴弹，"认识这玩意儿不？"之前，我特意让老华子给我找了枚教学手榴弹，套上胶皮。如果他敢还手，我就以其人之道还治其人之身。

刘三整个人龟缩在角落里，一声不吭。我由此断定，汤司令的情报是准确的。我没有冤枉好人。

"说吧，你我往日无冤，近日无仇，是谁让你背后冲我下黑手的？你要是说了，我今天就放过你，不然，我就用这玩意砸碎你的两个膝盖骨，让你后半辈子坐在轮椅上。你知道，我说到做到。"

刘三抬起头，长出了一口气，"是，李军。"

"李军？"我一时想不起来李军是谁，"他不是在收审所吗？他什么时候出来的？"

"有一段时间了。"

他妈的，这个李军还真记仇。

"他人现在住哪里？"

"他总在东塔玩，我真的不知道他的底细。"东塔在另一个区。

"那他为什么找你？"

"我以前打过他一个承包舞厅的朋友。他出来以后就找到我算账，让我拿刀扎你。不然，他就抢我的生意。没办法，我就用手榴弹比画了一下，算是对他有个交代。我真的没想要你的命。"

"我相信，你他妈的也没那个胆量。好，我今天就先饶了你。如果你发现李军在哪出现，一定要马上通知我，听见没？"

"听见了。"

"滚吧。"

刘三扶起自行车，拍一拍身上的泥土，麻溜跑了。

我之所以没有动手打刘三，并不是我心慈手软，而是因为他不值得，况且，现在社会上的形势明显已经开始变得紧张了。大街上，经常有大卡车上架着大喇叭筒子广播"严厉打击各种刑事犯罪活动"的通知，可谓声势浩大。一车车剃着狗啃头的犯人被五花大绑，沿街批斗，胸前挂着白纸黑字的牌子，有的人的名字上打着血淋淋的红叉，这就意味着此人不久后将被押赴刑场，执行枪决。

看来，段副局长那天在饭桌上说的是实话，不是吓唬人。我不想急于找到李军，等风声过一阵子再说也不迟。但这个仇我一定要报。骑车回家的路上，我想。

第二天中午，我看见李小芳和叶琳像往常一样，坐在小卖店的墙根下聊天，就端着饭碗，边吃边凑了过去。

"好久不见了，你真是个大忙人啊。"叶琳揶揄我。的确，最近一段时间，我每天晚上都送章珊珊回家，到她奶奶家楼门前，又要聊很久，所以，我常常一觉睡到中午，整个人显得无精打采的，连饭店的门都不爱出。我好像已经有一段时间没看见叶琳了。

"郝勇，你是不是谈恋爱了？"李小芳小心翼翼地问。现在，李小芳负责买菜，收钱结账。老华子给她打下手，干零活，但决不沾钱。两个人都干得兢兢业业，任劳任怨。李小芳每天把头天的买菜金额和营业额分别写在两个专门记账的收支算术本上，让我过目签字，像模像样的。我开始不习惯。李小芳就晓之以理，强迫我签字，否则，她只负责一摊，其他的事情，让我另请高明。

"没有没有。"我的脸红了。

"说说，长什么样，我们两个大姐帮你参谋参谋。"叶琳比我大两岁。我喜欢看叶琳开心的样子。每次聊天聊到开心处，叶琳苍白的脸色就变得红润，充满生机，跟正常人没什么区别。

"你们就别闲着没事拿我穷开心了。我服了你们还不行吗？"

李小芳和叶琳相视一笑，然后，两人眼睛一眨不眨，齐刷刷地看着我。

"别介啊。你们这不是合起伙来欺负人嘛，我都被你俩给看毛了。二位大姐，求求你们了，咱们说点别的好不好？"我作揖求饶。

"你一个男的还害羞，这又不是什么见不得人的事，真没出息。"叶琳打趣道。

"你们可别瞎传，我什么事都没有。"

"你说，是不是段小兰？"李小芳笑眯眯地问叶琳。

"不是，肯定不是。"

"那，是不是那个小女孩，叫什么来着？哦，刘杨。听名字像是从海外归国的华侨。"

"也不是。"叶琳再次肯定地说。

"那我就猜不着了。"

"他现在整天在外面跑，尤其是晚上，连个人影都见不着，饭店都不管了，谁知道他认识些什么人。"

"二姐，你就别在这里猜谜语了，快回去干活吧。"我被她俩一唱一和的打趣搞得哭笑不得，但心里却甜蜜蜜的。

"等我回家问问小阳再告诉你。"李小芳站起身对叶琳说。

李小阳最近迷上了打扑克。我问过他几次，他只是说，小打小闹，闲着没事瞎玩，我就不便多说了。况且，我这个人一向不喜欢干涉别人的事情。老韩跟他一个车间的女孩谈起了恋爱，每天下了班就往人家里跑。老韩带女孩来过饭店，女孩人长得不错，挺傲气的，对老韩还算温柔体贴，就是有点嫌弃老韩是大集体工人，总张罗让他考电大，以尽早加入全民职工的行列。

关于刘三的事，我一再叮嘱汤司令不要告诉任何人，可汤司令嘴不严，还是在喝酒的时候告诉了他俩。老韩和李小阳也来找过我，要跟我一块儿去抓刘三，被我以"风声紧"为由拒绝了。我不想让他俩掺和进来，就没把我已经抓到刘三的事情告诉他俩。至于章珊珊，我更是只字不提。不知道为什么，我现在越来越不爱把自己内心的事情说给别人听，即使是老韩和李小阳也不例外。但凡遇事我只喜欢一个人琢磨，我觉得这样挺有意思的。

段文和汤司令几次催促我去抓刘三，我都装糊涂，遮遮掩掩。

"你是不是已经瞒着我们，偷偷抓过他了？"段文感觉我有事情瞒着他。

"没有啊。现在风声紧，等过了这段时间再说不迟。"

"这可不像你的风格啊。"

"我什么风格？"

"你的仇人近在眼前，你却一声不吭，装熊。这要是让社会上的人知道了，传出去，你的面子往哪搁，往后你还怎么在外面混？"段文想用激将法刺激我。

"我的事情不用你们操心，我自己会处理。"

段文和汤司令见我有些不耐烦，只好悻悻地离开了。

几天后，刘三一个人来饭店找我。

"郝勇，我一直以为你是个讲义气的人。没想到，你也背后捅刀子。"刘三开门见山。

"你什么意思啊?"我被他说得莫名其妙。

"段文和汤司令他们去舞厅找我,说你想赶跑我,自己包票卖。对吧?郝勇,我和我老婆两口子都没有工作,还拉扯着个孩子,不容易。我要养家糊口啊。你这不是逼我往绝路上走吗?你这样做,还不如那天你干脆一刀捅了我,来个痛快的,咱们一了百了。"

我听明白了。怪不得,段文和汤司令这阵子对我何时动手打刘三这么上心呢。原来,他俩是想打我的旗号抢刘三的生意。

"刘三,虽然我比你年纪小,但我也是个老爷们,你觉得这种事情会是我干的吗?他们找你是他们的事,与我无关,你们之间爱怎么处理怎么处理。有本事你们就大干一场,人脑袋打成狗脑袋才好呢。"

"郝勇,这话可是你说的。如果我跟他们干仗,你不许参与。"

"没问题。"

不久,刘三跟段文和汤司令两伙人在歌剧院舞厅门前,言语不和,动手打了起来。好在双方并没有人敢动刀子。段文毫发无损,汤司令和大宝,一个头上挨了一棒子,一个被打得鼻口出血。第二天,舞厅就被公安局贴上了封条,暂停营业了。

我把段文和汤司令叫到饭店来,臭骂了一顿。

"你们这是损人不利己。人家的生意干得好好的,你们去抢,还不敢光明正大地抢,打我的旗号,算什么玩意呀!"

"我们这不也是想替你出口气吗?还好心当成驴肝肺了。"段文强词夺理。

"你少跟我扯淡。就你那点小心思,我又不是不知道。我不爱多说你,是想给你留点面子。你就老老实实待一会儿吧。"

"郝勇,我把话放这儿,歌剧院舞厅早早晚晚是我的。不信,咱们走着瞧。"段文被我损得脸红一阵白一阵的。

"以后的事，以后再说。你们几个现在赶紧出去躲一躲吧。这都什么时候了。"我没好气地说。

过后，我偷偷给了汤司令五百块钱。

精神病白天待在老华子家，屋都不敢出，晚上才偷偷摸摸地从后门溜进我饭店，找我喝酒聊天。精神病自作主张，用报纸把我饭店里屋的窗户糊了个严严实实，每次他从后门进屋第一件事就是先插上门，一番狼吞虎咽之后，人便陷入一种神情恍惚之中，若有所思地小口抿着老龙口，时而唉声叹气，时而长久闭目。外屋只要有个风吹草动，精神病的一双小眼睛就滴溜溜转个不停，耳朵支棱着，一扇一扇的像兔子的耳朵，动得充分、自如、活灵活现，好像他随时准备破门而出，溜之大吉。

"至于嘛，你他妈的别一来就装神弄鬼的好不好？"我一看到他这副样子就心烦。

精神病斜眼看看我，摇摇头，嘴角扯出一丝无奈的苦笑，"你不懂。你是油梭子发白——短炼啊。"然后，他把头深深埋在瘦骨嶙峋的两只大手中。

这一刻，我感觉他是真的有精神病，不是装的。也许，他上次往头上钉的钉子，真的触碰了脑神经。

已经有一段日子了，社会上的流氓地赖们好像从农贸市场一带消失了。平日里时常到我饭店吃吃喝喝的人，连个影子都看不到。好在我饭店的生意并没有受到丝毫的影响，每天照样熙熙攘攘，人满为患。附近的居民，市场做生意的，穿着工作服刚下班的工人，他们喝酒划拳、面红耳赤，完全没有了之前埋头喝酒、交头接耳的猥琐相。没有了那帮流氓地赖，他们真的彻底放松了。现在我的饭店成了工人阶级的地盘。

精神病掰着手指头给我数，老虎进去了，小轮子进去了，张宏伟前两天也进去了，"我告诉他们，最近风声紧，别在社会上瞎转悠，可他们不听，还嫌我装神弄鬼。现在倒好，都老实了，清净了。"精神病双手一摊，"啪啪"地狠狠拍了两下巴掌。

老虎是精神病最好的朋友。两个人从小就是"打仗亲兄弟"，一块在社会上混，彼此不分你我。每次进去，两人都是同案。只要其中一个人出来，就会义不容辞地设法搭救另一个。我跟小张伟打架的那天，他也来了。事后，老虎对我说："你的确是块料。精神病没少当我面夸你。"老虎除了偶尔和精神病来我饭店吃饭，有时候也会独自一人带女人来。今个这个，明个那个，不带重样的。每一个都是浓妆艳抹，脸上像用瓦工的抹子抹过了似的白，脖子却是黑的。老虎一再叮嘱我，"千万别告诉精神病。精神病就烦我搞破鞋。可大哥我偏好这一口，喜欢玩玩，图个新鲜。男人嘛，等你长大，就明白我的意思了。我们这种人谁知道哪天就艮屁朝凉去见马克思了呢。"有时候里屋没人，老虎就冲我挤挤眼，示意我先出去一会儿，女人在边上没羞没臊地看着我，我一出去，老虎就火烧火燎地插上门，三下五除二。三五分钟不过，房门又敞开了，老虎大声招呼我进来喝酒。一男一女，两个人大萝卜脸不红不白，照吃照喝，倒是弄得我坐在旁边怪不好意思的。

老虎这次出事是因为聚众从事流氓活动。简单地说，就是一群青年男女在一套大房子里边听邓丽君的靡靡之音边跳贴面舞。老虎是组织者，是主犯。

小轮子是精神病当年在教养院认识的朋友，两人是"盘架"。盘架就是两个人一块吃饭，谁有什么好吃的，一人一半。小轮子在明廉地区大名鼎鼎，是个无人不知无人不晓的人物。当年，他手持两把菜刀打败过四个拎枪刺的家伙，自己毫发无损，对方却被他砍得狗血喷头，狼狈逃窜。

小轮子之所以出事，是因为买西瓜时与卖家发生了争吵。卖家也不是个省油的灯，提着西瓜刀，他拎着三角刮刀，两个人在大街上拉开架势，就要比画。后来，被认识的人拉开了。卖家一听他是小轮子，连忙赔礼道歉。小轮子没当回事。结果，当天晚上，小轮子就被逮了起来。警察告诉他，卖家拎西瓜刀是正当防卫，他是手持凶器，寻衅滋事。

张宏伟已经是四十好几的人了，没家没业，整天乐呵呵地跟在精神病的屁股后面瞎混，东一趟西一趟地四处闲逛。但他天生胆小怕事，每次打架之前，精神病都对他说："张哥，你忙你的。我们出去办点事。"精神病很会给人面子，从不让他当众难堪。张宏伟也不客气，借坡下驴，脚底抹油，一走了之。

张宏伟最大的本事是偷。别看他打架胆小，但按精神病的话说，"皇上买马的钱，他都敢偷。"这叫"寸有所长，尺有所短"。最嚣张的一次，张宏伟居然大白天大摇大摆走进奉城铝厂，神不知鬼不觉地从里面偷出满满一板车的铝锭。一时间，在社会上传为美谈。从十四岁起，张宏伟的人生起码有一大半的时间是在监狱里度过的。每一回进去，他都吃得香睡得着，不着急不上火，为人老实巴交，干起活来不挑肥不拣瘦，任劳任怨。管教喜欢他，犯人也喜欢他。所以，他总能得到或长或短的减刑，提前释放回家。管教问他："这回回去，不会再犯事了吧？"张宏伟一声不吭，只是嘿嘿地笑。可隔个一年半载，他又进去了，都成家常便饭了。所以，他往后再进去，大家就开玩笑说，他那是去"串门"了。

连精神病这样的人都不理解，"你这个人是不是喜欢那里的高墙电网？"

"在哪儿不是活着。在里面是一天，在外面也是一天。"张宏伟淡定自如，俨然把自己的行为上升到了哲学高度。

这次，张宏伟是在火车上"掉"的。他偷了同为奉城的一个去广州进蛤蟆镜的人。偷完，他并没有跑，而是继续与人把酒言欢，他还想套一套人家具体在哪上的货，到时候，他就可以用偷来的钱上货，然后，带回奉城卖。这样，他就可以真正做到"贼不走空"了。他想得倒是齐全……

"你敢保证你的朋友进去不'点'你吗？"我问精神病。

"我不知道。为了以防万一，我想走两条道。一是浪迹天涯，四海为家。但如果有人'点'我，我是跑得了和尚跑不了庙的，早早晚晚有一天会被逮回来。二是我主动申请进精神病院住院，以静制动。不管出什么事，他们都得给我先做精神病鉴定。如果事大，可能还得带我去南京的精神病院。那里是全国最权威的。我不知道到时候，我能不能挺过那一关。"看来，精神病早已把一切考虑周到了，真是个机关算尽的老狐狸。

"你想什么时候走？"

"我想马上就走。可我舍不得你的拌狗肉啊。"精神病呵呵一笑。他怎么会告诉我，他具体离开的时间呢？

我每天晚上九点半准时从饭店出发，骑车十分钟到省歌剧院的舞厅后门，去接章姗姗。我俩边骑车边聊天，时间过得飞快，好像一转眼就到她奶奶家了。

有时候，章姗姗很喜欢说话，一路上她都说个不停，但有时候却又一言不发。她的性格忽左忽右，忽冷忽热，让人难以捉摸。这时候，我就尽量说点什么有趣的事情，想让气氛重新活跃起来，她也不答话，只顾埋头骑车，完全沉浸在自己的世界里。章姗姗从来不打听我家里的事情。即使我主动说起来，她好像也没兴趣听，这让我很扫兴，也多多少少有一些失望。好在我这个人并不多想，只当她天性敏感，心思重罢了。

有一天晚上，我照例骑车送章姗姗回家。快到她家的时候，突然下起了瓢泼大雨。我俩急急忙忙紧蹬几步，来到她奶奶家的楼道里避雨，但还是被淋得浑身精湿。我用手抹了一把脸上的雨水，抬头看着乌云翻滚的天空。看样子，雨，一时半会儿不会停。

"你上楼吧，免得你奶奶担心。"

"那你怎么办？"

"我没事。等一会儿雨停了我就走。"

章姗姗用牙齿一下下咬着薄薄的嘴唇，"要不，我上楼给你拿件雨衣下来。"

"这么晚了，别麻烦了。你奶奶看见我怎么办？"

"那就让你这么等下去？万一雨下个不停呢，你不得冻感冒啊。"

"怎么，心疼我了？"

"去，谁心疼你了。我是怕你得病了明天晚上没有人接我。"章姗姗的声音小了下来，软绵绵的。

我的心暖暖的，充满了柔情。

突然，一个炸雷，把天空劈开一道闪亮的缝隙，像一棵树的图案。章姗姗吓得紧紧抱住我，头依偎在我的胸前。我顿时怔住了，仿佛被施了魔法，浑身僵硬。章姗姗嘴巴里呼出的气息，痒痒的。

我低下头。章姗姗明亮的眸子正充满期盼地望着我。我不管不顾地张开嘴巴亲吻她的嘴唇。谁知，过了一会儿，章姗姗突然笑了。她的笑声在空荡荡的楼道里发出刺耳的回响。我茫然不知所措，也只好跟着她傻笑起来。

"你笑什么？"章姗姗脸上挂着盈盈的笑意，问我。

我摇摇头。

"不知道你笑什么？"

"你笑我就忍不住跟着笑了呗。"

"你真傻。有你这样接吻的吗？你这叫亲嘴。接吻得把舌头伸出来。"章姗姗仰着头，舌尖像蛇的信子，一吐一缩的。我受到她的感染，急切地把舌头笨拙地伸进她微启的红唇。两条舌头缠绕、纠结在一起，一股暖流在我的体内游走，像过了电似的，整个人浑身上下麻酥酥的。

我感到一种从未有过的战栗，身体在发抖、打颤。我呼吸不畅，但我舍不得把舌头从她的口腔中退出来，放松一下。好像如果那样的话，我就再也没有机会让我的舌头与章姗姗的舌头重逢了。我下面的那个小东西腾空而起，我害羞得不得不将身体稍微向后挪了挪，抵在肮脏不堪的墙体上，以至于一道雪白的灯光照射到我的脸上，我都没有反应过来。

"谁呀？"章姗姗有些恼怒地转过头。

我睁开眼睛，但又不得不马上闭上。

"是小姗吗？"

"我奶奶。"章姗姗镇定地说，"奶奶，是我。"一定是她的笑声心动了老人家。

"这么晚了，你咋还不进屋。我还担心你被大雨截半道了呢。"

老太太站在楼梯的缓步台上，关掉手电。楼道里重又陷入一片黑暗之中。

"走吧，跟我一块上去。等雨停了你再走。"雨，越下越大。楼前的水洼冒着大大小小的水泡，像一锅开水在沸腾。

"好吗？"

"反正她也看见了。"章姗姗上楼扶着她奶奶，"奶奶，我们一个乐队的人送我回家，正好赶上下大雨。"

"那你还不赶快让人家上楼坐一会儿，淋病了可就糟了。"

"来呀，我奶奶都发话了。"章姗姗冲我摆手。

这是一栋日式的阁楼。脚下的地板发出"咯吱，咯吱"的巨大声响。我不得不小心翼翼，尽量让自己的脚步放轻一些。

"孩子，快进屋，我给你先找条毛巾擦擦脸。"章姗姗的奶奶又是帮我拿毛巾又是忙着给我倒开水。

我站在狭窄的客厅中央。章姗姗边照镜子边在镜子里冲我扮鬼脸。

"坐坐。饿了吧，我去给你们热饭。"老太太回身进了厨房，随手关上门。

"坐吧，还傻站着干什么？难道你还想让我请你不成。"

"你奶奶人真好。"我的屁股搭在椅子边上。

"那我呢？我好不好？说呀，哑巴了。"章姗姗歪着头，冲我眨眨眼睛。她的这个样子真是可爱极了。

老太太把热好的饭菜端上来，"你们慢慢吃，我回屋睡觉了。"

"我奶奶可会照顾自己了，每天早睡早起，天不亮就去公园打太极拳。"

吃完饭，章姗姗边刷碗边说："你睡我的房间。我跟奶奶一起睡。"

外面的雨已经停了，但我舍不得走。我感到浑身瘫软无力。

章姗姗推开她的房门，"怎么样，我的房间干不干净？"

章姗姗的房间布置得很简单，被子叠得整整齐齐，床单雪白，黑色的小提琴盒挂在雪白的墙壁上，像一件精美的艺术装饰品。

"我住在这里，你奶奶看见会不会生气？"

"你就别啰唆了，好好睡一觉吧。"章姗姗抓住门把手的同时，把头缓缓转向我。那一刻，章姗姗楚楚动人。我感觉章姗姗好看死了。

我情不自禁地上前一步，抱住她，我俩忘情地亲吻起来。这回，我的舌头自如、灵巧多了。只是呼吸还不够平稳，有些粗重、短促。不知过了多久，章姗姗伸出手轻轻推我。可我的双手紧紧箍住她的腰，不想放她走。"你弄疼我了。"章姗姗的脸色突变，厌恶地看着我。我很尴尬，脸腾地一热。章姗姗随即恢复了常态，用手扯了扯衣襟，轻柔地小声说："你看看都几点了。"墙上的挂钟指向十二点的方向，"睡个好觉，啊。"章姗姗轻轻吻了一下我的脸颊，带上门。她的口腔里有一股艾蒿的清香味道。

我睡不着。床头柜上有一张她父亲抱着她的合影。章姗姗的父亲戴一副黑框眼镜，显得斯文、儒雅。章姗姗像一个天生的演员，一手托腮，另一只手翘着兰花指，指向深深的酒窝。照片上写着一句话"姗姗两周岁留念"。照片是用剪刀剪下贴在一张白纸上，镶嵌在镜框里的。我不知道，她的母亲是不是在一旁。

雨停了。

夜空如洗。月亮从厚厚的云层中钻出来，清清亮亮，如沐浴之后般皎洁。我坐在床头，胳膊肘支在窗台上，看得出神。我小时候最喜欢的事情就是看月亮在浩瀚的星空下自由自在地游走、穿行。

如果天气晴好，我可以一整晚不睡觉，也不困。

如果，此时章姗姗能跟我一起看月亮，那该多好。她睡了吗？她一会儿会不会轻轻推开门过来找我？

我心乱如麻。不一会儿，天就亮了。

自从那天起，我和章姗姗的来往更加频繁了。白天，我俩经常去逛街。中街、太原街、北市场，我们并排而行，从不拉手，最常去的地方是电影院。章姗姗喜欢看电影。有时候，一部电影没看够，就出来再买票看下一场。有时候，则换一家电影院，看另一部片子。章姗姗的情绪随着故事情节的跌宕起伏，时而啜泣流泪、面露伤感，时而义愤填膺、咬牙切齿。尽管，我也偶尔被影片感动，心潮起伏，但表面上，却显得无动于衷。从电影院一出来，章姗姗就气愤地指责我"狼心狗肺""麻木不仁"。章姗姗小巧的鼻翼上散落着几粒浅褐色的雀斑，轻轻扇动着，像一对蝴蝶的翅膀。她的这个样子很可爱。我忍不住想发笑，又不敢。我怕她真生气。

偶尔赶上市文艺电影院有"外国电影欣赏讲座"，章姗姗就欣喜若狂，一定要去看。此类电影的观影程序是，先放映一部外国电影，然后由到场的专家进行点评，并回答现场观众的提问。票价是三毛钱，只比一般电影院贵一毛钱，但购票者必须得持单位介绍信。我们没有，就只能花钱买高价票，加一到两毛钱。如果碰上《苔丝》这样的热门影片，还要多加一些。

有一次，我俩在和平电影院看《典子》，这是一部日本电影，讲述的是一位失去双臂的少女自强不息、奋发向上的故事。我俩之前看过不止一遍了，每次看章姗姗都被典子的不幸遭遇感动得热泪盈眶，鼻涕一把泪一把的。看到动情处，章姗姗的手伸过来紧紧抓住我，随着剧情的进展，在我的手心里轻轻摩挲着。我的手心汗津津的，有些痒。过了一会儿，她的头靠在了我的肩膀上。我陶醉其中，用另一只手抚摸着她光滑的手背。一道手电光照射过来。不是照我们的脸，而是照在我们的身体中间。"出来。"一个中年人压低声音说。周围的人纷纷转头把不怀好意的目光投向我俩。

"干什么？"我知道，有些恋人在看电影时忍不住搞一些小动作，被电影院的工作人员发现就毫不客气地叫出去盘查，弄得当事人很尴尬。

"出来，别影响别人看电影。"中年人的声音猛然提高了八度。

我和章姗姗只好难为情地从一排双腿的膝盖前艰难地一点点往外蹭。

他们不由分说，把我俩粗暴地分开。里屋一个外屋一个，进行盘查。

一个穿着白色警服的胖子先问了我的名字，在哪里工作，接着，又问我和章姗姗的名字和工作单位。不一会儿，有人进来，小声跟他嘀咕了几句。

"我可以走了吗？我还得看电影呢。"我有些不耐烦了。

"着什么急？我还没问完你话呢。虽然，你们认识，但是不是对象关系，我们还要调查。刚才，你们在电影院里摸摸搜搜地干什么呢？"

"谁摸摸搜搜了？你别冤枉好人。"这个淫邪的混蛋胖子。

"哎呀，当了这么多年警察，我可从来没冤枉过一个好人，但也从来没放过一个坏人。"

这时，章姗姗进来了。外面有许多人在趴窗户，他们电影都不看了，跑过来看热闹。

"往后，你们看电影手脚都给我老实点。手不要往女同志身上不该放的地方放。讲点卫生。"胖子警察一脸淫笑，看着我说。

"你……"我被他气得说不出话来。

章珊珊委屈的眼泪在眼圈里打转，鼓胀胀的胸脯剧烈地起伏着。

"出去吧。"

我没心思看电影，太丢人了。但章珊珊一声不吭，倔强地拽着我的手，执意往里走。

我俩在众人的窃窃私语和不怀好意的目光注视下，灰溜溜地回到座位上。

电影散场时，章姗姗走在前面，我被拥挤的人流堵在后面。我听见章姗姗在跟人吵架。

"你眼睛瞎了，踩着我脚了！"章姗姗大声说。

"你说谁眼睛瞎了，这么多人，我又不是有意的。你这个姑娘讲不讲点道理。"是一个年轻人，看上去老实巴交的。

"你不向我道歉，还强词夺理。臭流氓！"

"你骂谁呢！"那个年轻人真急了。

我连忙走上前，冲那个人说："对不起，对不起。"

我伸手去拽章姗姗。

章姗姗气鼓鼓的，一把甩开我，"他欺负我，你管不管？"

"小珊，我们先出去再说。"

我俩在众人的起哄声中，来到大街上。

"你消消气。"

"你不是说你挺能打架的吗？那你怎么不动手打他？吹牛！"章珊珊哭了，泪水在她白皙的脸庞上划过。

那一刻，我真的恨自己。我的确跟她轻描淡写地说过一些与人

163

打架的事情，但我是为了她好，并不是要在她面前显摆，逞英雄。我想给她打个预防针，让她有个心理准备。万一有一天，她知道我是什么人，说我欺骗她，后悔了呢？

"你心里有气我知道，你以为我不生气吗？但你不能把气撒在无辜的人身上，人家又没得罪你。你这个人总得讲点道理吧。"我尽量压低声音说。

"我讲道理，谁跟我讲道理啊！你看看他们那些人，平白无故羞辱我们，什么警察，一群流氓。"章珊珊哭得更厉害了。她蹲下身，单薄的肩膀不停地抽搐着。

"好了好了。都怪我不好，行了吧？"我只能这么安慰她。

傍晚时分，老韩和同事小马、小赵过来喝酒。三个人的头发潮乎乎的，一看就是刚下班洗过澡。老韩有一段时间没来我饭店喝酒了。"稀客，稀客。"我连忙上前同老韩打招呼，又给小马和小赵每人递了一根烟。当初，我跟小张伟他们打仗，他俩冲老韩的面子帮我助过阵。之后，也跟老韩来吃过几次饭。印象中，他俩挺讲哥们儿义气的，比较能喝也好喝，人很朴实、厚道。

"今天怎么有空？"

"别提了，哥们儿最近倒霉透顶。我们厂有一批集体转国营的名额，可我们三个没有关系，被人顶下来了。刚才，我们去厂部大闹了一通，厂里却威胁我们，说再这样下去就开除我们。他妈的，这是什么世道。我估计，我对象这回非得跟我吹不可。"

"你们怎么不托托关系？"

"我们三个都是工人子弟，托个屁。啥也别说了，全是眼泪，哗哗地啊。"老韩自嘲地笑笑说，"来，上酒。今晚，我们不醉不归。"

正说着，刘杨笑眯眯地推门进来了。

"这么巧，该不是你们事先约好的吧？"

"下班前，杨杨给我打的电话。反正，我也没事，就叫哥几个一块过来了。"自从上次，我和老韩把喝醉了的刘杨送回家，他们就算是认识了。有几次，老韩和刘杨在我饭店里碰见，两个人有说有笑的，好像比我还熟。我说过，老韩天生就有女人缘。

"你他妈的要不要脸啊。还杨杨，连姓都省了，人家是你什么人啊。我听着浑身直痒痒。"我做了个抓痒的动作，在老韩身边小声耳语说。

"只许羡慕，不许嫉妒。"老韩又恢复了他一贯的乐天性格。老韩就是这么个没心没肺的人。

我还真就羡慕老韩这一点。

"你们慢慢喝，我有点事先出去一趟。"章珊珊明天开学，我俩说好今晚一块儿去逛夜市，陪她买几件衣服。省幼儿师范学校在城南区，离她奶奶家很远，以后我们只能每周见一次面了。

"你什么意思啊？为什么我一来你就走？你要是不欢迎，我马上走。"刘杨还是那样，像一只好斗的小母鸡，总是故意跟我过不去。

"我是真的有事。要不这样，我抓紧时间办完事赶回来，再陪你们喝。"说完，我跟小马和小赵每人干了一碗酒，"哥们儿，抱歉了。"

"你忙你的。"小马和小赵准备站起身送我。

"你是去约会吧？你看你，像丢了魂似的。"老韩体谅地拍拍我肩膀。

"有什么了不起呀，不就是搞个对象嘛，连朋友都不要了，什么人啊，跟没见过女的似的。"刘杨不屑地撇撇嘴。

"你个小屁孩懂什么。"我一点也不生气。

我骑车去章珊珊家接了她，然后一块儿去逛了中街的夜市。我给她买了几件衣服。之后，我驮她去了位于城南区的学校。

"以后，你每个星期六晚上都要准时来接我回家，好不好？"章珊珊温柔地说。

"那当然了。我保证。"

我俩在学校门前的小树林里亲吻了好久，才恋恋不舍地分开。

我风驰电掣地骑车往饭店赶，毕竟，我与老韩这么久没见面了，我想陪他喝点，聊聊天。可当我来到饭店门前，看见外面围了很多人，里三层外三层的。我预感到情况有些不妙，连忙分开众人。

"郝勇，出事了。老韩他们几个被派出所的人带走了。"李小芳拽住我的衣角，急匆匆地说。

"怎么回事？你别着急，慢慢说。"我拉李小芳走进里屋。

事情是这样的。

我走了之后，老韩他们觉得光喝酒没意思，就开始划拳，刘杨一个人坐着无聊，央求也带她玩，但她不会划拳，只能改成"敬老头"的游戏，也就是"石头剪子布"。谁输了，要喝一小碗啤酒。玩了一会儿，刘杨就喝醉了。可她不依不饶，还要玩。老韩说："那就只能别人输了喝酒，你输了弹你脑壳。"又过了一会儿，刘杨嫌疼，就改刮鼻子，后来又改成亲嘴。这游戏越玩越不像话。当时，饭店有许多顾客，酒也不喝，饭也不吃，光顾着看他们几个胡闹了。有的人看热闹不怕事大，还为他们鼓掌，击节叫好。老韩是一个蹬鼻子上脸的人。这样一来，老韩他们就玩得更来劲了。

老华子好心好意过来阻止他们，老韩一巴掌把老华子推了个大跟头，自己也顺势趴在了地上，老华子把醉醺醺的老韩扶起来之后，躲进了后厨。显然，老韩喝多了。

刘杨出去吐了。回来后她又输了，老韩就说："你吐了，我不亲你嘴了，埋汰，我摸这儿行不行？"老韩指了指刘杨的胸口。刘杨不说话，只是一个劲儿地傻笑。老韩就把一只大手伸向了刘杨的乳房。刘杨笑得花枝乱颤。小马见势也跟着凑热闹，嬉皮笑脸地隔着刘杨的衬衣掏了一把。刘杨感觉受到了屈辱，突然"哇"的一声，哭了。这一哭，老韩和小马的头脑才有些清醒过来，知道闹得太过了，连忙拿毛巾给她擦脸，"哥逗你玩呢。好啦，别生气了。不玩了。咱们继续喝酒。"

刘杨骂了一句，"臭流氓。"反倒破涕为笑了。

老韩以为没事了，继续张罗喝酒。刘杨说："我困了，想回家睡觉。"

"困了就趴哥肩膀上睡，哥又不是外人。"老韩捋了捋刘杨的头发，刘杨真的靠在老韩的肩膀上睡着了。

老韩很享受地边喝酒，边揉搓着刘杨尚未发育完好的小乳房。小赵和小马的手也不闲着，这个摸一把，那个掏一下的趁机跟着占便宜。结果，无意中把刘杨的乳罩撕破了，掉在了地上。刘杨醒过来，羞红着脸想要回正在老韩手里把玩的乳罩，老韩举在空中，不给，刘杨够不着，两个人在饭店里围着桌子一个在前面跑，一个在后面追。后来，老韩他们三个还嫌不够热闹，竟拿刘杨的乳罩玩起了空中接力……

这时候，不知道谁上派出所去报告了，派出所的赵所长一行人闯了进来，老韩他们三个被当场抓了现行。二话不说，赵所长大手一挥，把老韩他们几个包括刘杨，统统带到了派出所。

"这个老韩，净他妈的瞎胡闹。"我咆哮着"咣"地踢了一脚桌子。

赵所长走进来，"走吧，事情是在你饭店发生的，你跟我去趟派出所。核实一下情况。"赵所长的语气很轻松。

我出门上了赵所长的摩托车。

做完笔录，我央求，"赵所长，老韩是我的铁哥们儿，你能不能放了他？"

"放人？你小子做梦呢吧。段局长知道非撤我的职不可。现在的形势很严峻，局里正愁凑不够人数呢。"

我点点头，表示理解，"我想看一看老韩，行吗？"

赵所长还算够意思，领我进了对面走廊的房间。老韩看见我怪模怪样地点点头，挠挠头皮。

"怎么样，酒醒了？"

"刚才，喝多了。"老韩低下头。

我递给老韩一根烟，并给他点上。

"我不会有什么事吧？他们今晚能不能让我回家？明天我还要上班呢。我对象要是知道了，非跟我吹不可，那就抓瞎了。"老韩语无伦次地说。

"你想得倒美。"赵所长冷笑一声。

老韩的脸刷地一下子白了，惊恐从声音里奔涌而出，"郝勇，你赶快帮我托托人。快点，我求你了。"老韩的眼神充满了恐惧。

我永远忘不了这一幕。

赵所长推了我一把，"差不多了，出去吧。"

我刚从派出所里出来，一辆警车停在了门前。接着，老韩和小马、小赵被几个警察戴上手铐，押进了警车。

我知道大事不好，连忙来到老华子家。

"精神病呢？"我想让精神病帮我出出主意，下一步该怎么办。

"跑了，刚刚跑的。"

"他跑什么？又没有他什么事。这个老狐狸，听风就是雨。"我坐下来，点上一根烟，"老华子，你有经验，你帮我分析分析，你认为老韩他们这个事大不大？"

"不好说，这种事说大就大，说小就小。真的，我不是跟你打马虎眼。要搁平常，这个事找找人，也就是个拘留十五天，顶多是个教养。但现在是非常时期，我看你还是赶紧去托人吧。事不宜迟，越快越好。"老华子的话，让我心里一惊。老韩这次恐怕凶多吉少。

第二天，天刚蒙蒙亮，我从饭店爬起来，简单洗一把脸，骑车去找段小兰。自从我急三火四地分几次还了欠她的钱以后，已经有一段时间了，段小兰很少来我饭店。偶尔碰面，我对她都显得格外客气、热情，像对待任何一个老同学老朋友那样。我的热情让段小兰与我的关系愈加疏远。这正是我想要的效果。我想让她明白，你是我的恩人，这一点，我铭刻在心，可我们只能做好朋友，别无其他。段小兰是聪明人，她当然明白我的意思。但一旦我遇到什么麻烦，只要我有求于她，她都义不容辞，尽心尽力地帮助我，好像她上辈子欠我的似的。为此，我一直心怀愧疚。我暗自发誓，万一什么时候，段小兰有事，我就是赴汤蹈火也不会有半点的犹豫。

段小兰正睡眼惺忪地站在饭店门前的炉火旁烙馅饼，面前排了很多人，蜿蜒成一条长龙。我跳下车，"段小兰，我找你说点事。你能过来一下吗？"

"是韩德明的事吧。"段小兰显得心不在焉，说话时看都没看我一眼。

"这么快，你怎么知道的？"

"昨天晚上快关板的时候，听吃饭的人说的。好事不出门，坏事传千里。"

"那，等一会儿，你找一找你大爷，去问问情况，好吗？"我小声说。

"我没时间，你没看见我这儿正忙着呢吗？"

"我，我是说，等你忙完早点的事以后，我再来找你。"

段小兰没有答话，继续埋头烙她的馅饼。我自觉无趣，讪不搭地调转车把，准备回饭店，另作打算。

"郝勇，你先进屋喝碗羊汤，等我一下。我很快就好。"段小兰声音不大，表情木然。

我喝不下，看着在外面忙碌的段小兰，我突然有一种强烈的感觉，段小兰老了。她脸上的鱼尾纹清晰可见，甚至额头上都有了抬头纹。开始，我还以为我是一宿没睡，眼睛花了。我使劲眨了眨眼睛。我没有看错。段小兰今年才二十出头，但看上去起码像二十七八岁的人。都说开饭店折腾人，看来，一点不假。一个女孩子，成天围着厨房、油锅、炉火转悠，能不显老吗？

段小兰换了一身干净的衣服，匆匆过来叫我走。

"你吃点东西吧，不着急。"

"什么时候学会心疼人了？别跟我虚头巴脑的，咱们谁不了解谁呀。少废话，快走吧。别把你急出病来。"

我骑上车，段小兰跳上车后座。我骑得飞快，我以为她会用手搂紧我的后衣摆，但没有。"你骑慢点。"一路上，段小兰只说了这么一句硬邦邦的话。

不知道为什么，我有些失望。

一路无言。

我俩走进段副局长的办公室。段副局长正坐在桌子后面打瞌睡，面前放着豆浆、油条。

"哎，大爷，你怎么一上班就睡觉，昨晚干什么了，这么困。"

"哦，是小兰啊。你们怎么来了？是不是来通知我喝喜酒啊？"段副局长揉了揉眼睛，戴上老花镜，"坐，坐。"

"我没心思跟你开玩笑，我来是有事情求你。"

"什么事？说吧。我可是一宿没睡呢。"

"不耽误你多长时间。郝勇，你说。"

我把事情的来龙去脉大致讲了一遍。

"你是说那个韩德明啊。昨天晚上，我就是审的他们几个。"

"段叔，你能不能从轻发落？老韩，不，韩德明是个好人。真的，我不骗你。他只是一时糊涂，不信，你问段小兰。"

"好人？好人能进我这里来吗？进我这里的，没有一个是好人。那几个小子，光天化日之下耍流氓，造成了很坏的社会影响。"段副局长突然想起什么似的，看了看我，"郝勇，你还敢来替别人说情，你自己出过什么事你不知道？"

我不说话。

"你打的那两次架，我们公安机关全都掌握着呢。要不是因为小兰为你求情，我早就把你收进去了。"

"哎呀，大爷，你说这些干什么啊。我们是来托你办事的。"

"好好好，不说不说。"

"段叔，那，你准备怎么处理他们？"我趁机问。

"十年二十年的都有可能，但他们会保住小命，不会'靠墙'。现在，我只能跟你说这么多。你们回去吧。"所谓"靠墙"就是枪毙的意思。

"你就尽量轻一点判嘛。"段小兰往外走时，挎着她大爷的手臂，撒娇似的说。

"你朋友的事，我会尽量处理，但判决是法院的事情，我无权干涉。这都什么时候了，还顶烟儿上，不是找死是什么？"段副局长突然问我，"郝勇，你最近看没看到段文？这小子这一段时间回家都特别晚，也不知道他在外面搞什么名堂。"

"没有。"我摇摇头。我真的没有看见段文。我只听说他经常跟汤司令和大宝他们在一块儿玩。至于干什么，我就不知道了。

"你帮我看着点他。有什么情况，及时向我汇报。"

我"嗯"了一声。

"你可不要再捅娄子了。消消停停地做点生意多好。"段副局长语重心长地叮嘱我。

我和段小兰出了区公安局的大门。我一言不发，打开车锁，低着头。

"谢谢你了。段小兰。"

"谢我什么？"

"谢你替我跟你大爷求情啊。不然，我可能也在号筒子里跟老韩他们几个做伴呢。"我苦笑一声。

"少来。"

我点上一支烟，恶狠狠地猛吸几口。

"你已经够朋友了。该办的你都尽力了，你就别自责了。"

我叹了口气，摇摇头。

"过几天，我再去找我大爷说说情。你放心，咱俩是老同学，我和老韩也是老同学，该帮的忙我一定得帮。做人要讲良心。"

我的心被她后面这句话深深地刺激了一下。她是想说，我当初跟她逛公园、"轧马路"却又不跟她搞对象，是在戏弄她？有愧于她？我是不是太敏感了？

"发什么呆呀。快点回家好好睡一觉，你的眼泡肿得像条金鱼。"

"我骑车送你回饭店。"

"不用，我还有点事，去见一个朋友。"段小兰冲我神秘地摆摆手，蹦蹦跳跳地穿过马路，拐进了一条小胡同。

我本来想玩笑似的问一句"是男朋友还是女朋友"，但忍住了。我现在没心思开玩笑，尤其是跟段小兰。

我不想回家也不想回饭店。我站在马路上，神思恍惚。我这会儿才想起来，李小阳大概还不知道老韩出事了。因为李小芳不久前结婚了，搬到了刘刚家住。

我骑车来到李小阳他们粮店。王雪见了我高兴地说："哎呀，说曹操曹操到，我们刚才还在说你呢。郝勇，我考上省粮食学校了。今天晚上，我要在你饭店请客。怎么样，欢不欢迎？"

我没答理她，径直走向李小阳，"小阳，老韩出事了，你还不知道吧？"

"他能出什么事？顶多就是对象黄了呗。"李小阳光着膀子，正汗流浃背地忙着把一袋袋上百斤重的大米码成垛。

"出大事了。他昨晚被抓起来了，估计会判刑。"我絮絮叨叨地把昨晚的事情叙述了一遍。

李小阳听完，一屁股坐在米袋子上，两眼发直，"走，我们马上去他家看看，他家老爷子不得气疯了呀。"

李小阳说得有道理。

李小阳换好衣服，准备出门时，听到王雪在收款室里呜呜地哭。

李小阳冲我使了个眼色，"去安慰安慰人家，王雪明天就要走了，给人家留个好印象。"

我不情愿地推门进屋，"王雪，对不起，刚才我心情不好，与你无关。你大人大量，晚上我请客。"

"你以为我是白吃白喝去呀，我是想给你捧场，不识好歹的东西。"王雪哭咧咧地说。

"行了，王雪，郝勇既然承认错误了，那咱们就给他一个改邪归正的机会。今晚咱们好好宰他一把。我有事出去一趟，你多辛苦。"

我和李小阳骑车来到老韩家。屋子里死一般的沉寂。老韩他爸坐在椅子上，双肘支着大腿，腰弯得像一只虾米，一口接一口地抽着手里的旱烟，浓浓的烟雾在他皱纹密布的脸前弥漫开来，呛得他不住地咳嗽。脚下是一摊摊黏痰，看着直让人犯恶心。老韩他妈仰头靠在炕头的被垛上，哭得上气不接下气。老韩的两个姐姐一边一个拉着她的手。老韩他哥一脚门里一脚门外，头倚靠在门框上，见我和李小阳进来，直起身，点点头。老韩的哥哥外号叫假娘们，他说话的声音女里女气，还会织毛衣、浆洗被褥、做针线活。从小我们就看不起他，经常当面背后嘲笑他。

我们站在地中央，不知道应该说点什么。

"刚才公安局的人来了，让我们去送一些日用品，可我爸不让。"老韩他哥说。

"我们去送吧。"

"不行，谁也不许送，就让他在里面多遭点罪！让他长长记性！"老韩他爸厉声道。

"大叔，老，韩德明的事不算严重，也许，用不了多久，他就能回家。"我只能这么安慰老韩的家人。

"他死在外面才好呢。小瘪兔羔子，出来也不许再进这个家门，我要跟他断绝父子关系。"

我和李小阳默默地走出来，老韩的哥哥跟在后面。

"郝勇、小阳，你们别在意。我爸就是嫌德明出这么个事，给他丢人现眼了。我爸的脾气不好，这，你们都知道。"

"没事。大哥。我们这就回家给老韩准备点东西送去，你们就不必操心了。大叔正在气头上，你多安慰安慰他。"

"那就谢谢你们了。关键时候，还得看老同学，德明没白交你们这两个朋友。"

我回家把自己的被褥和一些洗漱卫生用品收拾好。我在被子里给老韩夹了一张窄窄的纸条，又重新把被子缝好。为了安全起见，我只写了一句话：别想不开，已经托人了。这一招是我当初从收审所里学来的。然后，我俩去了看守所。

我回到饭店，在后厨发现老安见了我躲躲闪闪的。我敏感地意识到有些不对劲，来到老安身前定睛一看，老安鼻青脸肿的，两个鼻孔里塞着殷红的棉条，"怎么回事？谁打的？"

老安搪塞说，是自己不小心跌了一跤，"不打紧，不打紧的。"老安的意思是"不耽误干活"。

"安大婶，你跟我说实话，到底怎么了？"

安大婶哭哭啼啼地边抹眼泪边说："是被我那两个败家儿子打的。他们管我们要钱，我们不给，他们就把老头子打成这样。"我在饭店见过老安的两个儿子，一个个看着老实巴交，挺懂事的。

"儿子敢打老子，下手还这么狠，还没有王法了呢。你们给他们钱了吗？"

"给了，不给的话，他们就打个没完。"安大婶说。

"给了多少钱？"

"一千块。"

老安哭了，"我白白养活了他们啊。我不求他们孝敬我，但怎么说我也是他们的爹呀，他们不该动手打我。为了他们，我们老两口搬出来住，把房子腾给他们，我们这么大岁数，容易吗？他们这是恩将仇报啊。"

"放心吧。我会帮你们把钱要回来。"

我转身刚要走，正好赶上程宝国进来。"老韩他们昨晚是怎么回事？"他是来打听老韩的事情。

"现在还不好说。我有事，先出去一趟。"我气哼哼地往外走。

"哎，郝勇，你等一下。你出去干什么？告诉我。"程宝国一把拽住我。

我匆忙跟他说了两句，程宝国劝我别多管闲事，"人家怎么打，过后还是一家人。你别跟着瞎掺和。"

"不行，我看不惯。老安两口子辛辛苦苦为我干活，挣点钱不容易，这个闲事我管定了。大哥，你别拉我。"

"那好，我跟你一起去。"

我俩骑车来到老安家。屋子里地下炕上许多人，录音机里放着朝鲜族歌曲，男男女女在狭窄的院子里，正载歌载舞，还有人穿着鲜艳的民族服装，像是在庆祝什么。我走进去，"啪"地关了录音机，满屋子的人全都愣住了。

我指着老安的两个儿子说："你们这是在庆祝什么？"

"郝勇，你怎么来了？我，今天是我儿子的生日。"老安的大儿子尴尬地说。

"行，你们真行。打完自己的老子，就拿老子的钱摆阔，给自己的儿子过生日，你们还有没有一点良心？把刚才拿老安的一千块钱给我，咱们今天哪说哪了，你们爱怎么玩怎么玩，继续。"

"郝勇，今天是我儿子的生日，给我们兄弟点面子。这么多人看着呢。"

"你这么对你老子，明天你儿子就会这么对你。你想想，我说的有没有道理？"我强压怒火。

"这是我们家里的事，外人管不着。"老安的小儿子壮着胆子嘀咕了一句。

"不给，是吗？各位，你们都听见了，他们两个是什么东西。那我今天偏要管一管，我要好好教训教训你们这两个混蛋。你们知道我是谁吧？麻烦你们大家先出去一下。"院子和屋子里的人，连忙收拾自己的东西往外走。

屋里只剩下我和程宝国，还有老安得两个儿子。

我拎起录音机，高高举过头顶，看着他俩，"啪"地摔到地上，然后，蹦起来用脚后跟使劲跺上去。

"你这是干什么呀？"老安的两个儿子心疼得都快哭了。

我不说话，回手抱起电视机，"还不还钱？我最后问一句。"

"还，还。现在银行下班了。明天早上，我们肯定把钱送回去。求求你了。"

"把存折押给我。明天我跟你俩一块去银行取钱。"

"好好。"

从老安家里出来，程宝国说："你真够朋友。"

以前，我最讨厌别人打架抄家，砸人家玻璃。现在，我更过分，搅了人家的生日聚会，还砸了人家新买的录音机。但这次，我并不认为自己做错了什么。是他们欺人太甚，尤其是打自己的老子还抢钱，这种人太缺德了。我这是在为民除害，除暴安良。我在心里一直这么安慰自己。

晚上，饭店里空无一人，只有王雪这一桌，大概食客们是嫌晦气吧。我让老华子把闸板上了，关门闭店，服务员全都上桌，一块庆祝王雪考上省粮食学校，又跑到小卖店用轮椅把叶琳推出来。吃饭时，只有王雪一个人喜气洋洋的，一个劲儿地张罗喝酒。她被蒙在鼓里，还不知道昨天晚上这里发生了什么事情。

王雪喝醉了。李小阳负责送她回家。

在门口，我苦笑着说："小阳，路上注意安全，咱们可别再节外生枝了。"

自一九八三年夏天以来，奉城枪声不断，公安机关已经接连枪毙了三拨刑事罪犯。一时间，整个奉城风声鹤唳，社会上的流氓地赖，或人人自危，或仓皇出逃。那些曾经有过前科的人即使没犯事，也整天心惊肉跳，惶惶不可终日，没着没落的。

刘军涛因为抢了一个中学生的两毛五分钱，并打了那孩子几个嘴巴，被判刑八年。原因是手段恶劣，暴力抢劫。大眼皮去年抢了一顶军帽，如今被人检举揭发后，判刑三年。老腰去年因为掏钱包被拘留十五天，可不久前，他的这个案子又被重新翻了出来，结果，判刑三年。继精神病之后，段文和汤司令也已消失得无影无踪了。

眼下，已经是十二月末，新的一年即将到来，所有的人都长出了一口气，以为严打该结束了。可段小兰突然跑来告诉我："我来是告诉你一个坏消息。老韩被判了死刑，明天在市政府广场召开公判大会，执行枪决。"

我的头嗡的一声，眼前一片漆黑。

一九八三年的最后一天，不仅是我，也是许多上了年纪的人都从未见过的糟糕天气。一大早，乌云翻滚，压得人喘不过气。仿佛，你只要伸出一只手，就可以触摸平日里遥远的天空，撕下来一块块肮脏的破棉絮似的云彩。

已经上午十点钟了，铅灰色的天空非但没有放亮，反而颜色愈加浓重，黑得像被人泼了墨，仿佛老天随时都有可能塌下来，把这个世界压个稀巴烂。宣判大会不得不一推再推，单位组织前来观看的人早已等得不耐烦了，来凑热闹的人骂骂咧咧，抄着袖子，跺着脚。直到中午十二点，宣判大会才不得不开始。

一排132型号的解放牌汽车鱼贯而入，在市政府广场上一字排开。四周彩旗飘舞，锣鼓喧天，可谓声势浩大，人们笑语欢歌，脸上洋溢着喜气洋洋的节日气氛。每一辆汽车上都押解着两到三人，所有人的胸前都挂着白底黑字的牌子，上面打着醒目的血淋淋的红叉。

我看见了最后一辆汽车上的老韩。我和李小阳奋不顾身地挤到前面。主席台上每宣布一个人的死刑，台下便爆发出一阵欢呼声和鼓掌声。每一辆汽车的下面，站着一两个民兵手里拎着木棒维持秩序，不让围观的人靠近。

"老韩，老韩。"我小声喊着他的名字。

五花大绑的老韩头垂得低低的，光头上冒着蒸蒸热气。因为天气寒冷，他的鼻子上结出了两根亮晶晶的冰溜子，使之看上去像个十足的怪物。老韩瘦了，颧骨突出，两腮塌陷，脸色青灰，脖子上的牌子仿佛千斤重担，正压得他喘不过气来。站在他后面的两个荷枪实弹的公安干警每人一手扳着他的肩膀，一手拽住他的胳膊，使之动弹不得。

"……犯罪分子韩德明在公共场所公然调戏妇女，造成了极坏的社会影响，实乃罪大恶极，罪该万死。为此，判处韩德明死刑，立即押赴刑场，执行枪决。"

台下再次爆发出热烈掌声和欢呼声。

"打倒犯罪分子韩德明！"在主持人的带领下，人们挥舞着拳头，群情激昂，喊声震天。

从始至终，老韩青灰色的脸上没有丝毫的表情，眼皮都不曾翻动一下。他的眼珠仿佛被寒冷的天气冻凝固了一般。

就在汽车发动的一瞬间，我突然意识到，我再也见不到老韩了。我再也控制不住自己悲伤的情绪，大喊一声，"老韩！老韩！"我想让老韩与我的目光对视最后一眼。可我还没来得及看清老韩的反应，身边的两个民兵冲上来抢着木棒对我一顿抽打，其中一个还用膝盖狠命地一下下顶我的小肚子。

等我满脸血水地抬起头，那些汽车已经驶出了市府广场。李小阳正抱住我，呼喊着我的名字。从我身边经过的男女老少们，无不用鄙夷、厌恶的目光注视着我。

我坐在地上，哭了，泪水在满是血污的脸上流淌。

市府广场空无一人，满地色彩缤纷的纸屑迎风起舞，刮得昏天暗地。整个世界，陷入一片混沌之中。如梦如幻。

傍晚时分，我和李小阳再次来到老韩家。老韩的父亲在默默地抽烟，他的两个姐姐坐在炕上陪伴着母亲落泪，老韩的哥哥倚靠在门框上。他们几个人的姿势与我们上次来的时候几乎一模一样，好像这几个月以来，他们都不曾移动过。还是老韩的哥哥跟我俩说了话。他把我俩叫到外屋，说："公安局的人刚走。"

“他们还来干什么？”

“他们让我们交两毛五的子弹钱。”老韩的哥哥哭得泣不成声。

“他们说，这是规定。他们也没办法，只能照章办事。”

夜里，下雪了。飘飘洒洒的雪花，照得世界一片通明。

我倚靠在饭店的门框上，木呆呆地叼着烟，仰望天空。大脑一片空白。

屋子里的挂钟清脆地响过十二下。

我这才意识到，一九八三年，终于过去了。

我衷心地希望它永不再来。

第三部：最后的斗争

我每个星期六下午去省幼儿师范学校接章姗姗。从城北到城南，骑车起码要一个钟头。我从不抱怨。按照章姗姗的说法，"这是对我们爱情的考验"。还说，如果有一天，我没去接她，就说明我不再爱她了。哪怕只有一次。

接上她之后，无论是看电影、逛商店，还是逛公园、吃饭、轧马路，全凭她一个人说了算。到了她奶奶家楼下，上不上去坐一会儿，也是根据她当时的心情而定，什么时候走，只要她的一个眼神就足够了。分手时，我们能不能接吻，也要看她红嘟嘟的小嘴是否撒娇似的撅起来。章姗姗这个人很情绪化，也很叛逆，遇事总是喜欢跟你拧着来。还有，如果她情绪好或不好的时候，会突然拧我的屁股，捏我的鼻子，往死里拧。我逆来顺受。不知道我是不是上辈子欠她的。

不久，我发现一个规律。轧马路时，如果她蹦蹦跳跳地走在前面，就说明她心情好，如果我俩并排走，就说明她情绪稳定，而当她走在后面，则一定是在赌气。虽然，我被她古怪的性格搞得身心俱疲，但想到我们每周才见一面也就认了。大概这就是我们那个年代的爱情吧。

那天晚上，我送她回家已经很晚了，章姗姗却让我上楼。我欣喜若狂，心，怦怦直跳。自从上次我俩接吻后，我总想着把我俩的关系再发展一步，但一直未能如愿。

章姗姗蹑手蹑脚地用钥匙打开房门，门前站着的竟是她的母亲。一时间，我们三个人都有些尴尬。"这是我妈，这是我朋友。"章姗姗对她妈的态度很不友好，冷冰冰的。

"章阿姨好。"我点点头。

章阿姨嘴唇红肿，她迅速捂住肿起来的半边脸，同时，还不忘上下打量我一番，"请进，快请进。"章阿姨客气地说。

那天，我穿着咖啡色的假领衬衣，鸡心领的浅米色毛衣，巴拿马西裤，脚上是一双青年式皮鞋。整个人看上去干净利索、落落大方。我的这套行头都是章姗姗帮我置办的。毕竟，人家是学音乐的，在衣着的审美方面我自叹弗如。

我有些拘谨地坐在那把我相对比较熟悉的椅子上。

章阿姨坐在我对面，一边看着我，一边手法纯熟地为我用水果刀削了一个大大红红的苹果。那条苹果皮一直耷拉到距地面不足一厘米的地方，接着，章阿姨的手腕轻轻一抖，苹果皮乖乖地聚拢在了她的手里，好像一条猴皮筋，收放自如。我看得目瞪口呆，心里啧啧赞叹。我爸妈他们吃苹果也削皮，但没有章阿姨来得自如。我吃苹果从来不削皮，嫌麻烦。我爸妈说这样没教养，像个野人。我不以为然。

"这么晚了，你怎么想起跑我奶奶家来了？他又打你了？"章姗姗无声地笑笑。

"这孩子，怎么这么说话，没礼貌。"

章姗姗看了看母亲肿起来的脸颊，显得有些幸灾乐祸。

"小伙子，你是在上学还是已经工作了？"章阿姨捂着半边脸，态度和蔼。

"我，我做个体户，开饭店。"我有些底气不足。那时候，人们管钱叫臭钱，但用它买香喷喷的东西吃。与现在人们拜金的态度正好分处两极。

章阿姨的眉毛神经质地跳动了两下，纠结成一个"人"字，与我上次在火车上看到的一模一样。章阿姨用责怪的眼神看了章姗姗一眼。章姗姗不以为然地笑笑。显然，章阿姨不是一个善于伪装的人。这一点，与我父母截然相反。

"怎么了，干个体户不是挺好的嘛，国家又提倡，正好，响应国家号召。"章姗姗迎着母亲的目光，不紧不慢地说。然后挽着我的手臂，坐下来。

"好什么好？哪个好人愿意干个体。干个体的不是找不到工作就是社会上的地赖、小流氓。"章阿姨的声音一下子变得尖厉起来，"姗姗，你跟我说实话，你们是怎么认识的？"

章姗姗拍了一下巴掌，"哎呀，你不问我还差一点忘了，我们是一块认识的。"

章阿姨困惑不解地看着女儿。

"你忘了，上次我俩去北京，在火车上，他就坐在我们对面，脏兮兮的，像个小流浪汉。哈哈哈，你再想想。"

"你就是火车上的那个孩子？"

我不知如何是好，屁股在椅子上拧了拧。

"你们也太不严肃了，小小年纪就自己搞对象，这还像话吗？"

"你和那个人不也是在火车上认识的吗？"章姗姗得意地说，好像她说了半天，就是为了等她妈这句话。

章阿姨气得浑身直哆嗦，指着我说："你，马上给我出去。你们必须分手，否则，我去找你的家长。"

我尴尬地站起身。

"你别动，这是我奶奶家，不是她的家，她没有这个权利。你今晚就住在这里。"章姗姗挡在我的身前。

"算了，我还是回家吧。"我近乎哀求。

"不行，坐下。她没有资格管我。"

"你想气死我啊。"章阿姨说完，抬起屁股，一摔门，进了章姗姗奶奶的房间。

章姗姗气冲冲地推开自己的房门，"进来，还傻愣着干什么？

我随着她进了屋。章姗姗没有开灯，月光透过花布窗帘朦朦胧胧地照射进来。我俩站在地上拥抱亲吻。过了一会儿，章姗姗坐在床上开始窸窸窣窣地脱衣服，"快点啊。你不想是吧？"章姗姗小声说。

"这样不好吧。"我边说边战战兢兢地把衣服裤子脱了，只剩下一个裤头。

我俩轻轻钻进被窝里。章姗姗戴着乳罩，穿着三角裤头，浑身雪白。那时候，我还不懂什么叫性感。但我下面的那个小东西却反应迅速地直立了起来，章姗姗背对着我，见我没反应，撒娇似的说："你帮我。"

章姗姗嘴里的热气扑面而来。我被她叫得心痒痒的。

我顺着她手指的指引，解开她乳罩的挂钩。我看见她的两个乳峰很大，与她瘦弱苍白的身体显得颇不协调。

我侧耳细听。隔壁房间和客厅是安静的。

章姗姗吻着我，把自己的身体轻轻放平。

我跨在章姗姗的身体上，呼吸急促地用那个东西一下下撞击着她的下体。

突然，章姗姗乐了。她捂着嘴，身体一抖一抖的。我跪在床上，尴尬地起身，不知道怎么了。我是不是碰到了她的痒痒肉？

"你是真傻还是假傻？"

我怔怔地望着身下的她。听她这么说，我感到自己像个小丑，羞愧难当。那个东西迅速收缩进了草丛里。大概章姗姗感觉到了，她坐起身，把我的头深深埋进她坚挺的双乳之间。

我像一个做错了事的孩子，沮丧至极，任由她的手指在我浓密的发间揉搓、抚摸。

"对不起，别生气。我不是故意的。"这是她头一次对我说对不起。

章姗姗的舌尖一点点探进我微启的嘴巴，疯狂地搅动起来。我的下身重又生机勃发。她用手攥住它，躺下，我的那个东西像一条泥鳅"哧溜"一下，钻了进去。我这才明白刚才她为什么笑。可惜，没两下，我就射了。

"好吗？"

"嗯。"我羞怯地点点头。其实，我并没有特别好受的感觉。只不过她问，我不好意思不这么说。我怕她生气，也怕她以后不让我这样了。

当我用她递过来的手纸擦拭下身时，我发现，她没有出血。我听说过，女人头一次干这种事是要流血的。可能，章姗姗意识到了我的警觉。

"我上初中开运动会的时候，磨破了。"章姗姗说。

我记得，章姗姗说她平时最讨厌运动，上体育课就说自己"肚子疼"，更别说参加比赛了。但我什么都没说。

"你怎么了，是不是太紧张？"

"嗯。"我点点头。

"我也是。只不过因为在我家，我就没有你这么害怕。"章姗姗搂着我，把我的头放在她的双乳之间。我感觉到我的那个东西又强硬起来。

"还想不想要？"章姗姗在我的耳边哈着热气。

"想。"

这一次，我准确地找到了方位。我感到了一种从未有过的喜悦和满足。

"咚，咚咚。"门外响起一阵敲门声。

"是你妈。"我趴在章姗姗的身上，小声说。

"别管她，房门插上了，她进不来。"章姗姗起身下床，冲门外大声说，"你有病啊，这么晚了，你想干什么？"

"姗姗，你让他赶紧走。"

"管好你自己吧，神经病！"

章姗姗的妈妈在房门前停留了一会儿，叹了口气，回屋了。

"你这个态度对你妈，不好吧？"

"这就不错了，要不是看她被她男人打得鼻青脸肿的，我可能都把她轰出去，这个家不欢迎她，她也不值得我尊重。"

"她丈夫为什么打她？"

"她丈夫是个酒鬼，都不是一次两次了，她一挨打就知道往我奶奶家跑。"章姗姗小声啜泣起来。

章姗姗告诉我，她爸爸生前是区文化局的干部，平日里人很随和，很儒雅，喜欢舞文弄墨，从不抽烟喝酒，人到中年却偏偏患了肺癌，发现的时候，已经是晚期了。章姗姗的母亲虽然下了班经常到医院照顾丈夫，但人打扮得花枝招展的，看上去并不显得过于悲伤。一天深夜，章姗姗在医院陪护，半夜起来上厕所，亲眼看见她母亲在医院走廊尽头的楼梯口与一个穿白大褂的男人接吻，当时，她父亲正处于深度昏迷的阶段。章姗姗气愤不过，跑过去，质问母亲。

"刚才那个男人是谁？"章姗姗听见有人下楼的脚步声。

"哪有什么男人？你是不是睡觉睡癔症了？"

章姗姗和母亲在走廊里大吵了一番。许多患者的家属推门观瞧，想一探究竟，章姗姗的母亲压低声音哀求道："你这样会让人看笑话的。"

"我恨你一辈子！"说完，章姗姗哭着跑开了。

几天后，章姗姗的父亲去世了。那一年，章姗姗还在上初三。

汤司令和段文、大宝从福建打电话，让人来饭店给我捎信，他们因为打架被当地派出所抓起来了，我必须尽快给他们寄两千块钱，不然，他俩很可能被判刑。来人说，他们特意强调"十万火急"。我一听，二话没说，马上到邮局按照来人说的地址，给他们寄去了两千块钱。我欠汤司令一份人情，这是一个补偿的机会。

没过多久，汤司令和段文、大宝回来了。他们三个一大清早就"啪啪"敲我饭店的闸板。我晕晕乎乎地出来一看，三个人身后的倒骑驴上堆着几个满满的麻袋货包。

"你们这是干什么？"我莫名其妙。

汤司令拥抱了我一下，"快，帮哥们儿卸货！"

"什么货？"

"打包西服。我们从福建弄回来的。我们已经几天几夜没合眼了，都快累死了。"

我们一块儿把货包抬进饭店。汤司令打开麻袋，一股强烈的发霉的臭味呛得我直打喷嚏。"赶紧弄走。待一会儿客人来了怎么吃饭？"

"谁家有这么大地方啊。"

汤司令和段文也觉得把货放在饭店不是个办法。两人面面相觑。"要不，我们放老华子家？"段文提议。

老华子好说话，她老婆也没意见。于是，五大货包全都打开了，在老华子家的炕上、地上堆得像一座小山，人都没地方下脚。里面不仅有西服，还有裤子、毛衣、衬衫和皮鞋，但绝大部分是西服。有的西服上有血迹、油污，有的袖口都磨"飞边"了，曲里拐弯的日文缝在西服里怀或裤腰上。老华子的儿子兴奋地在上面翻跟头、打把势，闹腾得不亦乐乎。屋子里乌烟瘴气。我闻到一股死人的气息。我没有亲眼见过死人，但我敢肯定，这，就是死人的味道。我的眼前仿佛是一堆堆积如山的尸体，让我恶心得直想呕吐。

老华子的媳妇向单位请了病假，在家里戴着口罩和胶皮手套，负责给每一件服装用热水消毒，清洗干净，在阳光下晾晒，还要熨烫平整。饭店不忙的时候，老华子也回家帮忙，两口子从早忙到晚，一刻不得闲。

"老华子两口子帮你们这么忙活，到时候你们可别亏待了人家。"

我不放心地叮嘱道。

"咱哥们儿啥时候差过事儿呀，是吧，老华子？"段文拍了老华子脑瓜子一下，说。

"你别跟老华子没大没小的。"我看不惯段文总欺负老实人。

这批货他俩一共上了四百件。汤司令和大宝找了十来个小兄弟在我饭店吃了一顿饭，用命令的口气，让他们每个人必须卖出去二十件衣服。每件衣服返回来十五块钱，至于他们能卖多少钱，是他们自己的事。

剩下的货，他俩就在我饭店门前支了个铁架子叫卖。每件二十元钱，给十五元也卖。一天能卖个十几二十件。

工商所的小王有一次问我："郝勇，这些货是你的吗？"

"是朋友的，临时在这里摆个地摊，用不了几天。"小王看上去文质彬彬，为人比较客气。我是通过段小兰认识他的，他跟工商所的其他人来我饭店吃过几次饭。

小王说："最好别让他们每天一大帮人在这儿围着，影响不好。"汤司令和段文、大宝的那些狐朋狗友们没事就跑来大呼小叫，打打闹闹的，很讨人嫌，我又不方便说什么。

"好。"

"这是段文的货。段文是你们工商局段书记的侄子。"汤司令在一旁多嘴。

"我不管他是谁的侄子。你要这么说，我现在就让你把摊撤了。"小王突然发火了。

"对不起。"我推了汤司令一把，"没事给我一边待着去。"

我递给小王一根烟。小王摆摆手，走开了。

没几天，汤司令和大宝的小兄弟们也把钱返回来了。他俩这批货在福建以每件五块钱上的，算上费用，合一件七八块钱。他俩一共赚了差不多两千块钱。但他俩谁都没有提还我钱的事，我也没好意思提。

可到头来，段文只给了老华子两口子五十块钱的辛苦费。

"你也太狠了点吧，你对付要饭的呢啊。人家两口子起早贪黑忙了一个月，就给这么点钱。"我看不过去。那时候，人命不值钱，况且，我们还不懂得环境污染也是要收费的。

"我们这趟能回来就不容易了。再说，这货是有本钱的。他俩不就是辛苦一点吗？挣这么多就不错了。实在不行，等有剩货再给他们留两件。"

"行行。都是朋友。"老华子连忙打岔。

"朋友有这么干事儿的吗？你们也太欺负人了。"我是真生气了，"段文，你要是舍不得钱，我出。"我从裤兜里数出一百块钱递给老华子。老华子不接。我把钱扔在他家的炕上，转身就走。

"我给，我给还不行吗？"汤司令把我的一百块钱捡起来，出来追我。

晚上，段文和汤司令请我去汇宾楼吃饭，第二天，他俩又要去福建上货。我不想去。"兄弟，你还没完没了了？多大的事呀，想不到，你这人这么没肚量。"段文跟我嬉皮笑脸。

这饭桌上，我也没给他好脸色，"段文，你在社会上混了这么久，应该比我明白，做人要仗义。老华子人不错，又有肝炎，两口子拉扯个孩子不容易，你不能专拿软柿子捏。"

"我们也是没办法。这不是急等着用钱嘛，等下回赚钱了，我们多给老华子一些。"

"你以为我会相信你。说实话，段文，你说话我都得扶电线杆子听。算了，你就是拿人家老华子不当回事，换个人你敢吗？我不跟你多说，你好好想一想吧。"段文被我一通奚落。

"老华子这个人你别看他老实巴交的，其实挺不是东西的。社会上谁瞧得起他呀，也就是你吧。"

老华子过去的为人我不清楚，但自从他到我饭店以后，干活肯吃苦，对我诚心实意，我就该为他打抱不平。

汤司令在一边自言自语："如果顺利的话，用不了几趟，我和段文就会跟你一样，咱们也是万元户了。"

周末，我去学校接了章姗姗，两个人逛中街。在一条胡同口，摆着许多铁架子，上面挂着五颜六色、琳琅满目的打包西服。章姗姗看上了一件米色的西服。

我说："我不喜欢穿西服。"

"我喜欢。"章姗姗摘下西服在我身上比量了一下，"试一试。"

"哎呀，你别难为我行不行？"

旁边的几个家伙蹲在地上，叼着烟不怀好意地冲我俩笑。

"不行，我非要买。"章姗姗面子挂不住，转头问旁边一个戴蛤蟆镜的小伙子，"多少钱？"

"二十五，不讲价。"蛤蟆镜不屑地撇了我一眼。

章姗姗付了钱。

"我都说了，我不要。这些衣服都是从死人身上扒下来的，穿在身上膈应。"我急了。

周围一些正在挑选衣服的人纷纷皱着眉头，把衣服放在货架子上。

"你他妈的说什么呢？"蛤蟆镜冲过来就要动手。

章姗姗害怕了，伸手拦蛤蟆镜，"对不起，对不起。是我们的错，我们不挑了，这就走。"章姗姗拉着我要走。

　　"别走，哪这么容易就走。给我站住！这是你家呀，说来就来，说走就走。"这时，蹲在地上的几个年轻人围住我。

　　我定睛看着蛤蟆镜，"你想咋地？"

　　"走，我们到胡同里聊聊。"蛤蟆镜牛哄哄地搂着我的肩膀。

　　我把双手插在裤兜里，"小姗，你先回家吧，别等我。"

　　"口气不小啊。你家是哪里的？"

　　"城北的。"我不动声色。

　　"城北的跑我们城东找死啊。认识大张伟不？"那年头，打架时兴先提人。

　　"不认识。"我最讨厌狐假虎威这一套。

　　"那你认识精神病不？我提的可都是你们城北的名人。"蛤蟆镜显然底气不足。

　　"我谁都不认识。你少跟我提人，你就说你想咋地吧。"说话间，我们来到了胡同中间。

　　章姗姗哭哭啼啼地跑过来，"求你们了，别打他好不好。郝勇！郝勇！"路，被堵得死死的，外人根本进不来。我只能听见她呼号求救的声音。

　　"郝勇！"不知道什么时候，大宝从人群中挤到我身边，指着为首的大个子说，"想动我哥们儿，先过我这关。"

　　"你是郝勇？"

　　我仰着头，"是，咋地？"

　　"误会了，哥们儿。我跟精神病去过你的饭店，就是你扎小张伟那回。晚上我们一块喝的酒。"其中一个大个子伸出手。

蛤蟆镜吭哧瘪肚地说："大水冲了龙王庙，一家人不认识一家人了。"

"少废话，把钱退给我。"

我从蛤蟆镜手里接过钱，对大个子说："哥们儿，改天有空到我饭店喝酒。"说完，我叫大宝一块走。

"你上中街干什么？你怎么没跟他们去福建上货？"

"我就在中街百货商店上班。别提了，他俩看这次赚了钱，偷偷把我甩了。"

"肯定是段文的主意。"

"我早就看那个段文不顺眼，找机会我得好好收拾收拾他。"

"算了，你知道他是什么东西就行了。往后，少跟他们瞎混，没你好果子吃。"

大宝感激地朝我点点头。

"我先走了。"我冲大宝摆摆手。

我来到章姗姗面前，"我们走吧。"章姗姗眼里的泪水在打转，显得楚楚可怜。过了一会儿，她挎着我的胳膊，慢慢摇晃起来，仰着脸，无限深情地望着我，满脸的崇拜，"想不到，你还真是名声在外呢。"她的嘴角抿得紧紧的，以凸显她那两个迷人的小酒窝。她知道，我喜欢她这副乖巧、甜美的模样。

叶琳这一阵子身体变得明显虚弱，脸色苍白，眼睑有些浮肿，两只脚踝周围也肿胀了起来，这对双脚不能沾地的她来说，绝对不是正常的反应。我有一种强烈的不好的预感。我提醒她，要不要到医院做一下检查，被叶琳一口拒绝了，"没事，这说明我长胖了。"她尽量做出一副振作的表情，但这丝毫掩饰不住她的困倦、疲乏。

我知道，她是不想给我添麻烦。

又过了些日子，李小芳告诉我，叶琳经常恶心，食欲不振，给她做什么好吃的，吃两口就放下了，总是说不饿。问她哪里不舒服，她总是笑着摇摇头，说只是有点头晕，过几天就会好的。

眼看着叶琳越来越消瘦，我心里很着急，软的不行就只能来硬的。我和李小芳强行把她弄上倒骑驴，送进了附近的区中心医院。

叶琳看在李小芳的面子上不好发作，只好配合医生的检查。我悄悄站在医生的身后，叶琳冲我调皮地眨眨眼，给了我一个疲惫的微笑。检查完之后，医生走出去后，我赶紧跟了出去。

"医生，怎么样？她不会有什么问题吧？"

"你是她亲属？"

"不，是，朋友。"

"哦，那你还是让她的亲属过来一趟吧。"

叶琳的父母战战兢兢地跟在医生后面，进了医生办公室。医生随手把门关上。我站在外面想听听他们说什么，但又觉得这样鬼鬼祟祟的不好，就转身回到病房。

"这么点小事，还麻烦你们。"躺在病床上的叶琳想支撑着坐起来，李小芳扳住她的肩膀重又扶她躺下。

"你就别逞能了。"

"我要回家，小卖店没有人照顾不行。"

"你老老实实听医生的。小卖店我替你守着，你总会放心吧？"我双手支着床头说。

"你整天这一趟那一趟的，我才信不过你呢。再说，我哪雇得起你啊。"

"那就歇几天，关门。损失我给你补。"

"我的损失凭什么你补啊，嫌你财大气粗咋地？"叶琳叹了口气，见我不言语，"逗你玩呢，你这人咋这么爱生气呢？"

我苦笑。

李小芳示意我出去一下。叶琳的父母显得很不安，眼巴巴地看着我。医生见了我说："叶琳的情况不太好，她的肾脏可能有些问题。具体情况还要等B超和化验检查的结果。"从医生的神态和语气里，我感到了叶琳病情的严重性。

"那，眼下我们能做些什么？"我暗暗地做了个深呼吸。

"你们千万不能告诉她真实的情况，以免破坏患者情绪的稳定。她可能要转院。我们医院的医疗水平有限。"

"我们奉城哪家医院治疗这种病比较好？"

"当然是省人民医院了。那里有最好的肾病医生，医疗设备都是从国外进口的。不过，你们先不要着急，等化验结果出来再说。万一是虚惊一场呢。"

从医院出来，我告诉李小芳："从明天起，你就专门到医院照顾叶琳吧，饭店暂时不用去了。刚才医生说的话你也听到了。"

"可是，饭店那么一大摊子的事，交给谁？"

"让老华子弄。"

"你就这么放心他？"

"不放心又怎样？再说了，不是还有我嘛。"说实话，这段日子以来，我对老华子印象越来越好。我想趁机考验考验他，以证明我的判断是否准确。

B超和化验结果显示，叶琳的肾脏确实有问题，必须及时转院。

我只能硬着头皮去省人民医院找我妈，我妈是那里的儿科医生。走廊的长椅上，一群小屁孩咧着嘴巴鬼哭狼嚎的，让我心烦。我已经有一段时间没有回家了。我把我妈叫出来。我妈看见我显得很紧张，以为我又捅出什么娄子了，脸上的肌肉僵硬，走路都有些站立不稳。我微笑着，双手插在裤兜里。我妈的脸色这才渐渐地有了点血色。可当我把叶琳的病情讲述完，她又变得烦躁不安起来。

"这个事情不好办。万一患者的病情不见好转，出了事情怎么办？到时候，人家不得埋怨我们吗？"

"不会的，人家不是不讲理的人。有什么事，算我的，与你无关。"

"她是你什么人？"

"朋友，普通朋友。"

我妈见我不达目的誓不罢休的犟脾气上来了，只能勉强答应。就这样，第二天我妈托人，叶琳住进了省人民医院，接受全面的身体检查。

叶琳预感到她的病情不乐观。

我向她解释说，之所以转院是因为我妈单位的医疗条件好，设备先进。况且，有我妈在，医生治疗的时候态度也会好一些。叶琳只好勉强答应。

当我妈看见叶琳是一个残疾的女孩，态度反而温和了许多。又是楼上楼下地忙着办理入院手续，又是张罗铺床，还一再叮嘱肾内科的林主任，多多关照。

"小叶啊，我们医院的病床很紧张，你这么快能住上院，多亏了林主任帮忙。"

"谢谢林主任，谢谢阿姨。"

"我不是这个意思。你跟郝勇是朋友，能做什么，我都会尽量帮忙。你的病治好了也不用谢我，但有一点我要说清楚，治不好不要

197

埋怨我们。你别多心，每一个找我住院的人，我都要事先把话说清楚。我可不想落埋怨，我们是不求有功但求无过。希望你能理解。"

"不会的。"

"那就好，改天我再来看你。"我妈拍拍叶琳的手，"好好养病，我走了。"

我送我妈回来。叶琳说："你妈人真好，又亲切又有风度。这样的大夫可不多见。"

我无可奈何地笑笑。叶琳当然不知道我妈是多么出色的演员。她没从事演艺事业实在是太可惜了。

段文和汤司令回来了。只是两个人不再像上次那样咋咋呼呼，撸胳膊挽袖子的意气风发。两人的头发像落满灰尘的枯草，衣服裤子划得千疮百孔，像两个逃荒要饭的。段文的一只警靴都快掉底了。汤司令一屁股坐在凳子上，两只粗糙的大手在油腻腻的脏脸上不停地揉搓着，一言不发。

段文强打精神，冲我勉强笑笑，"饿死我了，哥们儿，赶紧给我上两盘狗肉。"

我知道，这次他俩真的出事了，甚至有可能血本无归。但我什么都没问。

菜一上来，两个人就甩开腮帮子开始狼吞虎咽。小黑在一旁冲段文"嗷嗷"地一阵狂吠。段文根本不加理会，看来，他俩是饿了。

"你俩是饿死鬼托生的呀，能不能慢点吃，小心别噎着，又没有人跟你们抢。"我忍不住说。

汤司令光摇头，不说话。

两人酒足饭饱之后，便相互喋喋不休地争吵起来。他俩上的货被人骗了，血本无归，而骗他俩的不是别人，正是江红军。他俩与江红军是在我饭店认识的，算不上熟悉。但这种关系在南下的火车上就有了一种"老乡遇老乡"的亲切感。江红军说，他在福建石狮已经生活一段时间了。下了车，江红军熟门熟路地带他俩又是下馆子，又是到舞厅找小姐，还自己掏腰包给他俩在石狮宾馆开了房，把他俩弄得晕晕乎乎的，一个劲儿地夸江红军够义气。他们以为江红军在福建发财了，主动要求与江红军合作。毕竟，在一个人生地不熟的地方，只有老乡最可靠。江红军打保票说，他有上货的路子，价格便宜，质量也有保证，"以后你们不用这么麻烦地一趟趟往石狮跑，什么货好卖，打个电话我就直接给你们发货。钱我这边先替你们垫付，挣钱大家分。"两人信以为真，把上货的钱全都给了他。结果，自然是肉包子打狗——有去无回。两人找遍了石狮市，连江红军的影子都没看见。直到身无分文，他俩才一路历尽千辛万苦，几经周折，扒货车回到奉城。

　　说到激动处，两人拍起了桌子，相互埋怨，还险些动手打起来。

　　吵过之后，两人又开始唉声叹气。两人上次虽然挣了些钱，但，毕竟借得多。不光欠我两千元，欠别人的加起来也有三千多块。"等有一天江红军回奉城，我一定亲手宰了他！"两人异口同声。

　　几天之后，我骑车从医院看叶琳回饭店，当时，天已经黑了，段文和汤司令站在昏暗的路灯下抽烟，等我。记得那天，他俩在我饭店吵架的时候，指天发誓，从此各奔东西，老死不相往来。言罢，两人怒气冲冲，一个走前门，一个走后门，拂袖而去。想不到，这么快两人就又重归于好了。想到这里，我忍不住想笑。

　　"操，你可回来了，都急死人了。"

"该不是又要跟我借钱吧？"我跟他俩开玩笑。叶琳住院之后病情稳定，我的心情自然大好。

"我们看见李军了。这小子在省歌剧院舞厅呢。他把刘三打跑了，占领了舞厅。现在他负责倒票呢。"一九八四年春节后，省歌剧院舞厅重又开始照常营业了。

"真的？"说完，我马上掉转车头。

"等等，我得把丑话说在前头。李军的干哥过些日子就快出来了。铁头这个名字你听说过吧，他进监狱之前，那可是咱们城北区的一霸。东头跺一脚，西头都乱颤。不然，严打刚过，李军不可能敢这么大扯，公然抢刘三的买卖。"

"爱谁谁。这个仇我一定要报。"我骑车就往歌剧院方向跑。段文和汤司令在后面紧追不舍。

"这事跟你俩没关系，我自己能解决。你们快回去吧。"

"我们是兄弟，你的事就是我们的事。再说了，他们人多势众，你一根铁丝能捻几根钉。"我从来没见过段文如此仗义，心里不免生疑。但当时，我并没有多想。

我们走进省歌剧院舞厅的时候，正好赶上中场休息。舞厅里灯火通明，我一眼就看见李军站在舞池中央，在众人的簇拥下比比画画地说着什么。

我走过去，咳嗽一声，"李军，还认识我吗？"

"这不是郝，郝勇吗。"李军想跟我握手。

我没理他，向周围看了看。有几个认识我的人冲我讪笑着点点头。

"李军，我找你有点事，这里说话不方便，我们出去聊。"我一只手搭在他的肩膀上。

"随便。"李军一副满不在乎的样子。

我这才放心，把手从他的肩膀上拿下来，揣在裤兜里。我俩一前一后推开舞厅的大门，来到热闹嘈杂的休息大厅。突然，李军拔腿就跑，等我反应过来，抽出早已掰开的电工刀在后面追他的时候，李军已经一个箭步，跑进了四敞大开的治安办公室。我举起的电工刀还没来得及收起来，里面的保安就拎着木棒冲我挥舞着跑过来。

我只好停住脚步，掉转方向，猫腰趁乱挤出舞厅，一路飞奔来到大街上。还好，后面没有人出来追我。

我把电工刀藏在路边的砖垛子缝隙里，然后，一个人坐在马路牙子上抽烟。越想越滑稽。我万万没有料到，李军这么土鳖，一米八几的大个子，还是在他的地盘上，没等过招，就像一条丧家之犬，落荒而逃，全然不顾及自己的面子。就这么个人，当初是怎么在号筒子里面混成号长的呢？他又是怎么赶跑刘三抢占了赫赫有名的省歌剧院舞厅倒票的买卖呢？就凭他那个还在蹲监狱的干哥铁头？

　　第二天下午，精神病带着一个人来饭店找我。这个老狐狸在铁岭精神病院住了几个月的院，不久前才悄悄返回奉城，"都是朋友，我就开门见山吧。这个是大张伟。这个是郝勇。你们哥俩坐下来好好聊聊。"

大张伟个子不高，但很强壮，他客气地冲我点点头，"精神病，说话别虚头巴脑的。郝勇是你的朋友，我也是你的朋友，但，我和郝勇不是朋友。咱们一码是一码。我这么说没错吧，兄弟？"

精神病有些尴尬。

"没错。"我不卑不亢地接过话茬。

大张伟递给我一根烟，"你多大了？"

"二十一。"尽管我讨厌别人动不动就问我的年龄,但我每次都如实回答。

"想不到,你这么小。我弟弟比你大四岁,可一提你的名字吓得差点尿裤子。"

"事情是因他而起的,这个,你可以问精神病。我不能让别人骑在我的头上拉屎。我不过是在自卫反击。人不犯我我不犯人,人若犯我我必犯人。别说是你弟弟,谁都算上。"

"行,你有'钢'。你们之间谁对谁错我不管,但他是我弟弟。你打他就是打我。我今天来就是想跟你见个面,打声招呼,免得日后误伤无辜。我刚出来不久,可能你也听说了。我最近又惹了点事,等摆平了,就来找你算账。"大张伟不无敌意地死死盯着我,目露凶光。

"随便,时间你挑。我等你的信儿。"我直视着他的眼睛。我俩四目相对,谁都不肯率先收回目光。我知道,这个时候我绝不能有丝毫的退却。

大张伟咳嗽一声,"你放心,我不会像我弟弟那样不讲究,找人砸你饭店玻璃。我喜欢玩干净的。"

"我也是。"

"我走了。说不定,我哪天还来你这里吃狗肉呢。"

"好啊,随时欢迎。"

我起身正要送大张伟和精神病出去,派出所赵所长的摩托车"突突突"地停在饭店门前,火都没有熄。

"你小子胆子可不小啊,我还以为你犯了事早就跑了呢,没想到,你像个没事人似的。胆子也太大了点吧。"赵所长笑呵呵地走进来。

"怎么了？我犯什么事了？"

"没犯事我怎么来抓你。昨天晚上你干什么去了？"

我这才想起来昨天晚上去省歌剧院抓李军的事。

"多大点事啊，我又没打着他。"

"哟，你还有理了。在公共场所拔刀子，就是扰乱社会秩序。你懂不懂法？"赵所长掏出手铐，就要给我戴。

"赵所长，给点面子，外面这么多人围着看呢，多不好意思。往后你让人家还怎么开饭店呀。"大张伟拦住赵所长为我求情。

"我跟你走还不行吗？"我平静地出门，上前一步，主动坐进挎斗子里。

精神病掏出烟偷偷塞到我手里，又指了指裤子拉链，示意我藏在裤衩里。

我笑笑点点头，冲精神病和大张伟挥挥手。

在派出所，赵所长为我做了个简单的笔录，开了一张七天的行政拘留通知单。"七天，不能再少了。年轻人，忍一忍就过去了。"赵所长一副爱莫能助的表情，然后，让人用挎斗子送我去区公安局拘留所，"别让拘留所的人给他剃头，就说是我说的。"赵所长叮嘱一个年轻的小民警。

"谢谢了，赵哥。"

"记着回来请我吃狗肉就行了。"

"没问题。"

拘留所当天值班的还是"大皮鞋"。在我的印象里，他好像一天到晚都吃住在拘留所，那里像是他的家。大皮鞋扶了扶眼镜，盯着我来了句，"回来了？"大皮鞋语气轻松，表情自然。好像我是他刚刚下班的儿子，既无责备也无欣喜。

我叫了一声，"李叔。"奇怪的是这么久了，我也记得他。

"如果段局长不是你的亲戚，严打的时候你跑不了。"

"谁说我是段局长的亲戚？"

大皮鞋不理我，"站直了。"大皮鞋开始搜我身，"这是什么？"他在我的裤裆里搜出了我偷偷藏起来的那包烟，"你说说你们这些孩子，这样的烟还能抽吗？一股子馊味。"大皮鞋皱着鼻子，把我的烟扔在地上，用他的大皮鞋死死地碾了一脚。趁他转身的工夫，我假装系鞋带，迅速从中挑拣出两根相对完好的烟，放在嘴边吹了吹，塞进袜子里。

我敏捷地一猫腰钻进"狗洞子"，生怕大皮鞋从后面再踹我一脚。我站直身体，感觉里面的人比上次还要多。正是吃晚饭的时间，我大大方方地坐在台阶上，慢慢脱下鞋，然后毫不客气，一脚迈上铺板，站定。我用平静的目光在整个房间里巡视了一圈，想看看他们的反应。如果此时有人胆敢说什么，我会毫不犹豫地主动出击。

所有的人都抬起头，吃惊地看着我。其中有几个人我看着面熟，但叫不出名字。他们也许是我饭店的食客，也许是通过社会上的人认识的。

我盯着房间左侧的大角。我知道，那里是号长的位置。

"你是郝勇吧？"大角里的人看着我说。

"是。"

"过来吧。"

我没有客气，走到他的面前，盘腿坐下，"你认识我？"

"认识。"

我也认出了他，他是农贸市场卖水产的玻璃花。不过我俩没有直接打过交道。我只是听人说，他小时候跟人打雪仗，不小心一只眼睛被雪团打瞎了，安了一只类似花瓣玻璃球的假眼睛。

"不想吃吧？"

"不想。"每一个刚进来的人都不想吃这里的饭。

"因为啥进来的？"

我大致讲了一遍事情的经过。

"咱俩有缘分啊。"又聊了一会儿，玻璃花突然冒出这么一句。

"你什么意思？"

"我知道你曾经扎过小张伟一刀，吓得那小子魂飞魄散，饭店都不要了。"

我没说话。

"我这次是因为他们家人进来的。"原来，玻璃花在水产市场的摊位与大张伟家的摊位紧挨着，两家卖的货差不多，因为卖货价高价低的事情，两家人一直矛盾不断。大张伟一出来，他父母忙不迭地向他大倒苦水，说生意难做，玻璃花总是找理由欺负他们老两口。大张伟刚回来不想惹事，就找人带话，让玻璃花注意点。大张伟的父母以为自己的大儿子出来了，有了倚仗，动不动就在玻璃花的摊位前指桑骂槐地挑衅。玻璃花忍无可忍，动手打伤了大张伟他妈的肋骨，就这样，玻璃花被行政拘留十五天。

"现在大张伟是我们两个共同的敌人。咱俩出去后，应该联起手来对付他。不然，农贸市场一带早早晚晚都是他的天下。你看怎么样？"

"等出去再说吧。"我觉得玻璃花这人没什么心计，太莽撞。

当天晚上，大皮鞋打开铁门让我出去一下。我来到值班室，看见段文和汤司令笑嘻嘻地坐在椅子上等我。桌子上放着一床被褥。

"我们来看看你。我爸听说你惹事了，很生气，说是我把你带坏了。真他妈的冤枉好人。要不是我家老爷子，你就得收审，什么时候出去就不好说了。"

"他们没通知我爸妈吧？"

"没有。我爸已经跟赵所长打过招呼了，就几天拘留，小意思。"

"那被褥是谁的？"

"你猜？"

"快说，我现在可没闲心开玩笑。"

"你别急啊。是你老同学非要给你送的。我说咱哥们儿到里头还能没盖的？可她不听。瞧瞧人家多心疼你。她可是马上就要结婚的人了。知道谁心疼你了吧？"

"跟谁结婚？"

"工商所的小王。你认识的。"

我真的没想到段小兰会跟小王结婚。

"他们什么时候结婚？"

"放心，你赶得上，还有十几天呢。"趁大皮鞋出去的工夫，段文指了指被褥，"这里面有货，待一会儿你回去自己看。那些东西也是段小兰买的。还有，刚才我们从你饭店出门前，有个女孩来找你。"

"谁啊？"

"不认识，但长得很漂亮。你不够哥们儿，也不早点让哥们儿认识认识。"

我这才想起来，今天是星期六，是接章姗姗的日子。

"你们怎么说的？"我有些紧张。

"哥们儿说你出门去内蒙上牛肉了。编瞎话是我的特长，你就好好待着吧，等你出来的时候我们给你接风。"

"哦，忘了告诉你，我和段文把歌剧院舞厅倒票的活儿承包下来了。"这是汤司令进门之后，说的第一句话。

"你们真会趁火打劫啊。"我不无揶揄地道。怪不得，他俩这么积极帮我寻找李军，还"舍命陪君子"，陪我一块儿去抓他。敢情他俩一直在暗地里打承包舞厅倒票赚钱的主意。

大皮鞋破例没有检查我的被褥。回到号里，我打开被褥，里面有香肠、猪头肉，还有狗宝咸菜和一条辽叶烟。香肠和猪头肉都是切好的。

"可惜没有酒。"我随口一说。

玻璃花不停地咽口水，"没事，晚上我弄一瓶来，咱俩喝。"

我把香肠和猪头肉分成两份，一半留着我和玻璃花晚上下酒，剩下的给号里的每个人分了几块。有的人已经十几天没见荤腥了。一个不要脸的家伙把分给他旁边老头的那份抢过来想独吞，被我看见，跳将起来，一脚把他踹翻在地，顺手把他的那份也给了老头。老头低着头看着手里的东西不敢吃。

"吃，马上吃。"

老头一口把香肠和猪头肉吞进了肚里，嚼都不嚼。

"你不能这么惯着这些人。有的人天生是吃肉的，有的人天生是吃屎的。心软是干不成大事的。"玻璃花说。

"谁都不容易。"

"看来，你这个人心不够狠。今后要吃亏的。"

"你应该说，我心不够黑。"

半夜的时候，玻璃花等在窗子前，一个中年人蹑手蹑脚地过来，把一瓶酒递给他。我看着那个中年人面熟，"这个人我好像上次在里面就见过。"

"他在这里关了十一年了，整个人都押傻了。所长照顾他，让他负责打扫卫生。"在这种阴暗潮湿的环境里生活十一年，光想想就令人毛骨悚然。我不知道，如此漫长的日子，他是怎么熬过来的，他活着的意义何在？

"他是因为什么事进来的？"

"警察怀疑他杀妻，但又证据不足。当年办案的警察如今已经升为局长了，没他点头谁敢放人？"

"哪个局长？"

"段局长。"

"他不是副局长吗？"

"去年严打，立了个二等功，升了。"

两天后，玻璃花到期了，可他前脚刚走出拘留所的大门，就被埋伏在附近的几个人摁倒在地，一顿暴踢。他的另一只好眼睛被人生生踢瞎了。玻璃花由"独眼龙"变成了盲人"阿炳"。谁都知道，这件事肯定是大张伟指使人干的，但大张伟有一大堆不在场的证人证言。最后，这件事只能不了了之。

我被放出来后，回趟饭店取了些钱，然后匆匆去医院看叶琳。段文和汤司令要给我接风，我说晚上吧。

由于还没到病房的探视时间，我只能先去儿科门诊找我妈。我妈见了我很高兴，马上带我去见了林大夫，显然，她不知道我被拘留的事，这让我原本有些忐忑的心放松下来。

"化验结果刚刚出来，她的病基本确诊为尿毒症。与她之前的病症——截瘫有直接的关系。"林大夫开门见山。

"有没有什么好的治疗办法？"我焦急起来。

"可以做肾移植手术，但肾源不好找，也可以做透析，不过费用都很高。这种病是个无底洞啊。况且，她是个体户，没有单位报销。"

"那得需要多少钱？"

"这就要看她的病情发展情况了，暂时还不好说。"

"这事你就别瞎操心了。我有事要跟你说。"我妈在一旁插话说。

"什么事？"

"你晚上回家一趟。你哥谈了个对象，我们家里要开一个重要的家庭会议。"

"好，你先忙你的吧。"

和我妈分手后，我心事重重地走进叶琳的病房。躺在床上的叶琳正在看书，见我来了，故意把头转向墙体的一侧。"小琳，郝勇来看你了。"叶琳的妈妈用手推了推叶琳。叶琳不耐烦地耸了耸肩膀，干脆把被子蒙在了头上。

一瞬间，我以为叶琳已经知道了自己病情面临的危险。我默不做声，把满满一网兜水果罐头放在床下。我想安慰她，但一时间又找不到合适的词。只能望着叶琳的背影枯坐着，心里异常地难过。

房间里的气氛有些尴尬。过了好一会儿，叶琳终于开口了，"这几天，你窝窝头吃得怎么样？"

我怔住了。

"什么窝窝头？你别诬陷好人啊。"我心虚地说。

"你是不是好人，你自己内心清楚。你别以为我整天躺在床上就什么都不知道。哼。"原来如此，我心里反倒轻松了许多。

我不说话。一定是李小芳告诉她的。但现在追究这个已经没有意义了。

"对不起，我是跟人打架了，但没打起来，真的，那个土鳖跑

209

了。我只是因为扰乱社会治安拘留了几天。"

"你说得倒挺轻松。你是不是觉得自己这样很威风，很了不起？"

"没有没有。你不知道，前年我出事的时候，那家伙仗势欺人，把我打得半死，出来以后还找人背后给了我一下子。我要报仇，我不能就这么算了。叶琳，你知道我从来不欺负人，但是，别人平白无故碰我一根汗毛也不行。这是我做人的原则。这些混蛋之所以霸道，就是看准了有些人软弱可欺。"我说得慷慨激昂、义愤填膺。

"这么说，你在公共场所惹是生非还有理了？"叶琳转过头，披头散发地坐了起来。

"我这不是跟你解释呢嘛。"

"这些人是可恨，我刚开小卖店的时候，有的小地赖知道我行动不便，假装买东西，拿了东西就跑。自从认识你，就没有人敢这么做了。"

"你看，有些人就该打。我不打他们，怎么会有更多的人认识我？他们不认识我，怎么会不抢你的东西？我说的有道理吧。"我渐渐有些得意忘形起来。

"往后可不要再打架了。我是担心你。万一你被别人打伤了怎么办？"

"好了，咱们不说这些不愉快的事情了。你的身体恢复得怎么样？"

"我估计，用不了多久我就可以出院了吧。爸爸妈妈每天要上班，还要轮流看护我，小卖店只能关门，弟弟妹妹太小暂时指望不上。唉，我都要急死了。医生说我的病不严重，就是太累了，缺少休息。你妈来看过我好几次呢，等我出院一定要好好谢谢你妈。"

"为了稳妥起见，你还是多待些日子吧。身体要紧。"

"你这话是什么意思？我的病是不是很严重？是不是医生没跟我说实话呀？"叶琳警觉起来。

"没有的事，你别胡思乱想好不好？你的小卖店一个月能挣几个钱？"我故意大大咧咧地说。

"我不能跟你比。我做的是小本生意，不像你是当老板的。"

"又拿我寻开心。"

叶琳笑了。

叶琳的妈妈送我出来的时候，我掏出五百块钱递给她。

"我们家已经给你添不少麻烦了，怎么还能要你的钱？"她妈妈推让着。

"嘘——"我把食指放在嘴唇上，示意她不要说话，"这事千万不能告诉叶琳。"

晚上我回家，当我推开自己的房门，看见我哥坐在写字台前奋笔疾书，床上坐着一个愁眉苦脸的女人，一张地道的黑黝黝的瓜子脸，整个人瘦得像根灯绳。我哥见了我，吓了一跳，"回来了。"我哥没话找话。

我点点头。无疑，这个女人就是我哥的对象了。

"这是我弟弟，郝勇。这个是我女朋友，小潘。"

小潘面无表情地看了我一眼，连个笑模样都没有。

我说了句，"你好。"

这时，我爸妈从对面屋进来，用眼神示意我过去。

"你觉得你哥的女朋友怎么样？你是做弟弟的，多给参谋参谋。"我妈悄悄问我，一副讨好的语气，好像她很在乎我这个家庭成员中年龄最小、最不受待见的人的态度。

"还行，凑合吧。"我只能含糊地回答。不然，你让我怎么说？

我妈拉我坐下。我哥随后跟了进来，带上房门。我妈郑重其事地抻了抻衣襟，清了清嗓子，我的心不禁往上一提。我猜想，我妈一定是有重要事情要说。这是我妈一贯的作风。我爸在一旁跷着二郎腿悠闲地看着报纸，眼睛时不时瞟上我一眼。这让我心里很不舒服，我不知道他们又合起伙来搞什么鬼。

　　"你们有什么话就直说吧。"

　　"是这样的。你哥要结婚了。"我妈喜滋滋地看着我。

　　"我哥才二十四，大学刚毕业，就结婚？国家不是提倡晚婚晚育吗？"我把头转向我哥，"你俩什么时候认识的？"

　　"半年了。上班就认识了。"我哥大学毕业分配回奉城市政府工作，满打满算正好半年。

　　"我还以为你们是大学同学呢。这么快就结婚太早了点吧？爸妈，你们不是一向认为年轻人应该以事业为重吗？"

　　"小勇，我们也不瞒你，你哥的女朋友比你哥大几岁。"

　　"到底大几岁？"我突然变得咄咄逼人。

　　"大三岁。"

　　"女大三抱金砖。哈哈哈哈。"我的口气不无揶揄。

　　"小勇，你也老大不小了，实话跟你说吧，你哥的女朋友怀孕了。女方家里一直在催呢。这种事情好说不好听，到时候，闹得满城风雨可咋整。我和你爸是知识分子，又都是好面子的人。再说了，事已至此，结婚是早晚的事嘛。"

　　我看了我哥一眼。我哥早已羞得满脸通红，头埋得低低的。

　　"那你们想让我做什么？"

　　"你看，结婚是要花很多钱的。你知道，咱们家不富裕，你哥这几年又在北京上大学，家里拉了不少饥荒。我们现在基本上没有什么积蓄。电视、洗衣机、录音机、缝纫机，这四大件都要买，另外，他俩还准备出去旅游一趟，哪哪都是钱啊。"我妈唉声叹气。我妈没提办酒席的事，因为这是结婚唯一收钱的事情。

"还要旅游？"当时，旅行结婚是新生事物。

"这是女方提出的条件，不走远，就去一趟大连。咱们也不好不答应，你说是吧。"

"你们就说我需要出多少钱吧？"

"两千。我们不想让你太破费，这也是我和你爸商量过的。"

"算我借的。我会慢慢还你。"我哥有气无力地说。

"哥，咱们是一家人，什么都不要说了。我拿。明天我就把钱送过来。我还有事，先走了。"

"等等，我话还没说完呢。小勇，你哥结婚要用房子，反正，你也不咋回家住。我想用你俩的房子做你哥的新房，你看怎么样？你放心，住不了多久，暂时的。你哥的老丈人是市政府的秘书长，人家说了，市政府的宿舍分下来就给他们小两口住，是一套三居室，七十多个平方呢。"我听明白了，我哥的未婚妻不是自己谈来的，他是被人家选中的驸马。

"只要你们高兴，怎么都行。"我不无悲哀地发现，我被这个家扫地出门了。

"小勇，对不起，给你添麻烦了。"我哥追出来。

"我倒没什么。钱这东西，挣它不就是为了花吗。你别想太多。"

我哥不说话，眼泪默默地流了下来。

"哥，你是不是有什么委屈？"

我哥摇头，"你走吧。好好照顾自己。"

周末的傍晚，我照常骑车去省幼儿师范学校接章姗姗。每到周末，学校门前都有一些男孩子在校门前等人，一个个穿着奇装异服，戴蛤蟆镜，流里流气的。那时候没有私家车，擦得油光锃亮的名牌自行车就足够扎眼了。

我叉腿坐在自行车后座上，叼着烟，章姗姗从校门口出来，四处张望，看见我，犹豫了一下，才一脸愠怒地朝我走过来，一言不发地瞪着我。我早就习惯了她喜怒无常的小脾气。我充满歉意，向她解释说，上次出门去内蒙上货走得急，来不及通知你。

"下次你再出门的时候，一定要先写信告诉我一声，不然，人家心里多着急啊。我是担心你。你懂不懂？"章姗姗娇嗔地说。

"懂懂。"我连声说。

"你看你，人家出门都是脸越晒越黑，你倒好，苍白得像张纸。一路上吃了不少苦吧？内蒙的货上得好吗？"

"好。价钱比农贸市场便宜差不多一半。"我敷衍道，"想吃什么？"每回周末接完章姗姗，我俩都要到饭馆大吃一顿。章姗姗总是抱怨学校食堂伙食太差，没有油水。

"算了吧。我们今天晚上回我家里吃，高不高兴？"我推车在夕阳下与章姗姗并肩而行。之前有好几次，吃完晚饭送她回家，我想陪她上楼，都被她严词拒绝，说她知道我的险恶用心，就想赖着不走，还说我是"馋猫"。可有的时候，我们亲吻告别之后，我已经抬腿上车了，她却在后面喊我回来。然后，我俩默默地拉手摸黑上楼，翻云覆雨，一夜折腾。

我笑而不言。章姗姗用手指轻轻地点了点我的头，顺势挽住我的胳膊。

"郝勇。"见我不说话，"你听没听见？我在跟你说话呢。"

我"哦"了一声。

"你是不是有什么心事？"见我摇头，"那你怎么心不在焉的？"

"没有啊。我这不是在听你说话呢嘛。"

"小勇，我想买块手表。"

"你这不是戴着手表吗？这么快就不喜欢了？"不久前，我花了十几块钱给她买了块时髦的电子表。

"也不是不喜欢。是这样的，我们班同学她爸是友谊商店的经理，能买到瑞士产的英哥牌手表。我们班好几个同学的男朋友都给她们买了，整天戴着在校园里臭显摆，气死人了。我就让那个同学给我也留了一块。"友谊商店是全市唯一指定的外汇商品销售处。

"你说的那种手表多少钱啊？"

"挺贵的。两百四十多块呢。后来我也后悔了，可是，我要是不买往后在同学面前该多没面子啊。你说是不是？"

"天啊，一块手表要这么多钱！"

"你就说买不买吧。"章姗姗撅着小嘴，站定，气恼地把头拧向另一侧，故意不看我。

"那就买呗。"我兜里平时总是装着三四百块钱，以备不时之需。

章姗姗看看四下没人，踮起脚尖，飞快地亲了我一口，"走，你现在驮我去同学家取表。"

章姗姗同学家里有许多人，都是来订手表的，其热闹场面不亚于现在的一场小型订货会。章姗姗两眼放光，她在仅剩的三块手表中，挑了又挑，选了又选，才在众人艳羡的目光下，心满意足地戴上一块，"看，还带夜光呢。"章姗姗的手指聚拢在表盘上，四周闪着豆绿色的光亮。那些来订手表的人也都围过来看，嘴里发出"啧啧"的赞叹声。

"好看不？"章姗姗在同学家的大衣柜前照了又照，细嫩的手腕在空气中扬起又放下，放下又扬起，折腾了好一会儿。

"好看好看。时间不早了，咱们回家吧。"付完钱，我冲她使了个眼色。

"你以为我不知道，你着急回家想干什么？"章姗姗咬着我的耳朵小声说。

我摇摇头。

"怎么？你还不想承认？"

"我承认。"当时，订手表的人已经差不多走光了，我是怕影响人家休息。但我了解章姗姗的脾气。如果我不这么说，她真的就可能跟我较真，不让我上她的床。不是可能，是肯定。

章姗姗这才心满意足地挎着我胳膊出来。一路上，章姗姗坐在后车座快马加鞭。一会儿拍拍我的屁股喊"驾驾驾"，一会儿到了人多的地方就拉着我的衣角喊"吁吁吁"。

我兴奋异常，下半身被她折腾得蠢蠢欲动。

终于到了她奶奶家。第一眼，我就看见了她母亲。跟上次一样，她母亲的眼睛淤紫乌青，只是左眼换成了右眼，颜色也稍稍淡一些。看来这次她遭丈夫的毒打已经有一些日子了。

"来了，请进。"这回她没有躲闪，而是和颜悦色、彬彬有礼地侧过身。她穿着一套浅灰色的紧身套头衫，乳峰高耸。我偷偷看了她一眼，羞红了脸，低头走进去。毕竟，那时候随着牛仔裤的流行，人的屁股刚刚可以分瓣，许多女人的乳房还被一道道白花其布缠裹得严严实实。

"表买了吗？"章姗姗的母亲毫不掩饰地问。

章姗姗莞尔一笑，用手一撸袖子，夸张地像"文革"的红卫兵小将那样，来了一个弓步，"看。"

"你们真是赶上了好时代。妈像你这么大的时候，想都不敢想能戴上一块进口手表。"章姗姗的母亲摘下女儿的手表戴在自己白皙的手腕上。

过了一会儿，章姗姗才好像看见母亲乌青的眼睛，"他又打你了？小勇，你明天找人去揍他一顿，给我狠狠地打，最好打断他一条腿。"

"女儿，有你这句话，妈的心就舒坦多了。妈这辈子早就认命了。"章姗姗的母亲流下了欣慰的泪水。

我和章姗姗吃了饭，章姗姗要收拾碗筷。

"你们早点休息，妈来干。"章姗姗的母亲边说边系上围裙。

进屋关门，我俩迅速褪去衣裤，紧紧拥抱在一起。我骑在章姗姗的身上正挥汗如雨，突然，章姗姗来了一句，"小勇，什么时候你也给我妈买一块英哥表呗。我妈这辈子最喜欢手表了。"

我双手支撑起身体，停在空中，精神一阵恍惚。

"怎么了？我不是说现在，是以后。看你个小抠样儿。"章姗姗在下面扭了扭身体。

我软了。不可救药地软了。我沮丧地躺在章姗姗身边，望着天花板大口喘着粗气。我想起第一次在火车上见到章姗姗时她那可爱、清纯的模样，恍如隔世。

"不久前，你不是还对你妈恨得咬牙切齿吗？"

"其实，现在想想，我妈这辈子过得也挺不容易的。"章姗姗永远都是这么变幻莫测，令人难以捉摸。

章姗姗翻身爬到我的上面，见我毫无反应，开始亲我。我心里一悸，"啊啊。"我感到身体仿佛燃烧了起来，熊熊火光，直冲云霄，根本控制不住自己的喊叫声。

"小点声，别让我妈听见。"章姗姗抹一把嘴巴，轻柔地说。

段小兰结婚的头天晚上，我和李小阳在饭店里喝酒。我俩已经很长时间没有单独在一块喝酒了。送小阳出来时，我让李小阳第二天来找我，我们一块去参加段小兰的婚礼。

自从老韩死后，李小阳情绪低落，整天蓬头垢面。从前，小阳是个性格开朗的人，现在却变得不爱说话，沉默寡言，一门心思想着赌博。中学时代，李小阳就是个赌博高手，经常赢个三块两块的，请我和老韩吃皇姑雪糕。但那时候，他的赌博对象大多是一些中学生。上班以后，小阳就在我和老韩的劝说下把赌戒了。小阳上班早，又是正式的国营职工，挣得比老韩多，我们在一块儿吃吃喝喝大多是他付钱。所以，他也没有闲钱赌博。

可现在不同了，他的对手许多都是奉城的职业赌徒，行话叫"蓝道"。开始，他还有输有赢，渐渐地，差不多逢赌必输。李小阳有时候来我饭店，既不喝酒也不吃饭，张口就是借钱，一借就是三十五十的。老韩的死对我俩都是一个沉重的打击。既然有人借酒消愁，那么李小阳借赌消愁也未尝不可。我理解小阳的心情。他借多少，我就给他多少，从不多说一句话。我觉得这是我应该做的，我们是朋友，从小一块儿光屁股长大，不容易。

可是最近几个月，小阳借钱的数目越来越大，越来越勤。一百块钱借给他，不出三五天，就又找上门来。小阳坐在饭店的角落里，一言不发，只是一个劲儿狠狠地抽烟。大团大团的烟雾在他的脸前萦绕盘旋。我几次想拒绝他，可又怕他的自尊心受不了。

前几天，小阳又失魂落魄地来找我借钱。他的头大概有一个星期没洗了，一股子馊味。衣服裤子也是脏兮兮的。我二话没说数出一百块钱递给他，小阳急不可待地要走，我喊住他，"我们一块儿去中街买几件衣服吧。"我可不想让他在段小兰的婚礼上丢人现眼。我说过，上学的时候，我、老韩和小阳经常穿同一款式的衣服，现在老韩不在了，但我很怀念以前的时光。顺便，我也想跟小阳聊一聊，他这样下去是没有出路的，会毁了自己。

我看得出李小阳不想去，但又不好拒绝我。他的心里一定是在想，与其买衣服，还不如把这笔钱给我拿去赌博呢。

我俩骑车骑到半道，看见许多人围着一个老头，就好奇地凑过去，一看，竟然是老韩的父亲。他的自行车车把前绑着一张硕大的老韩的遗像，四周用黑纱罩着，身上缠着的白布条上写着一个大大的"冤"字。老韩的父亲老泪纵横，正扯着大嗓门，比比画画地冲路人诉说着儿子的冤屈。

"韩叔。"我叫了一声。

他没有一下子认出我。他对我的突然打断相当懊恼，怒目圆睁看着我，"你是谁？你想干什么？"老韩的父亲显得很警觉。

"大叔，我是小勇啊，这是李小阳。"

"你们赶紧把这个疯子弄走吧，影响市容。我们还做不做生意了。"一个膀大腰圆的小伙子大声嚷嚷。

路口是个小市场，几个做生意的人也跟着凑热闹起哄。

"韩叔，走吧，我们送你回家。"

"不，我要到市政府去告他们，你们都给我把路让开。我要让他们给我儿子平反昭雪。还我儿子！还我儿子！"看热闹的人当然不想就这么轻易让他走，四周围得水泄不通。

那个膀大腰圆的小伙子上前一脚踹翻了老韩父亲的自行车。老韩的遗像"哗"的一声,掉在地上,碎了。我怒不可遏,冲上前去,一个电炮打在他的脸上,李小阳从背后顺势一个踢儿把他撂倒。李小阳不要命似的骑在他的身上左右开弓,一顿电炮,我的青年式皮鞋一脚狠过一脚地跺在他的头上。有几个人想上来帮忙,我迅速从裤兜里掏出电工刀,一指,"谁敢动?"

这小子趁机爬起来跑进卖肉的店铺里,拎出一把杀猪刀,举在空中,但可惜,他只是个杀猪的,还没学会杀人。他满脸是血,大概连他都被自己身上的鲜血吓住了,手中的刀迟迟不敢落下。

"来呀,砍我呀!"我把头伸到他的鼻子底下。

他的同行们大概觉得他这个样子实在太掉价了,纷纷上前去拽他的手。

"你还没想好是吧?你慢慢想,是砍我的头还是我的脸,别急。"我转头和李小阳扶起老韩的父亲,他抱着老韩的遗像不肯松手。我让李小阳赶快送他回家,离开这个是非之地。

"求你了,韩叔,快回家吧。"李小阳一手推车一手拉着老韩父亲的胳膊往前走。

我冲杀猪的说:"记住,我叫郝勇,农贸市场的。想找我,很容易。"那年头,打架流行报号。

杀猪的怔怔地看着我。周围的人叽叽喳喳,我听见有人劝他,"还不快走。郝勇这个人你能惹得起吗?"

我故意慢慢抬腿上车,去追他俩。围观的人自动让出一条路。

段小兰的婚礼在鹿鸣春举行,那是我们奉城最高档的饭店。去之前,我递给李小阳一个红包。

"这里包了多少钱?"

"三十。"

"太多了吧？"那年头，结婚随礼，一般都是五块十块钱，三十元钱绝对是个不小的数目。

"你拿着吧。段小兰是我们的朋友，又是我们这些人里第一个结婚的，不能太寒碜了。"

"应该说，段小兰是你的朋友，我和她只是老同学。"李小阳笑眯眯地说。他已经很久没有跟我开过玩笑了。

小王的父亲是工商局看大门的。小王高考落榜后，作为内部子弟经考试录用为工商所的管理员。如此盛大的排场，只能是段小兰的主意。参加婚礼的人以工商税务的人居多，但许多人一看就是冲着段小兰的叔叔——城北区工商局党委书记的面子来的。公安部门的人也来了不少，都是段局长的同事。剩下的，大多是农贸市场附近的个体户。老同学中，除了我和李小阳没有别人。

我一进去，精神病从老远就向我招手。

"你来凑什么热闹。"我坐在精神病身边。

"我是替我姐来随份子的。"精神病的姐姐在农贸市场里卖辣椒面。

精神病这桌都是年轻人，这样人就不会太拘谨。程宝国也来了。婚礼仪式开始后，段文凑过来，捅捅我，指着台上穿着蓝料子中山服的新郎小王说："本来我以为你会成为我妹夫呢。"

"能不能不拿这事开玩笑。"我正色道。

这时，我看见大张伟朝我们这桌走过来。大张伟一屁股坐在我和精神病中间，还冲我点点头。许多人的神色变得紧张起来，生怕我和大张伟在酒桌上一言不和，大打出手。段文想跟大张伟换个位子，被大张伟拒绝了。

"宝国，听说你跟郝勇关系不错。"大张伟看着程宝国说。

"是啊，他跟我一个学校的。"程宝国平静地说。

大张伟若有所思地点点头。看看我，又看看程宝国。

"如果有一天，我和郝勇打仗，宝国，你帮谁？"

"我不希望你们打仗。"

"我是问你，到时候你帮谁？"大张伟咄咄逼人。

程宝国点上一根烟，"你让我说实话吗？我帮郝勇。"

"好，有你这句话就够了。"大张伟转头对我说，"郝勇，你人缘不错呀。"

"你什么意思，是想挑衅吗？"

我俩脸对脸。双方剑拔弩张。

大张伟突然笑了，"我不会打无准备之仗。我说过，我喜欢玩干净的。我今天来是喝喜酒的。"

段小兰、小王过来敬酒时，大家都趁机开新娘子的玩笑。我站起身，偷偷把装着五百块钱的厚厚的红包塞给了小王。小王客气地说了声"谢谢"。

过了一会儿，一个长着刀疤脸的人迈着外八字脚，举着满满一杯白酒走过来，后面跟了两三个人。桌上所有的人连忙赔着笑脸，点头哈腰地站起来，酒杯举得高高的。只有我和大张伟没动，我不认识他，大张伟则故意把头转向另一侧。刀疤脸傲慢地跟每个人碰了碰碗，"我胡汉三又回来了，哈哈哈哈。"他打了个酒嗝，"城北区还是我的天下。弟兄们有什么事找我。"

众人应声附和。

"你是谁？"刀疤脸皱了皱眉头，他大概对我没有站起来向他敬酒很生气。

222

"郝勇。"

"啊，是你呀。听说你是我们城北区的后起之秀。"

"不敢当。"我欠了欠身。

"大张伟，你是没看见我呀，还是对大哥我有意见？来，说说。"刀疤脸摇摇晃晃地走到大张伟身后。

大张伟头都没回，慢悠悠地说："铁头，你少在我面前装相。城北区是谁的天下不是你说了算。"

铁头，不就是李军的干哥吗？

"哎，大张伟，我可是看着你长大的。我出来混的时候，你还撒尿和泥玩呢。"铁头身后的人手往衣服里掏，个个跃跃欲试。

铁头摆摆手。

大张伟坐在椅子上稳如泰山，抬起头，"别跟我摆老资格。你在监狱里干的那些埋汰事，以为我不知道？我就是不爱在众人面前撅你面子，你就给我老实待会儿吧。"

"我干什么埋汰事了？"铁头脸涨得通红。

"既然如此，那我就不客气了。"大张伟站起身，"你在里面为了减刑，点犊子，害了多少城北区的兄弟。用不了多久，他们会出来跟你算账的。""点犊子"的意思，就是检举揭发，相当于叛徒。这是一种在社会上最让人不齿的行为。

"你放屁！"铁头的气势明显不足。

"今天是大喜的日子，你要是不服，等一会儿我们出去，找个地方，你敢不敢？我说废就废了你。"

"大张伟，你个小兔崽子，从今天起，有你没我，有我没你。"铁头面子上挂不住，嘴里嘟嘟囔囔。

精神病连忙把铁头一伙人拽出了鹿鸣春。

"这些人陆续出来了，我们城北区可又有好戏看了。"段文抖了抖腿，一副事不关己、幸灾乐祸的样子。

李小阳再次嗫嚅着准备开口管我借钱时，我把存折摊在桌子上。我的存折上面只剩下了三十几块钱。今天上午，我去工商银行储蓄所取出了所有的钱，总共两千一百块钱交给了我妈。我妈和我爸笑逐颜开，只有我那个未来的嫂子，一如既往地阴沉着脸，挤也挤不出个笑模样。我不知道她是黑眼白眼看不上我这个个体户，还是天生就这么一副苦瓜脸。我实在弄不清楚，我哥一表人才，又是堂堂一个北大中文系的毕业生，怎么就偏偏看上了这么个女人，难道就因为她爸？

"戒赌吧，小阳，再这么下去，你早晚得出事。"我给小阳倒了杯茶。

"我也想戒，但，来不及了。"李小阳双手抱头。

我觉得他话里有话，"怎么？你还欠别人的钱？"

李小阳看了看正在厨房忙碌的李小芳，叹了口气。

"你管你姐也借钱了？"

"三百。"李小阳伸出三个手指头。那个时候，什么都是公家把持，方方面面都有保障，每个家庭差不多都是"月光族"，但民众的生活好像并不紧张。

"没事，这笔钱，等过些时候，我替你还上。"我看他还是委靡不振的样子，有些生气，"哥们儿，你有什么心事全都告诉我行不行？我可是你兄弟呀！"我怒其不争地使劲拍了一下他的脑袋。

"实话告诉你吧，这几个月，我偷了粮店的五百斤大米，五百斤白面，还有，一百斤的豆油。"

"你胆子也太大了吧。你这叫监守自盗，懂不懂？这比单纯的盗窃罪都严重。"

"我知道。年底就要查账了，到时候，我就彻底完蛋了。"李小阳仰天长叹。

"你先别急，看看有没有弥补的办法。"我站起身，在屋子里不停地踱步，"咱们想办法买通老朱，给他点好处，你不是说他手脚也不干净吗？咱们就来个以毒攻毒。先给他送两瓶茅台酒，两条凤凰烟，顺便，点他两步。咱们谁的屁股都不干净，到时候可别怪老子拉你垫背。"

"这些东西足以买通老朱。"

"那就好。"我喊李小芳，让她从买菜的钱里拿出一百块钱，递给李小阳。李小芳狠狠地瞪了她弟弟一眼，"好了，现在问题全都解决了。"我在椅子上伸了个懒腰，"啪啪"拍了两下巴掌。

"小勇，还有最后一件事，也是最重要的。"天哪！到底他有多少事情瞒着我？"我欠黑瞎子一千块钱。"

我一听，痛苦地闭上眼睛。黑瞎子是城北区蓝道上的名人，为人一向仗义，花钱如流水，人缘好得很。无论黑道白道，大大小小的人物都得给他几分面子。

"他是什么人你不知道嘛，你怎么敢跟他们赌，这不是送死吗？"

"其实，要论打牌的技术我并不次于他，关键是他会做牌。"李小阳不服气地说。

"他都怎么做牌？"我急切地问。

"每次打牌前，他都和我们几个玩扑克的人，一起到他家附近小卖店买扑克，一买就是一整条。然后，当着大家的面开封。其实，这些都是他事先跟小卖店的人串通好的。他早就在扑克上做了手脚。

每副扑克中几张重要的牌都有记号，背面图案的条框略微窄那么一点点，一般人肉眼很难看出来。后来被我发现了。我想讹他，他就不让我去他家玩了。还说他知道我偷粮店的东西，如果我说出去就告我，到时候，让我吃不了兜着走。"

"你敢肯定他做牌吗？如果我去了找不到证据被他反咬一口，那我们可就被动了。"

"你放心，我们每次打牌，整条的扑克就摆在桌面上，我当面就能戳穿他的那套把戏。"

"那就好，我们今晚行动。你跟我一块儿去。记住，我不让你说话，你就一句话不要说，看我的眼色行事。"

"黑瞎子身边每晚都有几个看场子的。我们要不要叫几个人？"李小阳不无担心地说。

"谁都不用，就咱俩。"

当晚八点多，我和李小阳骑车来到黑瞎子家。这个点刚好是牌局激战正酣的时候。门口负责望风的人认识我，有些吃惊。见我和李小阳要进去，为难地说："小勇，你们等一下，我进去先跟黑瞎子说一声，不然我不好交待。"

我定眼打量了他一番，"放心，我只是跟黑瞎子说句话，马上就走。"说完，我径直进屋，挑开门帘。屋子里门窗紧闭，烟熏火燎，牌桌上的人边打牌边吞云吐雾。

黑瞎子见了我，怔怔地站起身，"小、小勇，来来，坐坐。"与此同时，他看到了我身后的李小阳。其他人连忙神色慌乱地伸手护住自己身边的钱。

我笑了笑，"我是来找黑瞎子说事的，不是来抢局的。你们觉得我郝勇是那样的人吗？你们拿好自己的钱，先到里屋等一下，我说完话就走，耽误不了你们几分钟。"

那几个人如释重负，揣好各自的钱，默默地进了里屋。

我随手关严里屋的房门，挨着黑瞎子坐下，黑瞎子递给我一根烟。我摆手，压低声音说："黑瞎子，你是明白人，我就打开天窗说亮话吧。论年龄，我应该叫你一声大哥。"

"小勇，咱们谁跟谁呀。"

"大哥，你在我们城北区也是有头有脸的人，谁都给你面子，我一直都很敬重你，对吧？"

"我知道，知道。"

"有些话我就不用明说了吧？要不然这事闹出去你往后也不好混。就当大哥你给我郝勇个面子，小阳欠你的一千块钱就算了吧。你看怎么样？"我压低声音。

黑瞎子尴尬地笑笑，"有你出面那还说啥。但是……"

"咱们啥也不说了。"我阻止他，"你就说行，还是不行？"我立起眼睛，手里掐着桌子上剩下的半条扑克牌，在桌子上使劲蹾了蹾。

"我没别的意思，我只是想跟你解释一下怎么回事。"

"我不懂你们蓝道的规矩，你也用不着跟我解释什么。我唯一能向你保证的是，这件事我永远不会说出去。现在，你把欠条拿出来，当着我和小阳的面撕掉，咱们一了百了。"

黑瞎子无奈，只好从大衣柜里找出欠条，让我看了看，撕碎，"哥们儿讲究吧。"

"谢谢，大哥，我走了。你们接着玩。"我大声说。

"好好好。我就不送了，有空常过来玩啊。"

从黑瞎子家出来，我郑重地对李小阳说："小阳，作为兄弟，我该做的都做了。现在，你必须向我保证，从今往后——戒赌。"

"行。"李小阳有些害羞地低下头,鞋后跟在脏兮兮的地上拧了又拧,"小勇,你可帮了我大忙了。最近我整个人都快崩溃了,我不知道自己还能不能挺过今年,连自杀我都想过了。"

"别这么说。老韩一走,我身边就剩下你这么一个兄弟了,我可不想你再出什么岔子。"

"我想老韩。"李小阳蹲在地上,号啕大哭。

我没有劝他。我点上一根烟,伏下身,递给他。

我俩不说话,只是一个劲儿地默默抽烟。

玻璃花从独眼龙变成"阿炳"后,隔三差五就到饭店来找我。他戴一副墨镜,手里拿一根木棒子在身前窸窸窣窣探着路,由他媳妇牵着手。如果我不在,他就坐下来等,不到饭店关板他是绝对不会走的。由于他来的时间不确定,忽早忽晚,我想躲都躲不及,只能陪着他到点吃饭,饭后喝茶。他唠唠叨叨,但所有的话只围绕一个主题:那就是你究竟什么时候与大张伟大干一场?到时候,一定要叫上我。你只管告诉我大张伟在哪里,我要把他剁成肉酱,然后,老子就等着挨枪子。这样,你和他的恩怨也随之了结了。可谓两全其美,你又何乐而不为呢?

"我和大张伟的仗打不打得由他说了算。是他想找我为他弟弟报仇。"

"大张伟这个人心狠手辣,你不能让他先动手,你要先下手为强。我就是一个教训,一个深刻的教训。"玻璃花手中的木棒子在地上敲得"咚咚"响。

"这些都是我和大张伟之间的事情,与你无关。你回家躺着好好休息吧。啊。"

但玻璃花不听，照样风雨无阻地来。后来，他对我的饭店轻车熟路了，媳妇都不带了，裤兜里揣一把菜刀，刀把就大大方方地露在外面，没人敢管。尽管，他平日在农贸市场做生意时为人霸道，浑不讲理，但此情此景，许多人从内心里还是对他充满同情的，毕竟，年纪轻轻就双目失明，他后半生的日子可怎么熬啊。

玻璃花在我饭店喝完酒，情绪一激动，就唱《血染的风采》，拦都拦不住，"……如果是这样，你不要悲哀，共和国的旗帜上有我们血染的风采……"玻璃花嗓音浑厚，歌唱得好，时而低沉伤感，时而高亢嘹亮，气势如虹。那根木棒子在桌子上敲打出鼓点的节奏。在场的人无不为他的歌声所打动，尤其是那些了解他经历的人，更是在他的感染下，拼命鼓掌，卖力叫好。甚至后来有人竟然专门为听他的歌前来饭店捧场。这让我哭笑不得。

玻璃花好像忘了找大张伟寻仇的事情，晚上，一到饭店上人的时候，就清清嗓子，引吭高歌。如果他不唱，就有人主动拍巴掌鼓掌，渐渐地，玻璃花养成了明星的毛病。你不鼓掌请他，他就不唱，相当沉得住气。有时候唱完一首歌，还整出一句，"再来一个，要不要？"旁边的人就高喊，"要！"

"掌声不够热烈。掌声，我需要你们的掌声。"玻璃花站在椅子上，挥舞手臂。

那些人就拼命地拍桌子，跺脚。

玻璃花不仅唱《血染的风采》，还在家学会了《再见吧妈妈》《啊，朋友再见》《幸福不是毛毛雨》《年轻的朋友来相会》。我的饭店简直成了他独唱音乐会的场地。好在玻璃花的情绪不像刚出事时那么低落，愁眉不展。每天乐呵呵来，乐呵呵走。喝醉了，有人主动骑车送他回家。

我知道，他现在需要一个宣泄的窗口，就只能任由他这么胡闹下去。毕竟，在我看来，曾经的独眼龙，如今的"阿炳"这家伙人还算不错，起码没什么坏心眼。况且，我刚进去时，他也算给足了我面子。所以，我从拘留所出来后，曾特意到医院看过他。那时候的他脸上蒙着厚厚的雪白的纱布，躺在床上，一言不发。有一次他摸索着悄悄来到阳台，差点从医院的五楼一跃而下，一命呜呼。幸亏被他媳妇及时发现了，才捡回一条小命。玻璃花出院后，第一件事就是要砸大张伟家的水产摊子，媳妇管不了，就把他领到自己家的摊子，让他一通棍棒伺候。玻璃花看不见，事后还挺解气。

　　那天，大张伟来饭店找我的时候，玻璃花也在。大张伟见到玻璃花，冷冷一笑，冲我摆摆手。我暗暗地做了一个深呼吸，然后镇定地走出去。

　　大张伟定睛看着我，"咱们的事，也该解决了。你看礼拜六晚上怎么样？"

　　"好啊。你说地方吧。"

　　"体育场东门，晚上七点。"

　　"咱们是单掐还是一块来？"我想考验考验他有没有跟我单掐的胆量。

　　大张伟犹豫了一下，"一、一块来吧。我正好想看看你在城北区的实力。"

　　"好，咱们一言为定。"看来，大张伟也是一个狐假虎威，靠人多势众壮胆的家伙。

　　我转身回屋。

　　玻璃花突然问我："是不是大张伟来找你？"瞎子的耳朵不愧异于常人。

"没有。是一个朋友。"

"不对，你骗不了我。就是他。"玻璃花摸索着要往外走，被我一把拽住。玻璃花猛地甩开我，掏出菜刀，头重重地撞到门框上，但他仍跌跌撞撞来到门前，"大张伟，你他妈的有种站出来！不然你就是婊子养的！"

刚走出不远的大张伟在众人注视的目光下，怒气冲冲地来到玻璃花面前，正要动手，我上去挡在他的身前。

"连瞎子你都打，就太不仗义了吧。"我冷冷地说。

大张伟这才冷静下来，"玻璃花，你是不是想找死？"

"操你妈！有本事你再走近一点。"玻璃花手中的菜刀在空中胡乱地挥舞着。

我和大张伟连忙躲闪到一旁。我从背后抓住玻璃花的手腕，"你别胡闹了行不行？"

"大张伟，你不是个男人，你害得我双目失明，还不如一刀宰了我，来个痛快的！"玻璃花蹦着高，大声叫骂着。

"我不跟你这个瞎子一般见识。我走了。"大张伟双手插在裤兜里，"咱们礼拜六见。"

下午，我到医院找我妈，打听找没找到与叶琳血型匹配的肾源。"哪那么容易。"我妈说。

"再这么拖下去，叶琳的病情会很危险的。"

"就是有，也要分个先来后到。我们不能搞特殊化。"我妈这时候真的像一个白衣天使。

我知道，这么跟她说下去不会有什么结果。我找到叶琳的主治医生林大夫，说："我想为叶琳捐肾，你检查一下我的血型合不合适。"

"你真的这么想？"林大夫从眼镜片上方看着我。

"真的。但你千万不能告诉我妈。"我点点头。

抽完血，我来到叶琳的病房。叶琳边照镜子边梳头，看样子心情不错。

"最近怎么样？"

"好多了，过不了多久，我就能出院回家了。"

"好啊，到时候我来接你。"

我走时，叶琳破例出来送我，我让她回去，可她怎么也不肯。我推着她，我俩一路默默无语地走到医院大门前。

"你最近没惹什么事吧？"

"没有啊。你这不是在'咒'我吗？"

"我就是不放心。夜里做梦，总是梦见你又跟人打架了。"

"别瞎想。我这不是活得好好的嘛。"

我骑上车，在转弯处，回过头，见叶琳还在笑眯眯地望着我。我的双眼一阵潮湿。只要有一线希望，我发誓，一定要挽救她的生命。

听说我要跟大张伟干仗，先后有几拨人主动来找我请战，他们有的是城北人，有的是外区的。他们或上学的时候挨过大张伟的欺负，或在社会上打架吃过大张伟的亏，还有的在监狱里受过大张伟的羞辱。但他们谁都不敢单独摆开阵势与大张伟大干一场。现在，他们终于等来了一个机会。看来，大张伟这些年得罪的人还不少。

我告诉他们，想干仗行，但人不能多带，这场仗不是靠人多势众，也不是谁想吓唬谁，而是你死我活。我只需要敢干的，所以，一个人最多带两个人。一辆自行车，一人骑车，后座坐一个，大梁上坐一个。我们分头出发，到指定地点集合，这样目标小，不容易引起路人注意。有的人不同意，他们听说大张伟那边聚集了很多人，我们不能在人数上吃亏，于是有的人想打退堂鼓。但我主意已定，爱来不来。

我之所以这么做，一是这件事情因我而起，我不想连累太多人，尤其是那些胆小怕事、瞻前顾后的人，到时候他们只会影响士气，扰乱军心。二是，我身边本来就没有几个指得上的人。我不能让帮我打仗的人比我出的人更多。这就不仗义了。

精神病早早告诉我，他只能不偏不倚，不能出头。我表示理解。但精神病偷偷塞给了我一把改装的发令枪。精神病一再叮嘱我，"虽然这里只有一发子弹，但一把枪的威慑力顶得上十把刀。只要你沉得住气，对方再多的人也不敢轻举妄动。不被逼到走投无路的时候，绝对不能开枪。还有，万一你出事，千万不要把我'点'出来。就说是老韩活着的时候在工厂给你做的。"

"精神病，你想得可真够周到的。"精神病表面大大咧咧，其实，心比谁都精细。

"兄弟，这也就是你，换个人我是肯定不会把这个东西拿出来的。"精神病说得诚心实意。

"我知道，你已经够意思了。"

"铁头主动找大张伟联手了。我听说，本来段小兰结婚那天，铁头在酒桌上想震震你，如果你不服，婚礼结束后，就在外面埋伏人收拾你。没想到，大张伟把他的事搅黄了。"

自从听说我和大张伟要开战，段文就再没露过面。对此，我并未感到丝毫的意外。程宝国带着几个兄弟早早就过来了。汤司令、大宝也来了，后面还跟着几个小破孩。我让汤司令打发他们回去。

那几个小破孩故意挺着胸脯，装出一副久经沙场的样子。"你们还在上学吧？"我问。我看他们的样子，也就是当年我拿电工刀扎汤司令那么大。我不想让他们掺和这么重大的事情，毁了他们的一生。

"上学怎么了？你不也是从那时候过来的吗。谁都不是一生下来就长大的。"他们不服气，"大哥，你放心，我们都是汤司令的朋友，我们也听说过你的一些事。真的打起来，我们绝对不会贪生怕死、背信弃义。"

"放肆！你跟谁说话呢。"汤司令轻轻给了其中一个领头的一脚。

我笑笑，"我知道，谢谢你们，但这次仗非同寻常。我怕自己担不起这份责任。"

"我们把家伙什儿都带来了。"小破孩在饭店直接亮出明晃晃的刀子。

"少废话，我说不行就是不行。"我立起眼睛，"我让服务员给你们摆一桌，今晚你们想喝多少就喝多少，我请客。就这么定了。"

老华子从后院推门进来，神情从未有过的严肃。我感到很意外。老华子虽然在社会上混的时间可能跟我的年龄差不多，但他是小偷出身，从不打架。我把他拉到一边，"老华子，你的心意我领了，你还是回家吧。你是拖家带口的人，跟我们不一样。我们是一个人吃饱了全家不饿，嫂子和孩子还需要你照顾呢，万一出事，他们怎么办？"我有些感动。

"没事，你嫂子和我商量过了。小勇，跟我比，你可能还是个孩子，但你是我见过的最讲究的人。从我懂事起就没有人相信过我，你的饭店能收留我，我一直想找个机会报答你，现在机会来了。我不能假装视而不见。"老华子语气悲壮，不容置疑。

不知道什么时候，李小阳站在了我身边。李小阳朝我微微一笑，

"你可真不够朋友，这么大的事也不通知哥们儿一声。"

"谁告诉你的？"

"我姐呗，还能有谁。她看见这几天饭店经常来一些不熟悉的人，鬼鬼祟祟商量着什么，不放心，就偷听。"

我无言地拍拍李小阳的肩膀，啥也没说。我一个人走出去，想让自己先清醒清醒。

我和小阳、老华子骑一辆自行车，我们在红楼的拐角处碰了面，总共只来了十七八个人，比我预想的人要少，有些信誓旦旦的人临阵脱逃了。大家面面相觑，似乎信心不足。我们身上带的都是短家伙，无非是三角刮刀、枪刺、军锹、棒子上钉着洋钉子的狼牙棒，只有家住在附近的人在自行车大梁上绑了两把削短了把的钩镰枪。

"谁要是没胆量，现在可以退出。我不勉强。"我定睛巡视了一圈，没人动，"那好，我们开始行动。我和拿钩镰枪的人在前面打头阵，其余的人尽量散开一些。记住，无论发生什么情况，都不要自乱阵脚。听我的口令。打群架靠的就是万众一心，到时候，大伙一定要沉得住气。"我抬手看了看碗上的手表，"差不多了，我们走。"按照事先的约定，我们这边的人戴白口罩，大张伟的人胳膊上缠白毛巾。

体育场东门是一条林荫路，行人稀少，我们从路北的路口进来，大张伟他们从路南的路口进来。当我们快走到东门的时候，看见前面黑压压的人群骚动起来。

我站在马路中央，点燃一支烟。持钩镰枪的两个人一左一右看着我，好像在问我"怎么办"。显然他们没有料到对方来的人如此之多。杂乱的脚步声越来越近，大张伟气势汹汹地冲在最前面，前排十几个人手里端着钩镰枪，场面颇为壮观。我看得出来，他们是想在气势上压倒我们。

我回头看了看，只有李小阳、老华子和程宝国几个人紧紧跟在我的身边，其余的人战战兢兢，身体紧贴体育场围墙的墙根，一副准备随时跃起、翻墙逃命的架势。如果此时有人这么干，我们的阵脚必将大乱，后果不堪设想。不能再等了。我站在路灯下，一摆手，示意大家停住。

大张伟他们离我越来越近。

我深吸一口气，果断地拔出发令枪，稳稳地向前迈了一步，对准大张伟的脑袋。大张伟惊慌失措地停住脚步，显然他没有料到我手里会有枪，他身后的队伍一阵骚乱。那年代，街头斗殴的事情时有发生，如同家常便饭，聚众约点打架也不新鲜，但很少有人敢在众人面前拔枪。因为拔枪就意味着你在万不得已的情况下必须开枪射击，否则，你就是自取其辱。而开枪就意味着可能会出人命。

我能感觉到太阳穴的脉搏的震动，像有人在我的脑袋里穿梭奔跑。我目光炯炯，一言不发，但我必须与大张伟保持一段的距离，以防他手中的钩镰枪刺到我。

我冒火的目光死死盯住大张伟的眼睛。只要他敢往前冲，我不会坐以待毙，我会毫不犹豫地冲他的脑袋瓜子开枪。我相信，大张伟知道我敢这么干。看来，他还没有准备好与我冒险拼命的勇气。

没有人说话，周围一片寂静。

双方剑拔弩张，就这么僵持着，谁都不肯后退一步。因为退一步，就意味着落荒而逃，全线溃败。我握枪的手指汗津津的，有些打滑。我的胳膊酸痛、下坠。我调整了一下枪口，大张伟下意识地打了个激灵，身体向后退去。由于其他人与他之间保持着距离，他险些仰面跌倒，他后面的人群再次骚动起来。

我趁机又向前迈了一步，对面人群的脚步开始后移。我听得到自己沉重的呼吸，我告诉自己一定要挺住，挺住。

大张伟紧张地咽了口唾沫，眼神涣散。

我看得出来，他快顶不住了。

"大张伟，有种你敢往前上一步，信不信，我一枪毙了你！"我大声喊。

没有回应。

体育场里传来摩托车的"突突"声。两个身穿白色警服的警察骑着摩托车从东门疾速驶来，其中一个手里举着枪，"不许动，全都不许动！"

两拨人各自纷纷向后退去。那个警察看到了我手里的发令枪。"砰砰"，情急之下，他朝天空扣动了扳机。

霎那间，整条街道乱作一团，双方朝着相反的方向，仓皇夺路而逃。

我和李小阳翻墙进入体育场，贴着墙根不管不顾地一路狂奔。我俩不知道跑了多久，实在跑不动了，才钻进一栋黑漆漆的楼门。过了好一会儿，四周安静下来。"今晚你不能回家，去你姐那里暂时躲一躲。班也不能去上了。"我气喘吁吁地说，"有什么消息，我们通过你姐联系。"

"那，自行车怎么办？还在红楼呢。"

"这都什么时候了，不管它，大不了丢了算了。"我脱下深绿色的"中山调"，让小阳穿上。这么冷的天，小阳的身上只套了一件毛衣。他的那件与我一模一样的衣服，早就让他在赌桌上"当"了。"衣服兜里有一百块钱，你先花着。万一你出事被警察抓起来，就把责任往我身上推。但我估计仗没打起来，事情应该不大。"

"那你怎么办？"

"我有地方躲。"

我和李小阳匆匆分手了。没想到，这竟成了我俩的诀别。

我连夜跑到章姗姗的奶奶家。这里是我唯一的藏身之地。事先，我给章姗姗写信，告诉她，今晚我家里有事不能去接她，让她自己回家，晚些时候我可能会去找她。

我敲门的一瞬间，门就开了，好像章姗姗一直在门后面等我。打从我给她买了那块英哥牌手表，章姗姗整个人变得可爱多了，说话柔声细语，一副小鸟依人的样子。肯定是因为这块表让她在同学面前找足了面子。但我知道，这一切只是暂时的，以她多变的性格，说不定哪天为了一点不起眼的小事又会变得脾气暴躁，拒人于千里之外。

就这样，我以静心复习，准备参加奉天大学函授大学考试的名义，住进了章姗姗奶奶家。我对章姗姗的解释是：如果我能考上函大，就可以一边学习一边开饭店，用不了几年，文凭有了，钱也挣了，何乐而不为。章姗姗高兴，她妈更是心花怒放，不住地夸我是个有心计的小伙子，有钱固然好，但文凭更重要，这是一个知识爆炸的时代，你这么年轻就能想得如此周全，今后，必定前途无量。函大是大专，毕业后，你还可以考本科，还可以念研究生。她为我指出了一条通往似锦前程的康庄大道。

章姗姗的妈妈滔滔不绝，对我的未来浮想联翩。说这话时，她的上下嘴唇肿得像一副鞋垫。我搞不明白，她的第二任丈夫是不是有打媳妇的癖好，而章姗姗的妈妈是不是天生就欠揍。每次她挨打都会哭哭啼啼地跑回来，可等脸上的青紫稍一消退，又匆匆忙忙赶回自己的家中。可过不了多久，她就又不得不再次跑回来。好像她回自己的家就是为了挨一顿胖揍似的。用现在的话说，他们两夫妻，一个是施虐狂，一个是受虐狂。

　　章姗姗的房间里有一台双卡台式录音机，那是我俩刚谈恋爱不久我出钱买的，两百六十块钱，我记得清清楚楚。书架上堆放着许多录音带，凤飞飞、刘文正、罗文、张行，但最多的是邓丽君。我喜欢邓丽君。我每天除了看看书，写写日记，就是听邓丽君，百听不厌，偶尔才听一些别人的。章姗姗的妈妈敲门，严肃地说："小勇啊，学习可不能三心二意，愿意听中午休息的时候可以听，啊。"我能说什么呢，只能虚心接受。

　　有一天，章姗姗妈妈的丈夫来了，是在傍晚的时候。凭以往的经验判断，他应该是来接她回家的，我想，往后我的耳朵终于可以清净清净了，这让我很兴奋，之前总是这样。章姗姗的妈妈让我管她丈夫叫"赵叔"，我叫了，尽管不大情愿。赵叔可谓一表人才，头发梳得油光锃亮，穿着蓝色呢子大衣，腋下夹着黑色公文包，显得风度翩翩，与我当年在火车上认识的那个醉醺醺的酒鬼完全对不上号。

　　他好像对我印象不错，递给我一根烟。我看了章姗姗的妈妈一眼，摇摇头。他随意地摆摆手，示意她出去，她就乖乖地出去了。他替我点上烟，我俩便有一搭没一搭地聊了起来。他看得出我抽烟的动作很熟练，"整点？"

　　我当然明白他的意思。"什么？"我故意装糊涂。

　　他用右手的拇指和食指圈在一起，对着嘴，一仰脖。他的样子像个淘气的孩子。我被他逗笑了。赵叔也笑了，推开门，"整两个硬菜，提包里有一瓶奉城大曲也拿出来。我要跟这个小伙子好好喝两盅。"他的皮包里带了许多熟食和拌菜。难道他平时随身就带着酒菜吗？这太不可思议了。

"人家这么年轻会喝吗？"

"会不会我不比你知道？少啰唆，动作麻利点。"

那晚，我和赵叔两人撅了一瓶白酒，喝得他来不及起身就把一泡尿撒在了裤子里。我不知道他是真的喜欢我还是馋酒，突然一时酒瘾上来了。他在火车上的形象渐渐变得清晰起来，我终于把他对上了号。

过了一会儿，有个年轻人来敲门，是来接他去火车站的。原来他要出差。皮包里装着的酒菜，本来是准备在路上喝的。我和司机搀扶他下楼，这个老酒鬼不想走，嘴里不干不净，骂骂咧咧。年轻人嘴里一口一个"赵科长"，下手却很重，三下两下把他塞进了吉普车的后座，开上车，一溜烟跑了。

"你赵叔这个人眼光很高的，一般人他才瞧不起呢，他平常很少跟人喝酒的。看来，你们两个很对脾气呀。"章姗姗的妈妈一脸幸福地说。听她的语气好像我很走运，她是认为我该对那个喝得连个人形都没有的老酒鬼感恩戴德吗？

晚上吃完饭，章姗姗的妈妈有时候叫我下楼，与她一起出去散散步，"换换脑子，透透新鲜空气，一天到晚光知道学习也不行。"

我只好陪她在附近转转。正好，一连几天没下楼了，我感到有些喘不上来气。反正天黑，我戴上口罩、棉帽子，把自己捂得严严实实、滴水不漏，况且，这附近离我家挺远，不会有人认出我。

在散步的过程中，她不停地念叨着自己过往的人生，时而沉浸在幸福的回忆里，时而哀叹命运不济，啜泣落泪。根本不管我听不听。想不到，外表高傲的她面对我这样一个年轻小伙子竟有如此强烈的倾诉欲。这让我多多少少对她有些同情。

章姗姗的姥姥是乡绅出身，家境殷实，十几岁就嫁给了时任国民党少校军医的丈夫。在她的记忆里，从小她生活在一个四四方方的大院子，那里种着杏树、桃树，甚至还有个不大不小的鱼池。国民党败走台湾时，父亲派人去接她们母女准备一同前往台湾，可是，当时正值战乱，炮火纷飞，她们没有赶上舰船，从此，骨肉分离，天各一方。"就差一点点，不然，我现在就生活在宝岛台湾了。"章姗姗的妈妈不无遗憾地说。

解放后，她的母亲成了"地主婆"，土改期间畏罪自杀了。为此，她被无情地剥夺了报考奉城音乐学院的权利，她的音乐天赋只能荒废在一家大型工厂里，当一名庸庸碌碌的文艺队小提琴手。高考制度恢复后，她把全部心思都用在了章姗姗身上，希望她能实现自己一生无法企及的大学梦，今后当一名小提琴家。但女儿并不理解她的良苦用心，不思进取，伤透了她的心。自己的两次婚姻又是如此的不幸，这一切都让她失望透顶、绝望至极。

老实说，她们一家人，我最喜欢章姗姗的奶奶。老人家慈祥端庄，衣着整洁，每天都是笑呵呵的，从不多言多语，这么大岁数了每天下楼买菜、做饭，从无一句怨言。收拾完桌子、刷过碗，就静悄悄地回到自己的房间，很少再出来。老人家很小的时候就是基督徒，一生信奉天主教。每晚在圣母玛利亚面前，默诵经文、祈祷忏悔，然后，在沉静中安然睡去。

我打开气窗，在窗前抽烟。街上一片白茫茫，肆虐的狂风夹杂着雪花肆无忌惮地刮进来。双卡录音机里播放着邓丽君的《襟衫甲》："海边常来常往……记得就在海边，我俩留下爱的吻，那地久又天长，如今只有我一个人，默默地在追寻，追寻往事，那段欢乐时光，那短暂而美丽的梦，爱人，我的爱，我等你回来，诉说情怀。"

我从未去过海边，不知道大海长什么模样，但我能感受到大海变幻莫测的情绪，或波澜壮阔，或风平浪静，配以湛蓝的天空，金黄的沙滩，飞翔的海鸥，这样的场景的确令人禁不住陷入伤感的回忆。

我最喜欢邓丽君歌声中伤感的温暖和幽怨的轻叹。当然，有时候我想宣泄一种莫名的烦恼时，也想听一听诸如《成吉思汗》之类的迪斯科歌曲。只是受环境所限，我不能把录音机的声音开得太大。毕竟，这里不是我的家。

我又开始写日记了。

1984 年 12 月 7 日　礼拜三

仔细想一想，我跟章姗姗说考函大的话并非完全是撒谎。也许说的时候我的确未假思索，但我现在觉得这可能是个不错的选择。但前提是我必须先把跟大张伟的事情解决了。至于怎么解决，我一头雾水。服输是不可能的。我只能盼着他经过那晚的较量，看得出我的坚韧无畏，从而知难而退，如果可能，我甚至宁愿给他弟弟一些钱作为补偿。但我不能开这个口，不然，他会得寸进尺，敢骑在我的头上拉屎。社会上许多地赖流氓都是这副德行。这一点，我早就看透了。也许，精神病是个不错的中间人，如果他能从中讲和，双方借坡下驴，就会避免最后两败俱伤的局面。

一旦事情解决了，我想安心学习，准备函大的考试。这方面，叶琳会给我一些好的建议。我现在真的对学习感兴趣了。长这么大，我还是头一次主动想学习。这个方案可行吗？我的未来将会怎样？我不知道，真的不知道。

1984 年 12 月 9 日　礼拜五

我想老韩了。我好多次在梦里梦到过他，尤其是最近，他还是一副嬉皮笑脸、大大咧咧的样子。我想起我们三个人小时候一块去上学，那时候，我家也住平房，离老韩和李小阳两家都不远。他俩来找我时，老韩总是从老远就冲等在路边的我扑过来，紧紧抱住我，好像我们八百年没见了的样子，很夸张，但很好玩、李小阳安静地走在后面，我们一路上嬉戏追逐，书包在屁股上拍打出啪啪的声响。老韩比我们同龄的小孩都要早熟，不仅十三岁长胡子，七岁就知道趁下课之际，悄悄站在桌子上往女同学身上跳，然后，假装怕跌倒，双手紧紧抱住其中最漂亮的女孩子。"那种感觉很舒服的。"老韩得意地说。他鼓励我和小阳也学他这么做，但没人敢效仿他。

老韩被枪毙之后，刘杨就消失了。据说是怕丢人，躲到了长春她姑姑家。说实话，我并不恨刘杨，毕竟当年她才十七岁，还没成年，因为这件事，她的一生恐怕也被毁了，她只能生活在这件事的阴影下，况且老韩他们三个不是她主动告发的。一件看起来并不算大的事情，就可能毁掉几个原本平静、幸福的家庭，甚至几条血气方刚的性命，许多受此牵连的人即使活着，也注定在痛苦中挣扎、徘徊。一个人的命运很可能因为一件微不足道的小事，毁于一旦。这是我从中受到的最大的启示。

1984 年 12 月 11 日　礼拜天

章姗姗的奶奶说，人死后要么上天堂，要么下地狱。"我死了能上天堂吗？"我问。"当然。但你还小，干吗想这个问题？""我只是随便问问。假设，我杀了一个十恶不赦的坏人，会下地狱吗？""我不知道，这个你得问上帝。你怎么了，怎么问这么奇怪的问题？如果你想上天堂，那就祈祷吧。"老人家笑笑说。她还把《圣经》借给我读。自古以来，人类自相残杀，战争不断，死的人更是不计其数。有战败的一方，有胜利的一方。但我知道，胜利并不一定意味着正义，而失败也不一定代表邪恶。他们之中，究竟是谁上了天堂，谁又下了地狱？我相信没有人能回答我。上帝能吗？

如果有一天我死了，我就会变成一个小小的骨灰盒，埋在苍松翠柏之下。从此，我再也看不到蓝天白云，看不到太阳升起，看不到纷飞的雪花、瓢泼的大雨，看不到星星月亮……我的世界将陷入一片死寂，暗无天日。想到这里，我不禁打了个寒战。

1984 年 12 月 12 日　礼拜一

听邓丽君歌的时候，我的脑海里总是浮现出叶琳那张苍白、瘦削的脸，以及那双忧伤的水汪汪的大眼睛，却很少想到章姗姗。我不知道这是为什么。我从未对叶琳产生过任何不健康的想法，我只是觉得她年轻漂亮，却早早地把自己的一生安放在了一张轮椅上，命运对她如此不公，甚至是太残忍了。我同情她、怜悯她，我从没有这么同情过一个人。当然，我对她也充满尊敬，她的自强不息，她的孜孜以求，令我这个身体健全的人深感惭愧。

我可以为她做一切，无论什么事。如果我的血型与她匹配，我会毫不犹豫地为她献出一颗肾。我在家里的一本医学书中看到过，每个人都有两颗肾，失去一颗，并不会影响生命，只是从此以后，你将不会像从前一样迅疾地奔跑，从事剧烈的运动。这没什么，真

244

的没什么。但你的贡献是有意义的，你的付出是有意义的。想想吧，如果我的肾可以拯救叶琳的生命，她将继续微笑，快乐、健康地生活在这个世界上。这就足够了。

1984 年 12 月 15 日　礼拜四

今天是我哥大喜的日子。如果不是因为写日记的缘故，我不会想起来。无论怎样我都祝福他，谁让他是我哥呢。我与父母的关系渐行渐远，但我不希望失去哥哥。他俩刚刚从大连旅行结婚回来，现在又要大办酒席，邀请宾朋，一定很辛苦吧。

我知道，我哥一定希望我参加他们的婚礼，至于我父母，就不好说了。也许父母会觉得我给他们丢脸，在亲戚朋友面前没面子。在我父母亲戚的孩子中间，我是唯一一个犯过罪的人，现在他们巴不得我离他们越远越好。我跟大张伟干仗的事，他们一定知道了。他们会不会担心我再次被抓起来？会不会担心我被人打伤打残？会不会因为我夜不能寐？这两年，我在外面惹了不少事，他们已经习以为常了吧。但愿如此。就当他们没有我这个儿子吧。

那晚，我从章姗姗的妈妈那里借了自行车，以回家取复习资料为名溜了出来。我再也忍受不了这种没着没落的日子了。我想回饭店打探一下，打架那天警察到底是接到报案去的体育场还是碰巧赶了个正着？我还想知道我这边有没有人为此被抓起来。我出门的时间大概在七点左右，不早不晚。早了马路上人多，容易被人认出来，太晚街上行人稀少，一个大小伙子很容易成为夜间巡逻警察怀疑的目标。

我扒着后院的栅栏门往里面偷看。小黑看见我兴奋地叫了起来。

我对它轻轻"嘘——"了一声，小黑不叫了，两只前腿焦急地敲打着地面。我打开栅栏门上面的插销，弯下身，看见老安和老伴正在厨房里忙碌着，没有什么可疑的迹象。小黑湿漉漉的舌头不停地舔我的手心，我抚摸着它宽阔的脊背，在它的鼻子上使劲亲了一口。

我敲了敲玻璃窗。老安看见是我，怔了一下，随即朝我招手，打开房门。"你跑哪去了，怎么才回来？"

"怎么了，出什么事了吗？"我边说边示意老安的老伴把卧室兼包间通向饭店的门插上。

"你还不知道吧？"

"知道什么？"我见老安犹犹豫豫，双手在围裙上擦来抹去的，就知道有什么大事发生了，"你快说啊，都急死我了。"

"李小阳，死了。"老安过意不去地转过头，好像李小阳是他亲手杀死的。

我的眼前冒出无数的金星，它们瞬间炸开，形成一片电光火石。我不得不闭上眼睛，本能地摸索着，险些跌倒。老安和老伴一边一个搀扶我坐下。"这不可能，绝对不可能。那天晚上，我俩分手，他还好好的呢。"我拉着老安的手死死不松开，嘴里不停地念叨着。我下意识地希望他能改口，承认是他记错了名字。

老安替我倒了杯水，低头坐下来，看着自己缠绕、纠结的手指，不再说话。

"你可千万别想不开啊。"老安的老伴小心翼翼地说。

我不得不承认李小阳死了。

我的眼泪漱漱地流了下来，悄无声息，整个人就像傻了一样。

与其说我不愿相信这一事实，倒不如说我无力承受。这个事实过于沉重，压得我无法呼吸。我浑身颤抖，一言不发。屋子里一片

246

死寂。

那晚，李小阳跟我分手后，一个人想坐公共汽车去红楼取自行车，在等车的时候，被大张伟一伙人在不远处发现了。大张伟他们悄悄地从后面包抄过来，他以为他是我，因为李小阳穿了我的衣服。公共汽车来了，李小阳双手插在裤兜里，不慌不忙地最后一个上了车。就在车门关闭前的一刹那，大张伟从腰间抽出一把裁缝用的特大号剪子冲了过来，大喊一声，"郝勇！"李小阳预感到情况不妙，他在转身的同时下意识地想掏裤兜里的弹簧刀，但已经来不及了，大张伟的大剪子正好夹在他的脖子上，大张伟一紧张，双手抖了一下，那把剪子不偏不倚，剪开了李小阳的喉咙，顿时，血流如注。大张伟这才看清楚那个人不是我，而是李小阳，傻眼了。他赶紧抱住李小阳，跳上车，用沾满鲜血的大剪子抵住司机的胸口，"往人民医院开！不然我要你的命。快！快呀！"车上的人惊恐万分，纷纷跳下车。

空荡荡的公共汽车一路鸣着喇叭驶向市人民医院。当医护人员把李小阳抬进手术室，李小阳已经停止了呼吸。大张伟他们见势不妙，迅速逃离，各奔东西。现在，全市的公安干警正在撒网抓捕大张伟。

我双手抱头，悔不当初。是我害了李小阳。如果不是因为那天天冷，我不会把自己穿的衣服给他，而如果我不给他，那么，李小阳就不会死。我没办法不谴责我自己。我无法原谅我自己。

有人敲门。

"谁呀？"老安问。

"是我。"是老华子的声音。

我颓丧地打开门，往后面看了看，然后把门插上。

"你都知道了吧？"老华子剃了个光头。

我点点头，点上一根烟。

"走，去我家吧。家里没有人，你嫂子带孩子回娘家了，咱俩慢慢聊。"

原来，老华子前两天刚放出来，他被拘留了十五天。

"你觉得大张伟可能藏在哪儿？"

"不知道，但我会帮你尽量打听。这几天，你暂时住我这里。"

"从现在起，你就给我一心一意打听大张伟的消息。我发誓，我一定要亲手宰了他，替小阳报仇。"

"仇要报，但你不能操之过急，要多想一想办法，要有策略。"

"我们伙还有谁被抓起来了？"

"汤司令，他还有一些别的案子，不过段文会救他的，毕竟，他俩一块承包舞厅。"

"那可不一定，段文那么狡猾，趁现在正好可以甩掉汤司令这个包袱。"

"那倒也是。"

"程宝国呢？"

"跑了，跟他的几个朋友一块跑的。他们都把生意暂时交给了家里人来做。"

"李小芳怎么样？她一定会怪我害了她弟弟。"我用手不停地捶打着自己的脑袋。

"没有，真的没有。我听她亲口说的，是她主动让小阳帮你去打仗的。李小芳这个人平时看不出来，关键时候还是很坚强的。她不仅每天来饭店干活，下了班还要去隔壁照顾叶琳，怪不容易的。"

"叶琳什么时候出的院？"

"有几天了，可能是嫌在医院住院贵，住不起了。"

第二天，我和老华子偷偷来到叶琳家，告诉她，"你必须马上回去住院，就今天。"

叶琳把头埋在被子里，一声不吭。

"你听见没有，我在跟你说话呢。"我发火了。

"你小声点。"老华子在一旁推推我，"叶琳，小勇是你的好朋友，他这是为你好。"

"我用不着别人对我好，我都是快死的人了，无所谓。可你倒好，一天到晚就知道跟人打架，现在好了，李小阳死了，你的好朋友死了一个又一个，难道你也想去送死，放着好好的日子不过，你真的活腻味了？"叶琳坐起来，眼睛红肿，头发披散着。

我从没见过她这样邋遢过，样子凶巴巴的，像是恨不得一口吃了我。

李小芳从外屋蹑手蹑脚地走进来，"叶琳，你不要怪小勇，他心里已经够难受的了。"李小芳从烟盒里抽出一根烟自己点上，又递给我一根烟。

我不记得她抽烟。

"这一切都是我造的孽，我会为此负责的。"我深吸一口气，想让自己平静下来。我这句话是说给叶琳听的，也是说给李小芳听的。

"你怎么负责，去杀了那个王八蛋？你还有完没完？你就不好好想一想，再这么下去你的小命也快交代了。你没看到，李小阳的父母送他的情景，白发人送黑发人心里是什么感受。"叶琳拢了拢凌乱的头发，抽噎着再也说不下去了。

"你别哭，"我揉搓着一双大手，"我妈为了你的事费尽了心思。

她保证，只要有人捐献肾脏，你会排在第一号。所以，你听我的，现在马上回医院去住院，剩下的什么都好说，行了吧。"我几乎哀求她说。

"那你得答应我，赶紧到外面躲一躲，不要去寻仇了。"

我点头。

叶琳在我的劝说下，终于同意当天回医院继续住院。是老华子和李小芳一块骑倒骑驴送她去的。

我一个人找到林大夫。林大夫说："你的血型与叶琳的很匹配，但还要检查一下组织型是否匹配，如果你真的想好了，我现在就给你们做组织配型检查，你要做好心理准备，要签字画押。这可不是闹着玩的。"

"我知道。"我平静地说。

"如果组织配型匹配，你想什么时候来捐献？"显然，林大夫对这个更感兴趣。

"很快，我安排完手头上的事情，就来医院找你。谢谢了。哦，这件事情麻烦你，千万不要告诉我妈。千万千万。"我郑重地握了握他的手，转身离去。

好了，一切后事安排就绪。我心里感到一阵轻松。我现在活在这个世界上的唯一的任务就是尽快抓住大张伟，神不知鬼不觉，痛快淋漓地干掉他。然后，去给叶琳献肾，剩下的，就听天由命了。

老华子不愧为小偷出身，人脉广泛，消息灵通，不久，他就打听到了大张伟的落脚点。大张伟并没有畏罪潜逃，而是躲在城北区的一处带院子的平房里。这并不出乎我的意料。毕竟，那年头，人的流动性很小，人民群众对陌生人的警惕性很高，一个人想在人生地不熟的地方落脚并不是一件容易的事。有句话说得好：最危险的地方也是最安全的地方。

大张伟知道自己来日无多，开始像条疯狗似的四处寻仇，见到仇人就往死里砍，并找所有他认识的做生意的人要钱。一时间，城北区社会上的地赖流氓人人自危，惶惶不可终日。这就增加了他的曝光率。但那时候的社会人都讲究，即便如此，也不会有人主动去报案缉拿大张伟。如果那样的话，你就等于把自己推上了绝路，这是为社会人所不齿的行为。

那天晚上，我带好改装的发令枪和电工刀，跟随在老华子身后来到那所院子的门前，我叫老华子一个人回去，我不想牵连他。但老华子不放心，死活不肯走。我俩翻墙进了院子，几只鸡在皎洁的月色下悠闲地散步，见有人跳进来，扑扇着翅膀，发出"咯咯"的叫声。我俩猫着腰悄无声息地贴着墙根站下，听见拉着窗帘的房间里发出一男一女粗重、淫荡的喘息声。

我做了个深呼吸，拎着枪提着刀，一脚踹开房门冲进去。赤身裸体的大张伟从女人的身上翻下来，伸手去拉旁边炕柜的柜门，但我手里的枪已经顶住了他的脑门，"操你妈，不许动！"裹在被子里的女人吓得双手捂住眼睛，缩在角落里，浑身瑟瑟发抖。

大张伟"扑通"一声跪在炕沿上，"求求你，求求你，郝勇，你是我爷爷还不行吗？"

我冷冷一笑，"大张伟，你的死期到了。"我没有丝毫的犹豫，咬紧牙关，狠狠地扣动了扳机。枪没响。我一愣，扔掉发令枪，想用电工刀结果他。大张伟见有机可乘，双手迅速抓住我持刀的手腕，一头把我顶翻在地。我和大张伟在地上来回翻滚，老华子手持带胶皮的教学手榴弹，从背后稳稳地砸在了大张伟的后脑勺上，他当场昏厥过去。我坐起身，大口地喘着粗气，定了定神，拣起地上的电工刀照着大张伟的心脏就要扎。老华子死死抱住我，"等等，你先等等。"

"还等什么？"我两眼冒火。

"小勇，你别急，你听我说。大张伟是公安局的通缉犯，早晚都是个死。李小阳已经死了，你再跟他一命顶一命，就是你们两条命换他一条命，不值得。"老华子从我手上把刀抢下来，"你不就是想替小阳报仇吗？"

我点点头，"废话。"

"你冷静冷静。我有个办法，既可以置他于死地，你又不用挨枪子。"老华子抓住我的双肩，"这样，我们把他装进麻袋里，等一会儿扔在公安局门口，让公安局的人枪毙他，这样，他不仅要死，还要在看守所里死得活受罪。"老华子说得有道理，这种杀人不见血的妙计恐怕只有他能想出来，"你等着，我去找条麻袋。"

我拾起老华子的手榴弹，狠狠地向大张伟的两个膝盖骨砸去。

"你这是干什么？"

"不行，我还是觉得这样太便宜他，我要出这口恶气。"

老华子在院子里的下屋找出麻袋，将大张伟的嘴里塞了一条脏毛巾，装进去，用绳子系上口。

"你是怎么想到这个办法的？"

"我早就想好了，不然咋会向你通风报信，还死皮赖脸地跟着你。"老华子狡黠地一笑，"院子里还有倒骑驴，万事俱备，我们赶紧走人。"

"难道我的发令枪没响，也是你暗中搞的鬼？"

"我把你的子弹在水里泡了一会儿，受潮了，嘿嘿。"

我无奈地摇摇头。我不得不佩服这个足智多谋的家伙。仅此一点，就可以证明，外表蔫了巴叽的老华子这些年并没有白白的"打罪"。

我俩骑上倒骑驴，趁着月黑风高，来到城北区公安局的大门前，把大张伟抬下来放在台阶上。这时，大张伟刚好苏醒过来，他预感到有什么不妙，身体在麻袋里奋力挣扎着，嘴里含糊不清地呜呜乱叫。

"这里是公安局。"我平静地告诉他。我想让他死个明白。大张伟的喊叫声更大了，踢脚的频率也更快。

我在路边的砖垛上，抄起一块砖头，冲着公安局的大门玻璃掷了过去，"咔嚓"一声巨响。大楼里的灯亮了，接着，有人急匆匆地从值班室跑出来。

我俩转头就跑，钻进一条小胡同，消失在浓重的夜色中。

天亮以后，我抖擞精神，飞快地向医院骑去。我做好了手术的准备，把我的一个肾捐给叶琳。

"你的组织配型结果与叶琳不匹配，很遗憾。"

林大夫的话像一盆冷水，兜头而下，浇了我个透心凉。

我最后的心愿落空了，这是我始料不及的。如果此时，能让我给叶琳一颗肾，以挽救她的生命，即使去死我都愿意。

我暗暗地告诫自己，一定要冷静下来，现在不是乱发脾气的时候。我剩下的自由的时间不多了。我必须赶在警察抓到我之前，把叶琳的事情安排好。

我做了个深呼吸，"林大夫，接下来该怎么办？"

"做透析吧，透析可以代替肾脏定期把血液中的毒素清出去，现在可以每周做一次，以后视病情变化而定，如果病情加重可能一周要做两三次，当然，也可能一个月做一次就能稳定住病情。毕竟她还年轻。不过，费用很高，而且时间也要持续很久，你可要想清楚了。"林大夫充满同情地说。

"做吧，越快越好。钱不是问题，我马上就可以让人送钱过来，你放心。"我下定决心，虽然这是个无底洞，但为了叶琳我情愿填下去。

我骑车匆匆回到饭店，把李小芳和老华子召集到一起，郑重地说："二姐，小阳的仇，我已经报了。"

"我知道。"李小芳看了一眼老华子，轻轻地说。

"去看小阳时，别忘了替我捎个话。"

"嗯。"

"现在我要把一件最重要的事情交给你们……"

"警察来了！"老华子喊了一声。紧接着，他又跑向后院，"后院也被他们堵死了。"

"我没想跑。想跑我就不会在这里了。"我点上一根烟，微笑着说。

两辆警车停在我饭店门前。

段局长冲在最前面，手里擎着高音喇叭，大声冲屋里喊道："郝勇，你给我出来！顽抗到底，死路一条！"

"段叔，你给我一分钟，我马上出来，决不会给你添麻烦。"我扯着嗓门，大声回应道。

我转过头，"饭店就交给你俩了。记住，每个月挣了钱，起码要留出一半的钱给叶琳看病。"我拍拍老华子的肩膀，"老华子，别辜负了我对你的信任。你要是敢跟我要滑头，我回来决轻饶不了你。我是翻脸麻子变脸坑，你看着办吧。"

老华子哭了，李小芳也哭了。

"兄弟，你放心，人在阵地在。就算豁出命去，我也要替你守住这个饭店。"老华子抹了一把眼泪，紧紧握着我的手。

"我会回来的。我一定会回来的。"我微笑着说。

我站起身，看着窗外的天空。我记得，那天的天格外的蓝，像浩瀚无边的海，只有一小片月牙形的白云挂在天空的一角。它像一只悠悠荡荡的小船，仔细看上面还有桅杆和船帆。我多想，纵身一跃，乘着它扬帆远航，周游世界呀！长这么大，我从未看见过这么奇妙的云朵，只可惜，一转眼，它就消散在一阵和熙的微风中，不见了。